Ursula Isbel,
in München geboren, war nach einem Modegrafik-Studium und dem Besuch einer Sprachenschule zunächst als Lektorin tätig. Heute lebt sie als freie Autorin und Übersetzerin in Staufen bei Freiburg. Sie hat zahlreiche Romane, Erzählungen sowie Kinder- und Jugendbücher veröffentlicht und gilt seit vielen Jahren als Meisterin des romantischen Mystery-Thrillers.

Ursula Isbel

Die Nacht der Feen

UEBERREUTER

ISBN 978-3-8000-5464-0

Umschlagillustration von Silvia Christoph
Umschlaggestaltung von Init, Büro für Gestaltung, Bielefeld

Gedruckt auf Salzer Papier
Druck: Druckerei Theiss GmbH, St. Stefan i. L.
7 6 5 4 3 2 1

Ueberreuter im Internet: www.ueberreuter.at

Widersacher sollen nicht lauern.
Falsche Freunde sollen nicht lauern.
Feen sollen nicht lauern.
Die Welt soll nicht lauern
mit Schlinge oder Schleuder,
mit Speer oder Schaft,
mit Axt oder Spieß,
Beil oder Schwert,
die dich berühren,
die dich heimsuchen,
die dich verwunden,
die dich überwältigen.

Keltische Zauberformel

1

Nach diesem Sommer glaubte ich mehr zu wissen. Ich achtete auf Zeichen; es gab viele. Ich hörte und sah Dinge, für die ich früher nie Augen und Ohren gehabt hätte. Und ich begriff, dass die Welt voller Zauber und Geheimnisse ist.

Die Zeit beim Professor im Haus auf dem Hügel änderte mein Leben. Und doch, wenn mir vorher jemand gesagt hätte, was mich erwartete, ich wäre Nonnas Vorschlag wohl nicht gefolgt, wäre nie in den Zug gestiegen, der mich quer durch Deutschland brachte.

So aber saß ich an einem Sonntag Anfang Juli ahnungslos in einem verräucherten Abteil der zweiten Klasse, zusammen mit einem dicken, rotgesichtigen Mann, der schmatzend Wurstbrote mampfte, und einem Yuppie im geschniegelten Outfit. Er trug eine gepunktete Krawatte und trompetete wichtigtuerisch in sein Handy, wenn er nicht gerade mit seinem Laptop spielte.

Die Landschaft hinter den Zugfenstern war überraschend schön: Seen, über denen die Luft im Mittagsglanz flimmerte, sanft geschwungene Hügel und dunkle Waldstücke. Heu lag auf den Wiesen; ich glaubte seinen Duft zu riechen, obwohl sich die Fenster nicht öffnen ließen.

Nonna hatte mir allerhand eingeschärft, was ich

im Umgang mit dem Professor, ihrem ehemaligen Verehrer, beachten sollte.

»Samuel ist ein bisschen schwierig«, hatte sie gesagt. »Leicht gaga, aber das sind wahrscheinlich alle genialen Menschen. In Fachkreisen ist er anerkannt, sogar berühmt, auch wenn manche Kollegen seine Ansichten für hirnrissig halten. Er lebt nur für seine Arbeit. Ein Glück, dass ich ihn damals nicht geheiratet habe.«

»Hätte es dir nicht Spaß gemacht, die Frau eines erfolgreichen Forschers zu sein?«

»Spaß!« Nonna sah wie ein Kobold aus, wenn sie Grimassen schnitt. »Wart ab, bis du ihn kennst, Sylvie. Ich glaube kaum, dass er im Alter viel anziehender und umgänglicher geworden ist. Wenn ich mit ihm telefoniere, kommt es mir jedenfalls vor, als würde er immer verschrobener, der alte Querkopf.«

»Und ausgerechnet bei ihm soll ich den Sommer verbringen?!«

»Vielleicht findest du ja Zugang zu seinem verknöcherten Herzen.« Nonna küsste mich zärtlich auf die Nasenspitze. »Außerdem ist er ein interessanter Typ. Einem wie ihm begegnet man nicht alle Tage. Und er braucht dringend Hilfe im Haushalt.«

»Warum nimmt er sich dann keine Haushälterin?«

»Er hat ja eine. Und er glaubt, dass sie zurückkommt, wenn sie wieder gesund ist. Sie hat sich die Schulter oder den Arm gebrochen oder sowas Ähnliches. Es gibt auch eine Putzfrau. Du musst also keine Böden schrubben. Fremde Gesichter will er nicht um sich haben.«

»Ich bin doch auch ein fremdes Gesicht. Und ich kann nicht kochen, wie du weißt.«

»Du bist meine Enkelin. Vergiss nicht, er hat mich einmal geliebt. Zumindest hat er sich das eingebildet. Vermutlich war ich die einzige Frau in seinem Leben, für die er so etwas wie Liebe empfand. Und was das Kochen betrifft, ich hab dir doch gesagt, dass er hauptsächlich Grünzeug isst. Er findet, dass Fleisch und Gebratenes dem Geist schaden und ihn in niedere Sphären herabziehen. Karotten raspeln und Sellerie und Gurken schneiden, das kannst du doch, und Kräutertees kochen oder ab und zu eine Gemüsesuppe.«

Während ich aus dem Abteilfenster sah, fragte ich mich, was ich selbst in den kommenden Wochen essen sollte. Rohkost war nicht so mein Fall.

Nicht zum ersten Mal überfielen mich heftige Zweifel, was diesen Sommer betraf. Doch ich konnte das Geld dringend brauchen, das ich bei Nonnas altem Freund verdienen würde. Vielleicht hielt ich es aber auch keine zwei Monate bei ihm aus. Vielleicht saß ich schon in einer Woche wieder in der Bahn und fuhr in die entgegengesetzte Richtung. Auch damit rechnete ich.

Hinter der Scheibe glaubte ich flüchtig Nonnas lächelndes Gesicht wie ein Suchbild zwischen Hecken und Baumwipfeln zu sehen. »Samuel Hrdliczka ist ein verrückter alter Knabe«, flüsterte sie mir zu. »Aber auch spannend. Langweilen wirst du dich bei ihm nicht einen Tag.«

Ich hätte manchen passenden Begriff für meine

Zeit im Haus auf dem Hügel finden können. Das Wort Langeweile gehörte nicht dazu.

2

Ich wartete fast zwei Stunden auf den Bus, in einem öden, verlassenen kleinen Bahnhof am Ende der Welt. Der Schalter war geschlossen. Weit und breit gab es keine menschliche Behausung. Während ich auf der Treppe zum Schalterraum saß, fragte ich mich, was ich machen sollte, wenn der Bus nicht kam.

Endlich tauchte er in der Ferne auf wie ein einsamer Reiter in der Prärie. Glücklich und erleichtert stieg ich ein. Der Fahrer versprach, mich an der Kreuzung zwischen der Straße zum Grendelsee und der Abfahrt nach Agathenried abzusetzen.

»Zu Fuß mit dem schweren Rucksack, das wäre zu weit, junge Frau«, sagte er und lächelte gutmütig.

Professor Hrdliczka hatte Nonna eine Wegbeschreibung mit einer Skizze geschickt. Darauf waren die Himmelsrichtungen angegeben, dazu ein paar Hieroglyphen, die ich nicht deuten konnte. Immerhin glaubte ich die Wegkreuzung zu erkennen, an der ich stand. Nachdem ich das Blatt mehrmals hin und her gedreht hatte, machte ich mich tapfer auf den Weg.

Das Haus stand auf einem Hügel. Ich sah sein graues Dach zwischen den Baumwipfeln; drei Kamine ragten wie die Maste eines Schiffes in den Himmel. Das ganze Grundstück, das von Hecken umgeben war und sehr groß zu sein schien, zog sich über eine Anhöhe hin. Schon jenseits der Gartenpforte begann der Weg anzusteigen. Es gab eine Zufahrt, die von Gras überwuchert war.

An der Pforte hing ein Namensschild aus Messing, auf dem »Prof. S. Hrdliczka« stand. Eine Klingel fand ich nicht.

Ich stieg den Hangweg hinauf. Ab und zu war eine Stufe aus Holzbohlen in die Erde eingelassen. Schnecken krochen darauf herum. Plötzlich spürte ich, wie ein kleines, hartes Teil gegen meinen Hinterkopf prallte.

Ich blieb stehen und sah mich um. War da ein verstohlenes Kichern oder bildete ich es mir nur ein? Ich ließ meinen Blick über den Boden schweifen. Was hatte mich getroffen? Eine Nuss? Ein Stein?

»Versuch's nicht nochmal!«, sagte ich laut. »Sonst komme ich und pack dich am Kragen …«

Die Drohung kam mir selbst albern vor. Um jemanden packen zu können, musste man ihn erst einmal finden und erwischen. Rasch ging ich weiter. Das Haus war näher, als ich geglaubt hatte, ein hohes Gebäude aus grauem Naturstein mit Sprossenfenstern und braunen Klappläden.

Alles war still. Nur die Blätter um mich her raschelten im Wind, und von irgendwoher kam ein dünnes, klimperndes Geräusch, das ich nicht einordnen konnte.

Ein Glasdach war über der Eingangstür. Fünf Stufen führten hinauf. Sie waren mit trockenem Laub bedeckt, als wäre hier seit langem keiner mehr gegangen.

Jemand hatte die gekreuzten Zweige einer Eibe an die Tür genagelt. Noch seltsamer fand ich den Schädel eines gehörnten Tieres, der unter dem Vordach hing, genau über der Mitte des Türrahmens. Rote Zeichen waren auf die ausgebleichten Knochen gemalt.

Ich klingelte. Nichts rührte sich. Ich klingelte wieder. Dann hämmerte ich mit der Faust gegen das Holz. Nichts. So hatte ich mir meinen Empfang nicht vorgestellt.

Ich ließ meinen Rucksack auf dem Vorplatz zurück und ging ums Haus herum. Überall lagen große Steine, einige flach oder mit Mulden, in denen sich Regenwasser gesammelt hatte, andere abgerundet oder spitz zulaufend wie verzauberte Zwerge mit ihren Mützen.

Dämmerlicht herrschte hinter dem Haus. Die Bäume standen sehr dicht. Ihre Wipfel bildeten ein natürliches Dach, sodass man den blauen Himmel nur ahnen konnte.

Unter den Bäumen war ein steinerner Tisch, auf dem ein Vogel saß. Zwischen den Baumstämmen stand eine Vogelscheuche mit schwarzem Schlapphut.

Ich blieb stehen. Der Vogel hatte mich bemerkt; er stieß einen kehligen Laut aus, der wie »Quork« klang, lüftete die Flügel und vollführte eine Art Verbeugung.

Dann bewegte sich die Vogelscheuche. Ich bekam fast die Krise, bis ich begriff, dass es der Professor selbst sein musste, Nonnas alter Freund, der da auf mich zukam. Er trug eine speckige Hirschlederweste und Kniebundhosen. Der schwarze Vogel flatterte ihm nach, landete im Gras und trippelte neben ihm her.

Der Professor zog seinen Hut. Zum Vorschein kamen ein zerdrücktes Knäuel flachsfarbener Haare, lang und im Nacken zusammengebunden, dunkle Augen unter buschigen Brauen, eine Habichtsnase und ein hageres Gesicht mit tiefen Furchen von den Nasenflügeln zu den Mundwinkeln.

»Hallo«, sagte ich. »Ich bin Sylvie Lindberg.«

»Das dachte ich mir.« Er machte keinen Versuch, mir die Hand zu geben. »Ich hatte dich früher erwartet.«

Seine Stimme war überraschend angenehm und volltönend. Die durchdringenden Augen musterten mich, als wäre ich ein seltener Käfer.

Ich verteidigte mich. »Ich musste zwei Stunden auf diesen Bus warten und bin fast sieben Stunden mit der Bahn gefahren. Früher ging es echt nicht.«

Der Vogel öffnete seinen großen schwarzen Schnabel und sagte etwas in Rabenkrähensprache. Er gefiel mir besser als der Professor, der mich noch immer musterte und nicht besonders freundlich bemerkte: »Deine Großmutter hat mir eingeschärft, nicht stinkstiefelig zu dir zu sein.«

Er verzog das Gesicht; seine buschigen Augenbrauen stießen zusammen. »Was sind das für Ausdrücke für eine alte Frau?«

»Nonna ist keine alte Frau«, sagte ich.

»Sie ist fünfundsechzig, das weiß ich zufällig genau. Oder gehört sie zu denen, die nie aus dem Teenageralter herauskommen wollen?«

»Nonna hat keinen Jugendwahn. Sie ist innerlich jung geblieben, was man wirklich nicht von jedem behaupten kann.«

Der Professor überhörte die Spitze. »Du scheinst sie gern zu haben«, sagte er nur. »Ich habe sie auch einmal sehr gemocht, das wird sie dir wohl erzählt haben. Aber sie wollte mich nicht. Vielleicht sollte ich ihr dankbar dafür sein. Stattdessen hat sie diese Krämerseele geheiratet.«

Mein Großvater hatte eine Weinhandlung gehabt. Das Gespräch begann mir auf die Nerven zu gehen. Ich war hungrig, durstig und müde und meine Blase drückte, doch er machte keine Anstalten, mich ins Haus zu führen.

»Kann ich mal auf die Toilette?«, fragte ich.

Etwas wie ein Lächeln verwandelte sein Gesicht; vielleicht war es aber auch eine spöttische Grimasse. »Ach ja«, murmelte er. »Die Jugend von heute ist sehr unverkrampft. Gehen wir also ins Haus, ehe ein Unglück geschieht.«

Er hüpfte voraus. Ja, sein Gang hatte wirklich etwas Hüpfendes. Ich gab mir Mühe, nicht über seine altmodischen Schnürstiefel zu lachen, die seine dünnen Beine bis zu den Waden bedeckten und unterhalb der Kniebundhose ein Stück der nackten, bleichen Beine freiließen.

Er sagte über die Schulter, ich sollte ihn der Einfachheit halber nur »Professor« nennen, da sein Nachname eine Zumutung für westeuropäische Zungen sei.

Das Haus war voll mit mächtigen dunklen Möbeln, alten Teppichen und Ölbildern in schweren Rahmen. Überall hingen wunderliche Gegenstände herum – Steine mit Löchern darin, Federn und Knöchelchen an Schnüren, sogar getrocknete Vogelköpfe und allerhand große Zähne und Hörner, die mir nicht besonders gefielen. Es roch nach Staub und Moder, nach ungelüfteten Räumen und alten Kleidern und sonst noch so allerhand, was der Nase nicht gerade schmeichelte.

Der Professor führte mich durch einen Gang zu einer Tür, an die zu meinem Schrecken die getrocknete Pfote eines Tieres genagelt war, und sagte: »Die Küche findest du dort links, am Ende des Flurs. Nimm dir, was du brauchst. Dein Zimmer ist in der oberen Etage. Es ist die Tür mit dem Drudenfuß. Ich muss wieder an die Arbeit.«

Damit verschwand er, ehe ich fragen konnte, was ein Drudenfuß ist und wie er aussieht. Während ich auf der Toilette saß, starrte mich eine fratzenhafte Maske von der Innenseite der Tür an, mit schielenden Augen und einem einzigen Riesenzahn zwischen den schiefen, wulstigen Lippen. Ich dachte: Was ist das hier, eine Geisterbahn oder ein Gruselkabinett?

Die Rabenkrähe kauerte auf dem Treppengeländer und schien auf mich zu warten. Vielleicht hatte sie der Professor zurückgelassen, um mich zu beaufsichtigen; vielleicht war sie auch einfach nur neugierig.

Sie hüpfte hinter mir her, als ich hinausging, um meinen Rucksack zu holen. Dann zeigte sie mir den Weg zur Küche, flatterte voraus und folgte mir sichtlich erfreut in den ungemütlichen Raum, in dem es nur einen Tisch, drei Stühle und eine Sitzbank, einen Küchenschrank, zwei Regale, einen Herd und einen Spültisch gab, aber weder Kühlschrank noch Spülmaschine. Dafür hingen massenhaft Kräuterbüschel und zu Zöpfen geflochtene Knoblauchknollen von der Decke. Auf einem der beiden Regale stand ein kleines Radio; neben dem Telefon die einzige Verbindung zur Welt, wie ich bald feststellen sollte, denn im ganzen Haus gab es keinen Fernseher.

Es roch nach Kohl und faulendem Gemüse. Ich setzte Wasser auf. Kräutertees gab es ausreichend, sonst aber fand ich außer Karotten und Kohlrabi, einer Sellerieknolle und einem halben Brotlaib nichts Essbares – weder Butter noch Käse. Erst nach längerem Suchen stieß ich auf ein Glas Honig.

Während ich auf einem Stück Honigbrot herumkaute, flog der schwarze Vogel auf das oberste Regalbrett und fing an, mit dem Schnabel gegen eine Blechdose zu klopfen. Das machte er so lange, bis ich die Dose herunterholte und den Deckel öffnete. Sie war mit Haselnüssen gefüllt.

»Quork« wurde so aufgeregt, dass er alle Zurückhaltung vergaß und auf meine Schulter flog. Er krallte sich an meinem T-Shirt fest und versuchte den Schnabel in die Dose zu stecken.

Um ihn loszuwerden, legte ich drei Nüsse aufs Fensterbrett, genehmigte mir selbst ein paar davon und trank Melissentee, der ekelhaft gesund schmeckte.

Draußen senkte sich die Dämmerung über den Garten und verwandelte ihn in einen höhlenähnlichen Ort. Die Amseln und Drosseln begannen zu singen, und in das Flüstern des Windes mischte sich wieder jenes gläserne Klingeln und Klimpern, das ich schon bei meiner Ankunft gehört hatte.

Im Haus war es vollkommen still. Mit meinem Rucksack, den ich auf dem Treppenabsatz abgestellt hatte, ging ich ins obere Stockwerk. Diesmal folgte mir der schwarze Vogel nicht.

Später fragte ich mich, wieso ich den Drudenfuß erkannt hatte. Denn jede der vielen Türen war mit irgendeinem geheimnisvollen Zeichen bemalt – mit Kreuzen und Quadraten und Blattornamenten, die wie Räder geformt waren.

Ich ging von Tür zu Tür; am Ende des Flurs sah ich die Zeichnung eines fünfzackigen Sterns und dachte: Das ist es.

Ich drückte die Klinke nieder und kam in einen unerwartet heimeligen Raum mit Flickenteppichen, einem Bett mit vier Pfosten, einem Polstersessel und einem Schreibtisch mit zahlreichen Schubladen.

Ich öffnete das Fenster und legte mich aufs Bett. Doch obwohl ich so müde war, konnte ich nicht schlafen. Es gelang mir, Nonna übers Handy anzurufen. Sie hatte offenbar schon darauf gewartet, dass ich mich meldete, denn sie nahm sofort ab.

»Ich glaube nicht, dass ich's hier lange aushalte«, sagte ich. »Es gibt praktisch nichts zu essen. Und das Haus ist voller abartiger Teile. Stell dir vor, alles ist mit komischen Zeichen bemalt und an allen Ecken und Enden hängen mumifizierte Vogelköpfe, getrocknete Tierpfoten und scheußliche Masken herum.«

»Das sind sicher Abwehrzauber gegen böse Geister.« Ich hörte meine Großmutter kichern. »Typisch Samuel! Bin ich froh, dass ich ihn nicht geheiratet habe …«

»Schön für dich. Und wieso hast du mich überredet, hierher zu fahren? Wir kommen bestimmt nicht miteinander klar. Er ist … er ist der schrägste Typ, den ich je getroffen habe!«

Sie hörte nicht auf zu kichern. »Wie sieht er aus?«, fragte sie.

Ich beschrieb ihn. »Aha«, sagte sie. »Diese Schnürstiefel hatte er damals schon. Und die langen Haare … Er hält sich wohl für eine Art Druiden. Ich dachte mir immer, dass er eines Tages durchdrehen würde.«

»Danke, sehr nett! Du hast mich also zu einem Verrückten ins Haus geschickt?«

»So schlimm ist es auch wieder nicht. Ihr jungen Leute mögt doch schräge Vögel, je schriller, desto besser. Gefährlich ist er jedenfalls nicht. Ich müsste mich sehr täuschen, wenn du nicht mit ihm zurechtkommen könntest. Und was das Essen betrifft, ich überweise etwas Geld auf dein Konto, dann kaufst du dir ein paar Vorräte im nächsten Supermarkt.«

»Ich weiß nicht, ob es sowas in dieser Pampa überhaupt gibt.«

»Supermärkte gibt es überall«, sagte Nonna. »Du bist schließlich nicht in der Wüste Gobi. Wie sieht es mit der Busverbindung aus?«

»Die nächste Haltestelle ist meilenweit entfernt.«

»Samuel hat doch einen alten Mercedes. Lass dich von ihm fahren.«

»Der und mich durch die Gegend kutschieren? Das macht er nie!«

»Okay, vielleicht gibt es ein Fahrrad. Sei nicht so umständlich. Samuels Haushälterin musste doch auch irgendwie zum Einkaufen kommen. Er hat mal erwähnt, dass sie keinen Führerschein hätte, also ist sie wohl mit dem Rad gefahren.«

Das Gespräch baute mich nicht gerade auf. Vielleicht hatte ich erwartet, dass Nonna mir riet, gleich morgen in den ersten Zug zu steigen und nach Hause zurückzukommen. Doch sie war der Meinung, dass man nicht bei jeder Schwierigkeit sofort die Flinte ins Korn werfen sollte.

»Versuch's«, hatte sie zum Abschluss des Gesprächs noch gesagt. »Beiß dich erst mal eine Woche lang durch, ehe du dich entscheidest.«

Der Professor schien mich zu belauschen. Vielleicht hatte er ein Abhörgerät in meinem Zimmer angebracht. Denn als ich später auf der Suche nach dem Bad durch den Flur irrte, tauchte er hinter einer dunklen Ecke auf und sagte: »Ich dulde nicht, dass in meinem Haus eines dieser absurden Geräte benutzt wird. Du stellst es sofort ab und wirst es nie wieder innerhalb dieser Mauern benutzen, und ebenso nicht auf meinem Grundstück. Darauf bestehe ich!«

Es dauerte eine Weile, bis ich begriff, dass er das Handy meinte. »Aber ich muss gelegentlich zu Hause anrufen«, wandte ich ein.

»Du kannst mein Telefon benutzen. Es steht im Arbeitszimmer. Lass dich zurückrufen, dann wird es nicht so teuer. Es gibt auch noch die Post. Man kann Briefe schreiben, falls man des Schreibens mächtig ist. Früher hat man auch ohne dieses Teufelswerk gelebt.«

Ich merkte, dass ihm wirklich ernst damit war. Er regte sich richtig auf. Seine Augen funkelten, seine Oberlippe zitterte.

»Es gibt nicht einmal eine wirklich wirksame Abwehr gegen diese unheilvollen Strahlen; da hilft kein noch so starker Mistelzauber, nicht einmal der stärkste Runenspruch. All die feinen Netze, die unsere Erde durchkreuzen, die Verbindungen zwischen der diesseitigen und der jenseitigen Welt, das alles ist schwer gestört und aus dem natürlichen Gleichgewicht gebracht.«

Er atmete kurz und stoßweise und durchbohrte mich förmlich mit den Blicken, so, als wäre ich für das alles verantwortlich. »Ich versuche seit Jahren etwas zu finden, womit man das Unheil verhindern kann, das mit Gewalt auf uns zukommt!«

Atemlos verstummte er. Ich wusste nicht, was ich sagen sollte. Ihm war verzweifelt ernst damit, das merkte ich. Minutenlang standen wir schweigend auf dem Flur und sahen uns an. Dann verlöschte das feindselige Leuchten in seinen Augen und er brummelte:

»Ich wollte dich nicht erschrecken. Unser Respekt vor den Elementen kann nicht groß genug sein. Ihr jungen Menschen seid so ahnungslos. Um eure gefühlsmäßige und spirituelle Entwicklung ist es erschreckend schlecht bestellt. Fun-Gesellschaft! Wenn ich das schon höre … Ihr könnt nicht weiter so in den Tag hinein leben. Keine Generation hat so zerstörerisch gewirkt wie diese. Der Klimawandel wird uns immer mehr Überschwemmungen und Dürren bringen. Es wird mehr Wirbelstürme geben, die Pole werden schmelzen. Wenn der Golfstrom versiegt, wird eine neue Eiszeit über Europa hereinbrechen …«

Ich hatte das Gefühl, unter einer eiskalten Dusche zu stehen. »Aber die Generation, die für all das verantwortlich ist, ist nicht unsere, sondern die unserer Eltern und Großeltern«, wandte ich ein.

Er schnaubte nur und drehte sich um. Im Weggehen sagte er über die Schulter: »Du brauchst heute nichts für mich zum Abendessen zu richten. Morgen früh um halb acht nehme ich ein Müsli zu mir, bestehend aus Haferflocken, einem geriebenen Apfel, einer geraspelten Karotte, ein paar Berberitzen und zerkleinerten Nüssen. Gute Nacht.«

3

Es wurde eine unruhige Nacht.

Zuerst wälzte ich mich mindestens eine Stunde lang im Bett herum, weil mein Rücken schmerzte.

Mit der Zeit begriff ich, dass es nicht vom Rucksackschleppen kam. Etwas drückte mich zwischen den Schulterblättern. Irgendwann kam ich auf die Idee, das Bett zu untersuchen. Zwischen Laken und Matratze war ein dünnes Unterbett. Als ich es hochklappte, sah ich, dass etwas auf der Matratze lag.

Es war ein seltsames Teil. Im ersten Augenblick dachte ich, es wäre eine primitive Puppe, die ein Kind unbeholfen aus einem Stück Holz geschnitzt hatte. Doch es war keine Puppe, eher eine Art verhutzeltes Männchen. Es bestand auch nicht aus Holz, es war wohl eher eine vertrocknete Rübe. An den Enden, die wie winzige Arme und Beine aussahen, befanden sich haarige Wurzelfasern. Das ganze Wesen wirkte schrumpelig und vertrocknet, zugleich aber wunderlich lebendig.

Vielleicht hatte doch einmal ein Kind in diesem Zimmer geschlafen und das Wurzelmännchen zurückgelassen. Ich legte es aufs Fensterbrett, kroch ins Bett zurück, löschte das Licht und versuchte einzuschlafen.

Bis auf das gläserne Geklingel, das fast ständig in der Luft lag, und ein Knistern und Huschen irgendwo über mir war es sehr still. Plötzlich träumte ich von einer Gestalt im schwarzen Umhang. Sie trug eine Maske über dem Gesicht, die dunkle Augenhöhlen und einen langen, gebogenen Vogelschnabel hatte. Der Vogelmensch trug einen Sack auf dem Rücken, aus dem Unmengen von Erbsen und Bohnen rieselten. Er tanzte um mich herum wie Rumpelstilzchen und sang dabei einen alten Song der Beatles, den Nonna gern vor sich hinsummte: »When I'm sixty four«.

Dann befahl mir der Vogelmensch, die Erbsen und Bohnen zu zählen, die er verstreute. »Aber genau!«, schnarrte er. »Exakt! Hol einen Eimer und wirf sie hinein, jedoch nicht, ohne jede einzelne gezählt zu haben! Der große Meister wird es kontrollieren …«

Im Traum dachte ich, wie grottendumm das war und dass dieser Typ nicht richtig tickte. Trotzdem holte ich von irgendwoher einen Eimer und begann gehorsam die Erbsen und Bohnen aufzusammeln, wobei ich laut zählte: »Eins, zwei, … dreihundert, … dreihundertvierundsiebzig …«

Der Vogelmensch hüpfte jetzt auf einem Bein und schien das alles sehr lustig zu finden. Er schlug sich wie ein bayrischer Schuhplattler auf die Schenkel, dass es klatschte, und kicherte dabei wie ein Schlumpf.

Zornig dachte ich: Jetzt reicht es aber!, hob den Eimer und wollte ihm die abgezählten Hülsenfrüchte über den Kopf schütten, doch sie blieben irgendwie im Eimer kleben. Der Vogelmensch wurde ebenfalls wütend. Er begann zu zischen, zog einen Spazierstock aus seinem Umhang und schrie: »Ich verwandle dich in eine Kröte, du unbotmäßiges Geschöpf!«

Vor Schreck wachte ich auf. Um mich her war es stockdunkel. Ein Zischen erfüllte die Luft, so, als wäre der Vogelmensch aus meinem Traum noch im Zimmer. Ich wollte die Hand ausstrecken, aber aus irgendeinem Grund konnte ich mich nicht bewegen.

Das Zischen wurde leiser. Es verwandelte sich in ein Säuseln und Wispern und Raunen wie von heimlichen Stimmen. Sie flüsterten durcheinander, schienen Botschaften auszutauschen, von denen ich kein Wort verstand. Vielleicht waren es ja nur die Blätter im Garten, die Zweige und Grashalme, die sich im Wind bewegten und aneinander rieben, oder die Grillen, die im Laub und in der Erde zirpten. Doch ich hatte nie zuvor ähnliche Laute gehört. In die Stimmen mischte sich etwas wie ein Kichern; ein hoher, spitzer Ton, der mir in den Ohren schrillte.

Ich versuchte mir die Ohren zuzuhalten, aber auch das gelang mir nicht. Warum konnte ich mich nicht bewegen? Träumte ich vielleicht noch, waren die raunenden Stimmen und das Kichern nur die Fortsetzung des Traums mit dem Vogelmenschen? Ich hätte schwören können, dass ich die Augen geöffnet hatte und in die Dunkelheit starrte, dass ich den fremden Geruch des Zimmers wahrnahm und einen schwachen Lichtschimmer vom Fensterbrett her.

Die Geräusche verebbten. Jetzt schien es nur noch eine einzige Stimme zu sein, die unverständliche Worte zischelte, und das Kichern verwandelte sich in einen Laut, der wie ein Schluckauf klang.

In meinem Kopf formte sich ein Befehl. Haut ab!, wollte ich rufen, aber auch meine Lippen und Stimmbänder gehorchten mir nicht. Alles, was ich hervorbrachte, war ein schwaches Krächzen. Trotzdem hallte es in meinem Kopf: Haut ab! Haut ab!, immer wieder, bis jäh alles aufhörte.

Stille senkte sich über den Raum, als hätte ich mit der Kraft meiner Gedanken ein Heer von Kobolden oder Geistern in die Flucht geschlagen. Plötzlich konnte ich mich auch wieder bewegen, konnte tief durchatmen, die Hand ausstrecken, die Lampe anknipsen und mich vergewissern, dass außer mir keiner im Zimmer war.

Wieder wälzte ich mich unruhig hin und her, sagte mir, dass ich alles nur geträumt haben musste – kein Wunder bei den vielen unheimlichen Teilen und rätselhaften Zeichen, die das Haus füllten.

Gegen drei Uhr morgens schlief ich noch einmal ein. Diesmal störte mich nichts. Ich schlief so fest, dass ich erst zwanzig Minuten nach sieben aufwachte. Mein erster Gedanke war das Müsli, das Punkt halb acht auf dem Tisch stehen sollte.

Erschrocken sprang ich aus dem Bett, zog hastig meine Jeans und ein Sweatshirt an, fuhr mir mit den gespreizten Fingern durchs Haar, band es zu einem Pferdeschwanz und rannte in die Küche hinunter.

Natürlich schaffte ich es nicht rechtzeitig. Es dauerte eine Weile, bis ich alles fand, bis ich den Hafer durch die Flockenquetsche gedreht, den Apfel gerieben und die Karotte geraspelt hatte.

Der Professor erschien pünktlich auf die Minute in der Küchentür. Als ich ihn auf der Schwelle stehen sah, die Rabenkrähe auf seiner Schulter, wurde mir klar, dass mein Traumbild eine Verschmelzung von Nonnas altem Verehrer und seinem Vogel gewesen war.

»Tut mir leid«, murmelte ich. »Ich hab's nicht geschafft. Leider habe ich keinen Wecker mitgebracht, und ich hab so schlecht geschlafen. Es dauert auch, bis ich mich hier mit allem zurechtfinde …«

Er musterte mich mit strengem Blick. Seine Haare sahen aus, als hätte er sie seit Jahren nicht gekämmt. Sicher versteckte der Vogel seine Nüsse darin.

»Guten Morgen«, erwiderte er. »Ich werde dir einen Wecker geben. Du hattest also eine unruhige Nacht? Vermutlich hast du die Alraune aus deinem Bett entfernt.«

»Wen?«, fragte ich. »Was?«

Er seufzte. »Mandragora! Alraunwurzel! Lernt ihr denn überhaupt nichts in euren Schulen?«

Alraunwurzel … Das Bild des wunderlichen Püppchens tauchte vor meinen inneren Augen auf, das sich durch das Unterbett hindurch in meinen Rücken gebohrt hatte.

»Meinen Sie dieses komische Männchen?«

»Jawohl, das komische Männchen!« Ziemlich unsanft nahm er mir den Müsliteller aus der Hand. »Das komische Männchen ist eine Kostbarkeit und eines der wirksamsten Zaubermittel, die es gibt. Was hast du damit gemacht?«

»Ich hab's auf das Fensterbrett gelegt«, sagte ich verdutzt.

»Behandle es mit Ehrfurcht und Respekt. Ich kann dir nur raten, es wieder in dein Bett zurückzulegen, wenn dir ein ungestörter Schlaf wichtig ist.«

Er begann sein Müsli zu löffeln. »Keine Berberitzen«, sagte er mit vollem Mund. »Sie sind in der kleinen Keramikschüssel im Küchenschrank. Und gib Hugin ein paar Nüsse.«

Hugin, so hieß die Rabenkrähe. Der Name erinnerte mich an etwas, was ich einmal im Unterricht gehört hatte, doch ich wusste nicht mehr, in welchem Zusammenhang.

Hugin begann aufgeregt mit den Flügeln zu schlagen, während ich die Haselnüsse in eine Emailschüssel legte. Sofort kam er angeflattert, krallte sich am Schüsselrand fest und hackte nach den Nüssen.

»Wo kann ich einkaufen?«, fragte ich nach einer Weile.

»In Agathenried gibt es einen Naturkostladen. Ich esse nur ungespritztes Obst und Gemüse.«

Was ich essen würde, war ihm offenbar egal. »Und wie komme ich ins Dorf?«

»Mit dem Fahrrad, nehme ich an. Frau Pichlers Rad steht hinter der Garage. Du kannst es benutzen. Geld ist in der Blechdose in der Tischschublade. Nimm dir, was du brauchst. Im Übrigen erwarte ich, dass du das Brot selbst bäckst. Das Rezept müsste irgendwo im Regal liegen.«

Ich hatte gerade in einen Apfel gebissen und verschluckte mich beinahe. Brot war etwas, was man beim Bäcker kaufte. Ich war noch nie auf die Idee gekommen, dass man es auch selbst backen konnte.

»Du kannst das einfachere Rezept mit der Hefe nehmen«, fügte er großzügig hinzu. »Das mit dem Sauerteig würde dich wohl etwas überfordern.«

Er hielt mich also für geistig unterbelichtet. Ich

fragte nicht nach dem Weg zur Ortschaft; dabei hatte ich mir vorgenommen, vormittags zum Einkaufen zu fahren. Den Weg zur Kreuzung, wo mich der freundliche Busfahrer abgesetzt hatte, würde ich finden. Dort gab es einen Wegweiser.

Das Fahrrad stand unter dem Dachvorsprung der Garage. Es war altmodisch, fuhr jedoch einwandfrei. Als ich zur Kreuzung kam, stand auf dem Wegweiser, der nach links zeigte, »Grendelsee«, auf dem anderen »Agathenried«. Ich bog rechts ab und erreichte nach ungefähr drei Kilometern eine kleine, verschlafen wirkende Ortschaft.

Die Kirchturmuhr schlug gerade zehn. Der Bioladen war neben einem Zeitschriftenkiosk. Eine junge Frau wog Obst und Gemüse für mich ab. In der Kühltheke gab es Hefe; vorsichtshalber nahm ich vier Würfel. Dann ließ ich mir erklären, wie man einen Brotteig zubereitet.

»Du kannst einen Hefeteig auf zweierlei Art machen«, sagte die Verkäuferin. Sie bemühte sich, Hochdeutsch zu sprechen. »Entweder du bereitest den Teig abends vor und lässt ihn über Nacht stehen, damit er aufgehen kann. Oder du stellst ihn tagsüber an einen warmen Platz. Nach ein bis zwei Stunden müsste er dann den doppelten Umfang haben, wenn alles klappt.«

Ich ließ die Tüten im Laden zurück und setzte mich in das Café gegenüber der Kirche. Dort bestellte ich Apfelstrudel und dazu einen Espresso mit Schlagsahne.

Im Café war es gemütlich. Nirgends hingen schielende Monster oder getrocknete Pfoten herum. Zwei ältere Männer raschelten friedlich mit ihren Zeitungen. Es roch nach frischem Gebäck und Kaffee. Draußen begann es sacht zu regnen.

Aus dem Schnürlregen wurde bald ein ausgewachsener Landregen. Die Frau im Bioladen, die Bruni hieß, gab mir ein paar Plastiktüten für die Lebensmittel. Ich selbst war nass bis auf die Haut, als ich die Straßenkreuzung erreichte.

Da ich keinen Hausschlüssel hatte, musste ich den Professor herausklingeln. Er schien nicht zu merken, dass ich wie ein Grottenolm vor Nässe triefte. Er brummte nur, alle Welt würde ihn ständig bei der Arbeit stören, und verlangte, dass ich eine Kanne Salbeitee für ihn kochte, der genau zwölf Minuten ziehen musste.

In der Küche saß Hugin auf der Stuhllehne und schlief, den Kopf unter einen Flügel gesteckt. Als ich nach dem Tee suchte, wurde er munter, flog mir auf die Schulter und fing an, mit dem Schnabel an meinen Haarsträhnen zu zupfen.

»Lass das!«, sagte ich. »Wenn du Hunger hast, warum flatterst du nicht in den Garten und suchst dir ein paar Schnecken oder Würmer, kleines Faultier?«

Ich fütterte ihn mit Rosinen und Nüssen und gab ihm zwei von den Keksen, die ich mir im Bioladen gekauft hatte. Er nahm sie zwischen die Krallen und hackte begeistert darauf herum.

Die Tür des Arbeitszimmers stand einen Spalt offen. Ich hörte den Professor reden, als ich mit dem Teegeschirr die Treppe hinaufstieg. Doch als ich das

Zimmer betrat, war er allein. Die Vorhänge waren zugezogen. Im Halbdunkel stand der Professor über etwas gebeugt, was auf dem Tisch lag.

Es war ein Büschel aus kleinen Zweigen mit vielen Blättchen und weißen Früchten, die wie Perlen im Zwielicht schimmerten. Aus einer Pfanne kräuselte sich Rauch und erfüllte den Raum mit würzigem, leicht süßlichem Duft.

»Stell es irgendwohin«, sagte er, ohne sich nach mir umzudrehen.

Weil alles – der Schreibtisch, die Kommoden, die Stühle und Sessel, sogar der Boden – mit Stapeln von Büchern, Ordnern, Papieren und Zeitschriften belegt war, zwängte ich das Tablett neben eine Reiseschreibmaschine und ein aufgeschlagenes Buch. Dabei hörte ich den Professor weiter unverständliche Worte murmeln.

»Mistelzauber wirkt nur mit Misteln, die auf Steineichen wachsen«, erklärte er unvermittelt. »Sie sind sehr selten, aber alles andere wäre vergebliche Mühe.«

Ich war total überrascht, dass er das Wort an mich richtete. Unwillkürlich sah ich mich um, ob sich nicht doch jemand zwischen den Möbeln versteckt hielt. Aber da war niemand außer mir unbedeutendem, unwissendem Geschöpf.

»Wofür … ich meine, wogegen soll das gut sein?«, wagte ich zu fragen.

Nachdenklich musterte er mich. Vielleicht überlegte er, ob sich die Mühe lohnte, mich einzuweihen. »Gegen das Böse in unserer Welt. Und ich meine damit nicht böse Geister und schwarze Magie. Ich meine vor allem die alltägliche Grausamkeit und Gewalt, die von Menschen ausgeht. Die Regenwälder werden mit rasender Geschwindigkeit abgeholzt, die Meere sind zu Müllkippen verkommen. Wir haben genug Atomwaffen, um unsere Erde tausendfach zu vernichten. Tiere werden täglich aufs Schlimmste gequält und ausgebeutet, geschlachtet, für Versuche missbraucht. Dabei wissen wir inzwischen, wie ähnlich sie uns sind, dass sie genauso wie wir Schmerz und Trauer, Freude und Angst empfinden können.«

Seine Stimme überschlug sich. Ich dachte: Er ist verrückt! Und doch war mir klar, dass er recht hatte; er sprach nur aus, was jeder wusste und woran ich mich fast schon gewöhnt hatte.

»Wir leben in einer Endzeit«, fügte er ruhiger hinzu. »Und das ist unser Werk. Wir schaufeln uns unser eigenes Grab. Dabei bilden sich diese Dummköpfe ein, sie hätten alles im Griff! Sie verschließen ihre Augen vor den Zeichen, obwohl sie kaum noch deutlicher werden können: Sturmfluten, Erdbeben, Hurrikane … Ich tue, was ich kann, aber ich bin nicht stark genug. Die Mittel, die mir zur Verfügung stehen, sind zu schwach.«

Auf meinen Armen bildete sich eine Gänsehaut. Auch roch das seltsame Zeug, das in der Pfanne vor sich hin glomm, betäubend stark, so stark, dass mir schwindlig davon wurde.

Der Professor wandte sich ab, begann wieder unverständliches Zeug zu murmeln und schien mich vergessen zu haben. Da schlich ich aus dem Zimmer, froh, zu entkommen.

Später dachte ich, dass er sicher nicht verrückt war. Er sah nur, was die meisten Menschen nicht wahrhaben wollten, und fühlte sich verantwortlich für das, was mit unserer Umwelt und den Tieren geschah. Natürlich war er ein bisschen gaga, was die Mittel betraf, mit denen er gegen die weltweite Zerstörung und Bedrohung ankämpfen wollte. Er kam mir vor wie ein Kind, das mit einer Spielzeugschaufel eine Lawine aufzuhalten versucht. Sein Glaube an Zauberkräfte erschien mir abgedreht und völlig weltfremd.

Und doch merkte ich, wie die Ablehnung, die ich anfangs ihm gegenüber empfunden hatte, langsam wich und einem Gefühl von Achtung Platz machte.

4

Auch in dieser zweiten Nacht im Haus auf dem Hügel wälzte ich mich stundenlang schlaflos im Bett herum. Wenn mir jemand gesagt hätte, dass einem der Gedanke an Brotteig den Schlaf rauben kann, hätte ich das sicher nicht geglaubt; und doch war es so.

Die Abendstunden hatte ich damit verbracht, den Teig vorzubereiten, und in wachsender Verzweiflung versucht, den zähen Brei mit den Händen zu kneten. Da er gnadenlos an meinen Fingern kleben geblieben war, hatte ich immer mehr Mehl dazu gemischt.

Ehe ich den Teig mit einem Küchentuch abdeckte, probierte ich eine Messerspitze davon. Dabei sank meine Hoffnung, dass aus diesem grauen Lehmklumpen jemals ein vernünftiges Brot werden könnte, auf den Nullpunkt. Was hatte ich falsch gemacht? Sicher war zu viel Mehl im Teig, doch wie hätte ich ihn sonst ordentlich kneten und jemals zu einem Laib formen können?

Um mich abzulenken, gab ich mir Mühe, mich auf das leise, aber unablässige Geklimper zu konzentrieren, das in der Luft hing. Noch immer wusste ich nicht, was es war. Es schien gleichsam die Richtung zu wechseln, kam einmal von rechts, dann wieder mehr von links, von oben oder unten oder aus mehreren Richtungen gleichzeitig. Es erinnerte mich an das Märchen von einer gläsernen Kutsche, das ich aus meiner Kindheit kannte. Die Kutsche war mit lauter Glasglöckchen verziert gewesen, die ständig klingelten, während sie durch die Lüfte fuhr, über Zauberberge und durch verwunschene Täler.

Dann schlief ich wohl ein, denn irgendwann wachte ich davon auf, dass jemand auf einer Flöte spielte. Eine Weile lag ich regungslos da und lauschte. Es klang unglaublich schön. Ich hatte nie zuvor ähnliche Musik gehört. Es gab keine richtige Melodie, nur eine Abfolge von Trillern und sanften, sehnsuchtsvollen Tönen, ähnlich wie der Gesang eines Vogels.

Die Weise war süß und schmelzend, schwermütig und selig zugleich. Ich hätte sie nicht nachsingen können, obwohl ich ein gutes Gehör habe und mir Melodien leicht merken kann.

War es der Professor, der da spielte? Er musste es sein, denn sein Haus stand einsam mitten in der Natur. Weit und breit gab es keine Nachbarn; und es kam mir unwahrscheinlich vor, dass jemand mitten in der Nacht durch die Gegend wanderte und dabei auf der Flöte spielte.

Mitten in einem Triller brach die Weise ab, als hätte der Flötenspieler unversehens die Lust verloren oder als hätte ihn etwas gestört. Eine Weile lauschte ich in die Dunkelheit. Gern hätte ich die Musik noch einmal gehört. Doch nur der klagende Ruf eines Vogels erklang und etwas huschte und knisterte im Gebälk.

Am nächsten Morgen schaute ich sofort nach dem Brotteig. Er war nicht aufgegangen, natürlich nicht, sondern lag wie ein Zementkloß in der blauen Schüssel.

Der Professor zeigte sich ungewöhnlich mild. »Einer Anfängerin kann dergleichen schon einmal passieren«, sagte er. »Lass dir von Frau Zacherl helfen. Sie kommt heute.«

Frau Zacherl war die Putzhilfe. Ich sah ihrem Auftauchen mit gemischten Gefühlen entgegen. Vielleicht versuchte sie mich durchs Haus zu scheuchen und war der Meinung, dass ich unter ihrem Kommando wie Aschenputtel die Böden schrubben sollte.

Der Professor schien zufrieden mit seinem Müsli und äußerte sich nicht dazu, dass ich Toastbrot mit

Butter und Honig aß, was in seinen Augen sicher teuflisch ungesund war. Hugin turnte auf der Lehne der Sitzbank herum und verlangte quorkend nach gebutterten Toaststücken.

»Dieser Vogel ist schlecht erzogen«, sagte er nur irgendwann. Es klang nachsichtig.

Ich nutzte die Gunst der Stunde, um nach dem nächtlichen Flötenspiel zu fragen.

»Es klang so schön«, sagte ich. »Ich hätte nicht gedacht … Ich meine, Sie spielen wirklich gut.«

Der Professor kaute schweigend weiter. Dann warf er mir einen seiner durchdringenden Blicke zu: »Du hast es also gehört.«

Ich nickte. Offenbar wollte er nichts weiter dazu sagen. Er musterte mich nachdenklich, löffelte den Rest seines Müslis und murmelte: »Hm. Ja, eigentlich wundert es mich nicht. Es hat dir gefallen, sagst du?«

»Ja, sehr. Obwohl ich noch nie so eine Musik gehört habe. Von wem ist die Melodie? Ich meine, wer hat sie komponiert?«

Wieder gab er keine direkte Antwort. Stattdessen verzog er die Lippen zu einem schiefen Lächeln. »Interessierst du dich für Musik?«

Wieder nickte ich. »Zu Hause singe ich in einem Chor.«

»Deine Großmutter hatte eine sehr hübsche Altstimme. Ich erinnere mich, dass sie gern Lieder von Brahms sang. Was für eine Verschwendung!«

Wahrscheinlich meinte er, dass sie sich an meinen Großvater verschwendet hatte, statt ihn, Professor Samuel Hrdliczka, zu heiraten.

»Ich glaube, sie hat ein glückliches Leben geführt«, erwiderte ich.

»Glück! Was ist das schon! Jeder Mensch hat eine Bestimmung, die er erfüllen sollte.«

»Vielleicht war es Großmutters Bestimmung, mit Großvater eine Familie zu gründen und ihre Kinder großzuziehen.«

Er hob die buschigen Augenbrauen. »Wahrlich seltsame Ansichten für eine emanzipierte junge Frau! Man höre und staune!«

»Ja«, sagte ich. »Bestimmung muss doch nicht unbedingt etwas Hehres, Großartiges sein. Wer sagt, dass es besser ist, eine mittelmäßige oder gefeierte Sängerin zu werden, als eine Frau, die mit ihrer Familie glücklich und ausgefüllt ist.«

»Ich höre immer Glück! Es geht doch darum, die Fähigkeiten, die uns mitgegeben werden, bestmöglich zu entfalten und zu nutzen. Helen hätte eine wirklich gute Sängerin werden können. Stattdessen hat sie es vorgezogen, einer Krämerseele den Haushalt zu führen.«

Ich fing an mich zu ärgern. »Sie und Großvater hatten eine sehr gute Beziehung.«

Der Professor schob seinen Teller zur Seite. Einige Zeit redete er nicht mehr. Dann fragte er, wieso ich bei Nonna lebte und nicht bei meinen Eltern.

Obwohl ich wenig Lust hatte, ihm von unseren Familienverhältnissen zu erzählen, wollte ich doch nicht unhöflich sein und erwiderte: »Meine Eltern sind geschieden. Sie leben beide im Ausland und ich wollte nicht von zu Hause weg. Also bin ich bei

Nonna geblieben. Außerdem ist Großvater kurz vor der Trennung meiner Eltern gestorben.«

»Eine Art Notgemeinschaft also.«

»Mit Not hat das nichts zu tun. Wir verstehen uns sehr gut. Es gibt niemanden, mit dem ich lieber zusammenleben würde als mit Nonna.«

Er schenkte sich eine Tasse Kräutertee ein und sagte: »Du bist deiner Großmutter ähnlich. Sie war … reizvoll, doch, das kann man schon sagen. Sie sah aus wie die junge Ingrid Bergman.«

Und während ich mich noch wunderte, dass er Filmschauspielerinnen kannte, fügte er hinzu: »Aber widerspenstig, was war sie für eine widerspenstige Person! Eine Frau sollte sanft und anschmiegsam sein.«

Ich musste lachen. Anschmiegsam und sanft war Nonna bestimmt nie gewesen. Sie hatte sich manchmal ordentlich mit Großvater gezofft und war immer klar und deutlich für das eingetreten, was sie für richtig und wichtig hielt. Aber vielleicht hatte er sie gerade deshalb geliebt.

Das Gesicht des Professors verfinsterte sich, als er mich lachen sah. »Freilich, Werte wie Anschmiegsamkeit und Sanftmut müssen einem Mädchen deiner Generation albern erscheinen.«

Ein paar Minuten verbrachten wir in unbehaglichem Schweigen. Dann stand der Professor auf und schaltete das Radio ein. Der amerikanische Politiker und Umweltschützer Al Gore hielt eine Rede. Er sagte, der Klimawandel bedrohe die Zukunft unserer Zivilisation. Der Professor schnaubte verächtlich.

»Zivilisation! Wenn ich das schon höre. Wir sind weit davon entfernt, zivilisiert zu sein. Warum sagt er nicht, dass die Zukunft aller Lebewesen bedroht ist? Es geht schließlich nicht nur um uns Menschen und das, was wir geschaffen haben, sondern auch um die Natur und unsere kleinen Brüder, die Tiere!«

»Ich glaube, man muss froh sein, wenn sich ein bekannter Politiker überhaupt so für die Umwelt einsetzt«, wandte ich ein.

Der Professor würdigte mich keiner Antwort. Er wischte sich nur den Mund mit der Serviette ab und sagte: »Du kannst dich auf dem Grundstück frei bewegen. Aber geh nicht weiter als bis zur Eibenhecke. Dort ist die Grenze.«

Ein warnender Unterton schwang in seiner Stimme mit. Ich dachte, dass das Land hinter dieser Hecke, wo immer sie sein mochte, jemand anderem gehörte, einem Bauern vielleicht, der nicht wollte, dass man seinen Grund und Boden betrat.

Während ich das Geschirr spülte, kam Frau Zacherl, eine kleine, rundliche Österreicherin mit braunen Eichhörnchenaugen und Damenbart. Ihr üppiger Busen war in ein rot-weiß kariertes Dirndl gepresst.

Zum Glück machte sie keinen Versuch, mich herumzukommandieren. Gleich nach ihrer Ankunft kochte sie eine Kanne voll Kaffee und packte einen halben Kuchen aus, einen Gugelhupf, den sie mit mir teilen wollte.

»Der ist gut für die Nerven. Hier kriegst du ja nichts

Gescheites, bloß Grünzeug, davon wirst du nie und nimmer satt.«

Während wir den Gugelhupf aßen, fragte sie mich nach meiner Verbindung zu Professor Hrdliczka.

»Deine Oma war seine Jugendliebe, also sowas, das hätt' ich nie gedacht!«, sagte sie immer wieder. »Der verrückte alte Zausel, dass der einmal verliebt war ...«

Sie konnte sich kaum beruhigen und trank vor Aufregung solche Mengen Kaffee, dass sie Herzflattern bekam. Dann erzählte sie mir allerhand über den Professor, der offenbar in der ganzen Gegend als verrückt galt, trotz seiner Erfolge als Archäologe und Autor wissenschaftlicher Bücher. Er hatte in Süddeutschland und in Österreich zahlreiche Ausgrabungen von keltischen Gräbern, Siedlungen und Kultstätten geleitet und bedeutende Funde ans Tageslicht gefördert, die jetzt in verschiedenen Museen ausgestellt waren.

»Er glaubt, er wär' ein Zauberer«, vertraute Frau Zacherl mir an und tippte sich mit dem Zeigefinger gegen die Stirn. »Jetzt sowas! Ein Zauberer! Das ist doch wie im finstersten Mittelalter, sag' ich immer.«

Sie war der Ansicht, dass ein »junges Mäderl« wie ich eigentlich nicht im Haus eines derart verrückten alten Typen wohnen sollte.

»Lass dir bloß nichts gefallen von dem!«, schärfte sie mir ein. »Ich weiß echt nicht, wie die Frau Pichler es so lang mit diesem Mannsbild ausgehalten hat ...«

Schließlich machte sich Frau Zacherl seufzend

und ächzend daran, die Böden zu saugen. Dabei schimpfte sie heftig über Hugins Kackspuren. Der Professor hatte sich in seinem Arbeitszimmer verschanzt.

Nach der zweiten Kaffeepause half mir Frau Zacherl mit dem Brotteig. Plötzlich ging alles problemlos. Der Teig, den sie mischte, sah nicht so grau aus wie meiner. Er hatte eine hübsche gelbliche Farbe und fing schon nach einer halben Stunde an sich aufzuplustern.

Ich hatte nicht gewusst, wie wunderbar frisch gebackenes Brot riecht. Der Duft erfüllte das ganze Haus und lockte den Professor aus seinem Studierzimmer.

»Ist sie weg?«, fragte er.

Ich musste lachen und entdeckte überrascht, dass etwas wie ein Schmunzeln über sein Gesicht ging. Sobald sich das Brot aus der Form stürzen ließ, schnitt er es an, bestrich es mit Margarine, streute Schnittlauch darauf und aß mehrere Scheiben, als wäre es die größte Delikatesse.

»Ich bekomme Bauchschmerzen davon«, sagte er. »Aber das ist es wert. Es gibt nichts Köstlicheres als frisch gebackenes Brot.«

Es schmeckte wirklich gut. Mit meinem Butterbrot ging ich ins Freie. Unter dem Abfluss der Dachrinne hatte sich ein kleiner Teich gebildet, in dem Hugin badete.

Eine Weile beobachtete ich ihn. Es sah total putzig aus, wie er Kopf und Flügelspitzen ins Wasser tauchte und dabei knicksende Bewegungen vollführte, wie er mit dem Schnabel durch sein Gefieder fuhr und sich schüttelte, dass es spritzte. Dabei stieß er vor Behagen leise krächzende und kollernde Geräusche aus und führte anschließend einen kleinen Freudentanz im Gras auf.

Als er mich entdeckte, hörte er auf zu tanzen, begrüßte mich mit einem »Quork« und folgte mir halb hüpfend, halb flatternd in den Garten.

Eigentlich war es kein Garten, eher ein kleiner Wald mit all den Büschen und Bäumen, von denen ich nur wenige kannte – Weißdornsträucher, knorrige Eichen mit Misteln in den Zweigen, Stechpalmen, wilde Apfelbäume, Holunderbüsche und dazwischen ein Weg, der von schwarzgrünen Eiben gesäumt war.

Im Moos und hohen Gras wuchsen große lindgrüne Farne und weiß blühende Fingerhüte. Silbergraue Flechten hingen von den Ästen. An den Baumstämmen hatten sich bizarre Pilze angesiedelt. Kletterpflanzen mit weißen Blütensternen und süß duftendes Geißblatt rankten sich durch das Dickicht. Wasser sprudelte und tropfte aus verborgenen Höhlen.

Wieder hörte ich das gläserne Geklimper. Es wurde lauter, wenn der Wind durch den Garten strich. Spinnen hatten ihre Netze zwischen den Zweigen gesponnen.

Ich sah mich nach Hugin um, doch er war verschwunden. Vielleicht saß er irgendwo auf einem Baum, denn ich hörte Geraschel und dann ein Kichern. Konnten Rabenkrähen kichern? Ich traute

Hugin zu, dass er es fertigbrachte, Stimmen nachzuahmen und sich wie ein Kobold über mich lustig zu machen.

Nachdem ich fast eine halbe Stunde gegangen war, endete der Pfad an einem Wall grüner Büsche. Aus der Ferne hatte ich ihn für eine Mauer gehalten. Es war eine mächtige Eibenhecke mit schwarzgrünen Nadeln.

Der Professor hätte sich seine Warnung sparen können. Die Hecke war mindestens drei Meter hoch und zu dicht, um durchzukommen. Außerdem hatte ich mal irgendwo gelesen, dass die Früchte der Eibe giftig seien. Mir blieb nichts anderes übrig als umzukehren.

Während ich mich umdrehte, bemerkte ich, dass ein kleiner Trampelpfad ins Gebüsch abzweigte. Er führte in die gleiche Richtung, in der die Hecke verlief.

Wer war auf dieser Spur gegangen? Hatten Tiere sie gebahnt? Neugierig geworden folgte ich dem schmalen Pfad über zertretenes Gras und moderndes Laub.

Obwohl ich mich duckte, verfingen sich meine Haare ständig in den dornigen Zweigen der Stechpalmen. Im gleichen Augenblick, als ich beschloss, wieder kehrtzumachen, sah ich, dass der Pfad wieder zur Eibenhecke führte. Er endete vor einem engen Durchgang, nicht mehr als ein Spalt, der die Hecke wie eine geheime Pforte teilte.

Ich blieb stehen. Der Durchgang war so schmal, dass nur ein Kind problemlos durchpasste. Ein Erwachsener hätte den Kopf einziehen und die Arme dicht an den Körper legen müssen, um sich durchzuzwängen. Doch immerhin war es möglich, auf die andere Seite der Hecke zu gelangen.

Der Professor hatte es verboten. Die Hecke war eine Grenze und er wollte nicht, dass ich sie überschritt; das hatte er klar und deutlich gesagt. Doch wie das mit Verboten so ist, reizte es mich plötzlich, herauszufinden, was jenseits der Hecke war.

Irgendwann in nicht allzu ferner Zukunft würde ich das Verbot missachten und mich durch den Spalt in der Hecke zwängen, das wusste ich.

5

Am nächsten Tag klopften zwei junge Typen gegen die Scheibe des Küchenfensters.

Hugin fing an zu kreischen. Ich öffnete das Fenster und sagte: »Tut mir leid, ich kaufe nichts. Ich bin hier nur zur Aushilfe.« Denn ich dachte, die beiden wären Drücker, die mir ein Zeitschriftenabonnement aufschwatzen wollten. Doch sie lachten und erklärten, sie wollten zum Professor.

»Wir studieren bei Professor Hrdliczka an der Uni«, sagte einer von beiden. Er hatte weizenblondes Haar, etwas schiefe Zähne und eine ziemlich große Nase mit Sommersprossen darauf.

Der Zweite sah aus, als hätte er irgendwo im Heu übernachtet. Das verknitterte Leinenhemd schlotterte um seinen knochigen Oberkörper, seine Hose glich zwei zusammengenähten Mehlsäcken.

»Wir kommen aus München«, erklärte er. »Wir sind angemeldet.«

Natürlich wusste ich nichts davon. »Wartet mal, ich sage dem Professor Bescheid. Ihr könnt euch inzwischen in den Garten setzen.«

Der Professor saß hinter seinem Schreibtisch und war sehr erstaunt. »Hm, hm, ja freilich, jetzt fällt es mir wieder ein!«, nuschelte er. »Reimer und … wie hieß er doch gleich? Wie dumm von mir! Ich hatte den Termin vollkommen vergessen … Du kannst sie zu mir führen.«

Für die folgenden drei Stunden verschwanden die beiden Studenten im Arbeitszimmer, sehr zum Ärger von Hugin, der aufgeregt quorkend herumhüpfte. Vielleicht fürchtete er, die Besucher könnten seine Nussvorräte plündern, die er für Notfälle in allerhand geheimen Ecken und Winkeln versteckt hatte.

Irgendwann kam der Professor und verkündete, seine Studenten würden zum Abendessen bleiben.

»Etwas Rohkost wird genügen«, sagte er. »Bitte richte eine Schüssel Blattsalat, dazu geriebene Möhren und Sellerie und ein Schälchen Oliven. Wir haben ja auch noch Brot im Haus.«

Mein zweifelnder Gesichtsausdruck entging ihm nicht. »Damit müssen sie vorliebnehmen, ich bin schließlich kein Speiselokal!«

Hendrik Reimer und Niels Stratmann aßen die Rohkost, ohne eine Miene zu verziehen. Im Gegensatz zu mir konnten sie ja später im »Wilden Mann«, wo sie ein Zimmer gemietet hatten, noch etwas zu essen bestellen.

Hugin wurde aus der Küche verbannt. Er startete vom Schrank aus mehrere Sturzflüge auf Hendriks Kopf und versuchte Niels in den Oberarm zu hacken.

»Er ist nicht an fremde Menschen gewöhnt«, erklärte der Professor. »Besuch regt ihn auf. Nur Sylvie hat er überraschend schnell akzeptiert.«

Ich sagte: »Ich bin die Herrin der Nüsse. Das ist wahrscheinlich der tiefere Grund.«

Der Professor verfolgte mit seiner Gabel eine Olive quer über den Teller. »Nein, ich vermute, es hat mit deiner Stimme zu tun. Hugin liebt sanfte, helle Frauenstimmen. Das ist bei vielen Tieren so.«

Alle Blicke richteten sich auf mich. Ich wurde rot. Zum Glück wechselten sie das Thema. Der Professor fragte nach einem Seminar über keltische und nordische Baumgottheiten, das einer seiner Kollegen in München abgehalten hatte. Sie redeten von Birken, die dem Donnergott Thor und Birgh, der Göttin der Wiedergeburt und des Feuers, geweiht waren; vom Gott Fagus, dem die Buche zugeordnet wurde, und vom Göttervater Odin, der sich sieben Tage und sieben Nächte lang an die Weltesche Yggdrasil hängte, um höchste Weisheit zu erlangen.

Dann erwähnten sie Embla, die die Götter als erste Menschenfrau aus der Ulme formten. Embla und Ask, sagten sie, waren in der Edda als erstes Menschenpaar genannt. Ich dachte, dass die Christen ihre Geschichte von Adam und Eva dann wohl aus den nordischen Sagen geklaut hatten.

Nach den Baumgöttern ging es um die Kelten. Die Griechen hatten sie »Waldteufel« genannt, weil sie ihre Haare mit Kalklauge bestrichen hatten, sodass sie grau und dick wie Pferdemähnen geworden waren.

Man wusste, dass die Kelten sich mit Fußringen und Armreifen aus Gold und Bernstein geschmückt hatten. Offenbar galten sie als kriegswütig und aufbrausend, sprachen gern in Rätseln und waren nicht besonders zimperlich in ihren Sitten und Bräuchen.

»Bei den Kelten war es üblich, getötete Feinde zu enthaupten und ihre Köpfe am Sattelknauf der Pferde mitzuführen«, sagte der Professor und kaute genüsslich an einer Brotrinde. »Bei Feinden von besonders hohem Rang wurden die Köpfe mit Zedernöl einbalsamiert und in Truhen aufbewahrt. Oder man benutzte die Schädel der Feinde als Trinkschalen, oft auch als Talisman.«

Niels Stratmann hatte das Thema »Zauberzeichen und zauberkräftige Gegenstände« für seine Diplomarbeit gewählt. Langsam begann ich zu begreifen, was all die merkwürdigen, abschreckenden Teile im Haus des Professors bedeuteten – die Masken, der Drudenfuß, die Misteln, die Tierpfoten und Zeichen auf den Türen. Das alles mussten Abwehrzauber gegen finstere Mächte sein. Sicher glaubte der Professor an die Wirksamkeit dieser Dinge. Er hatte sie wohl nicht nur zur Verzierung in seinem Haus verteilt und aufgemalt.

Gern hätte ich gewusst, worüber Hendrik Reimer

schrieb. Er war der Stillste von allen, schien seinen Gedanken nachzuhängen oder einfach nur zuzuhören.

Nachdem der Professor zwei Gläser Wein getrunken hatte, wurde er bedeutend lockerer. Er redete über eine Eule, die er seinen Schutzgeist nannte.

»Vergangene Woche ist sie dreimal ums Haus geflogen«, erzählte er. »Und vor zwei Nächten rief sie siebenmal hintereinander. Ich versuche die Botschaft zu entschlüsseln. Natürlich will sie mir etwas Wichtiges mitteilen.«

»Achten Sie auf Ihre Träume«, sagte Niels.

»Das weiß ich selbst, ich brauche keine Belehrungen.« Auf den zerfurchten Wangen des Professors hatten sich zwei runde rote Flecke gebildet. »Aber zur Zeit entgleiten sie mir. Wenn ich aufwache, ist mir klar, dass ich eine Menge wichtiger, aufschlussreicher Traumbilder hatte, aber ich erinnere mich nicht an ein einziges.«

Im Laufe des Abends vereinbarten Niels und Hendrik mit dem Professor, dass sie mindestens eine Woche bleiben wollten.

»Ich kann allerdings nicht mehr als zwei Stunden täglich erübrigen«, sagte der Professor. »Vormittags von halb zehn bis halb zwölf nehme ich mir Zeit für Sie. Und ich erwarte, dass Sie pünktlich sind.«

Damit waren die beiden entlassen. Sie bedankten sich höflich für das Abendessen und gingen durch den dunklen Garten zu ihrem Wagen. Ich befreite Hugin aus der Abstellkammer, wo er auf der Vorhangstange saß und schlief. Dass er müde war, wunderte mich nicht. Er hatte aus Frust über seine Verbannung eine Tüte mit Staubsaugerbeuteln zerfetzt, einen Putzlappen in Stücke gerissen und mit seinem scharfen Schnabel Löcher in die Holzdielen gehackt.

Er hielt mich wohl für seine Retterin, denn er flatterte mir auf die Schulter und schmiegte seinen Kopf an meinen Hals. Dabei stieß er leise gurgelnde Töne aus. Auf dem Weg zur Küche zupfte er zärtlich an meinen Haaren. Vielleicht dachte er, sie wären eine Art Federkleid.

»Kack mir nicht auf den Rücken!«, sagte ich. »Du riechst ziemlich streng, Huckebeinchen. Hast du irgendwo im Pferdemist herumgestochert?«

Hugin mochte ich ihn nicht nennen. Der Name kam mir zu hochtrabend für einen Vogel vor, der so viel Unsinn im Kopf hatte wie er. Er erinnerte mich an Hans Huckebein, den Unglücksraben von Wilhelm Busch, der seine Nase zu tief in ein Likörglas steckte, worauf das Verhängnis seinen Lauf nahm.

Der Professor stand am offenen Küchenfenster. Bei unserem Eintritt drehte er sich um und legte den Zeigefinger an die Lippen.

»Sie ist wieder da!«, flüsterte er. »Hörst du sie rufen?«

Zuerst hörte ich nichts als den Wind in den Baumwipfeln und Huckebeins Liebesgeflüster. Ich hielt ihm kurz den Schnabel zu und lauschte.

»Schuhuuu-schuhuuu!«, tönte es klagend und ziemlich schaurig durch die Nacht.

»Sie rufen wie Geister«, murmelte der Professor.

»Das hat schon Linné gesagt, der große Naturforscher. Eulen fliegen zwischen dem Land der Lebenden und den Gefilden der Verstorbenen hin und her.«

Er schwieg eine Weile. Jetzt war alles still. Nur Hugin-Huckebeins Gefieder rauschte, als er auf die Stuhllehne flog.

Der Professor schloss das Fenster. »Die Navajo-Indianer erzählen sich eine Legende, wonach die Eulen den Menschen die Zukunft verkünden können. Mich hat die Eule schon ein ganzes Leben lang begleitet. Weisheit, List, das Wissen vom diesseitigen und jenseitigen Leben, all das habe ich ihr zu verdanken.«

Auf dem Weg in mein Zimmer überlegte ich wieder einmal, ob Frau Zacherl recht hatte, die den Professor für »g'spinnert« hielt. Doch mein Vater war der Meinung, dass nicht jeder gleich verrückt sein muss, nur weil er den Vorstellungen normaler Durchschnittsbürger nicht entspricht.

»Die Menschen sind verschieden, Sylvie, und jeder hat seine eigene Wirklichkeit.« Das waren seine Worte gewesen, ich erinnerte mich genau. »Alle sind verschieden, jeder ist anders als die anderen; und manche sind eben ganz anders.«

Ja, Professor Samuel Hrdliczka war wohl einer von der »ganz anderen« Sorte. Ob ich ihn mochte, wusste ich noch immer nicht. Nur eines konnte man ihm nicht nachsagen: dass er langweilig war.

6

»Ich an deiner Stelle würde die Alraune wieder ins Bett legen, dorthin, wo sie ursprünglich war«, sagte der Professor am nächsten Morgen nach einem kurzen Blick auf mein Gesicht.

Sah man mir so deutlich an, wie schlecht ich geschlafen hatte? Doch er stellte keine Fragen, und ich erzählte nichts von dem scheußlichen Druck auf meine Brust, der mich immer wieder geweckt hatte, bis ich schließlich aufgestanden war und den Rest der Nacht lesend im Sessel verbracht hatte.

Der Morgen dämmerte grau und trüb. Ein Lichtblick war der bevorstehende Besuch von Hendrik und Niels, auch wenn sie nicht zu mir kamen. Nach dem Frühstück ging ein kurzer Regenschauer nieder; dann klarte der Himmel unerwartet auf und die Sonne erschien strahlend zwischen dicken Wolkengebirgen.

Der Professor führte seine »Schüler«, wie er sie nannte, in den Garten. Ich brachte ihnen zwei Kannen Tee – Salbei für den Professor, Rotbuschtee für Hendrik und Niels. Niels nickte nur geistesabwesend in meine Richtung. Hendrik aber hatte sich meinen Vornamen gemerkt.

»Hi, Sylvie!«, sagte er. »Vielen Dank für den Tee. Trinkst du eine Tasse mit?«

Ehe ich antworten konnte, winkte der Professor schon ungeduldig ab und brummte: »Wir haben keine Zeit für englische Teestunden.«

Kurz nach halb zwölf erschien Hendrik unter dem Küchenfenster und stellte das Tablett mit dem Teegeschirr aufs Fensterbrett. Ich lenkte Huckebein mit Apfelstücken ab, während die Männer draußen standen und sich über den nahen Grendelsee unterhielten.

Die Stimme des Professors schallte durchs Fenster herein. »Ich versuche seit Jahren herauszufinden, ob in der Bevölkerung noch alte Sagen über den See im Umlauf sind. Aber die Einzige, die etwas zu wissen schien, war eine alte Bäuerin. Inzwischen ist sie gestorben. Sie war leider schon etwas wirr im Kopf, behauptete aber, dass eine Hexe auf dem Grund des Sees haust, die kleine Kinder zu sich hinunterzieht und verschlingt. Das würde gut passen …«

Weshalb und wozu diese Schauergeschichte gut passen sollte, erfuhr ich nicht mehr, denn sie wanderten ums Haus herum und ihre Stimmen verklangen.

Vermutlich war der See an manchen Stellen sehr tief, sodass im Lauf der Zeit ein paar unglückliche Kinder darin ertrunken waren. Trotzdem hatte ich vor, dort zu baden, sobald das Wetter wärmer wurde.

Nachmittags radelte ich nach Agathenried, um einzukaufen. Ich mochte die alte Ortschaft, ihre verwitterten Steinhäuser mit den hölzernen Veranden, die engen Gassen und das bucklige Pflaster. Im Café »Windbeutel« saßen Hendrik und Niels an einem Tisch unter der Linde und lasen Zeitung. Sie sahen mich nicht. Da ich mir sowieso vorgenommen hatte, mich nach all der Rohkost mit einem Topfenstrudel zu stärken, ließ ich meine Einkaufstüten wieder im Bioladen zurück; und als ich zum »Windbeutel« kam, saßen sie immer noch bei Kaffee und Kuchen.

Jetzt steckten sie ihre Köpfe über einem Ordner mit losen Blättern zusammen. Ich setzte mich an einen entfernten Tisch. Sie sollten nicht glauben, dass ich ihretwegen ins Café gekommen war. Länger als nötig studierte ich die Getränkekarte. Dann hörte ich ein Geräusch. Als ich aufsah, stand Hendrik vor mir.

»Ist's okay, wenn ich mich zu dir setze?«, fragte er.

Ich nickte. Aus irgendeinem Grund waren wir beide ziemlich verlegen. Niels schaute kurz zu uns herüber, rang sich ein müdes Lächeln ab und blätterte weiter in den Papieren. Die Bedienung kam; ich bestellte meinen Strudel, dazu einen Kaffee und Mineralwasser. Hendrik entschied sich für einen Cappuccino.

»Du brauchst sicher ein paar Kalorien nach all dem Grünfutter«, sagte er mitfühlend.

Ich lachte. »Wenn ich mich sechs Wochen lang so gesund ernähre wie der Professor, verwandle ich mich in eine Runkelrübe. Oder ich sterbe an Magersucht.«

»Er meint, Fleisch und deftiges Essen lähmen den Geist. Vermutlich hat er damit sogar recht.« Das war der erste längere Satz, den ich Hendrik sagen hörte. »Er ist ein außergewöhnlicher Mensch.«

»Die Leute hier scheinen ihn für verrückt zu halten.«

In seinen grauen Augen blitzte ein winziges Lächeln auf. »Damit sind sie nicht allein. Viele seiner

Kollegen denken, er wäre nicht ganz richtig im Kopf. Aber wo ist die Grenze zwischen Genialität und Wahnsinn? Das kann keiner bestimmen.«

»Und was denkst du?«

Er zögerte. Wir schwiegen, während die Bedienung Tassen und Teller auf den Tisch stellte. Dann erwiderte er: »Ich weiß, dass er eine ungeheure Fülle von Wissen hat und auch so etwas wie magische Kräfte.«

Magische Kräfte! Frau Zacherl hatte den Professor einen Zauberer genannt. Aber nein, das stimmte nicht ganz. Sie hatte gesagt, dass er sich für einen Zauberer hielt.

»Du meinst, er kann zaubern? Schwarze Magie und so?«, fragte ich ungläubig.

»Keine schwarze Magie. Das Gegenteil. Professor Hrdliczka kennt magische Sprüche und bestimmte zauberkräftige Rituale, aber er würde sie nie einsetzen, um Schaden anzurichten. Sein Anliegen ist es, die Welt zu verbessern.«

»Da hat er sich viel vorgenommen.«

»Zu viel, fürchte ich. Er leidet unter der Zerstörung der Natur. Ich kann ihn gut verstehen.« Hendrik warf ein Zuckerstück in seinen Cappuccino. »Er hält sich für einen modernen Druiden.«

Ich überlegte, was ich von Druiden wusste, abgesehen von Miraculix in den Asterix-Heften. Sie waren bei den Kelten bedeutende Persönlichkeiten gewesen, Ratgeber von Königen, Priester und weise Seher. Merlin fiel mir ein. Gab es da nicht eine Verbindung zu dem sagenumwobenen König Artus? Ja,

Merlin war sein Berater gewesen, der Zauberer und berühmteste aller Druiden.

Dann erzählte ich, wie ich zum Professor gekommen war. Hendrik lächelte, als ich die reichlich einseitige Liebesgeschichte zwischen Samuel Hrdliczka und meiner Großmutter erwähnte.

»Armer alter Bursche!«, sagte er. »Dafür ist er in seinem Job schon früh außergewöhnlich erfolgreich gewesen. Einige der bedeutendsten Ausgrabungen von keltischen Siedlungen, Fürstengräbern und Kultplätzen in Deutschland und Österreich haben wir ihm zu verdanken. Er hatte immer eine Art sechsten Sinn für die Stellen, an denen besonders reiche Funde zu erwarten waren. Natürlich ist er jetzt zu alt für die anstrengende Arbeit bei den Ausgrabungen. Sein Buch »Macht und Magie der Kelten« ist übrigens das anerkannteste Werk auf dem Gebiet keltischer Forschung.«

Ich hörte ihm zu und begriff, dass er den Professor verehrte. »Und worüber schreibst du?«, fragte ich.

»Du meinst meine Diplomarbeit?« Er errötete, als hätte ich ihm eine unmoralische Frage gestellt. »›Die Druiden und ihr Wissen von der keltischen Anderswelt‹«, erwiderte er.

Den ganzen Abend lang kam mir immer wieder dieses Wort in den Sinn, Anderswelt. Ich hatte den Begriff schon einmal gehört, erinnerte mich aber nicht mehr, wo und wann. Also nahm ich mir vor, das Nächstliegende zu tun und den Professor danach zu fragen, sobald er wieder einmal in huldvoller Stimmung war.

An diesem Abend wirkte er allerdings ziemlich ungnädig. Schweigend löffelte er die Gemüsesuppe, mit der ich mir besondere Mühe gegeben hatte, und schien über allerlei Probleme nachzugrübeln, wie die tiefen Falten auf seiner Stirn verrieten.

Dann zog er sich zurück. Ich hörte ihn auf dem Weg zur Treppe vor sich hinmurmeln, verstand aber nicht, was er sagte. Eine Viertelstunde später kam er noch einmal in die Küche und verkündete mit finsterem Blick, ich würde am Telefon verlangt.

»Es ist deine Großmutter. Ich habe ihr erklärt, dass es mir jetzt schlecht passt, weil ich mitten in einem wichtigen Denkvorgang bin, aber das war ihr offenbar gleichgültig. Also geh ans Telefon und mach es kurz. Ich möchte nicht länger als unbedingt nötig gestört werden.«

Ich fragte: »Könnte man das Telefon nicht auf den Flur stellen?«, doch er gab keine Antwort.

Das Arbeitszimmer des Professors war nur notdürftig von zwei Kerzen erhellt. Ich stolperte über einen Karton mit Büchern und stieß mir den Oberschenkel an der Schreibtischkante. Nonnas Stimme klang vergnügt.

»Der gute alte Samuel scheint einen seiner ungnädigen Tage zu haben«, sagte sie. »Habt ihr euch sehr in der Wolle? Hältst du es noch eine Weile bei ihm aus?«

»Es geht so, kein Problem«, erwiderte ich. »Wir kommen ganz gut klar.«

»Hallo, das sind ja total neue Töne! Heißt das, dass du bleiben wirst?«

»Schon möglich«, sagte ich. »Mal sehen.«

Nonna hatte eine erstaunliche und manchmal auch peinliche Gabe, die Gedanken und Gefühle anderer Menschen zu erraten.

»Du hast dich doch nicht etwa verliebt?«, hörte ich sie fragen.

Ich stellte mich dumm. »In deinen Professor? Da müsste ich schon einen ziemlich abartigen Geschmack haben.«

Sie kicherte. »Du weißt genau, dass ich das nicht gemeint habe. Also, wer ist es?«

»Niemand«, sagte ich. »Und jetzt muss ich Schluss machen, der Professor will in sein Arbeitszimmer.«

»Na gut, wenn du nicht darüber reden willst … Hauptsache, du sitzt nicht schon auf gepackten Koffern. Übrigens, dein Vater hat gestern aus Montreal angerufen. Er will jetzt noch ein Vierteljahr länger in Kanada bleiben und für ein französisches Unternehmen eine Fabrikationshalle bauen.«

Mein Vater ist Ingenieur. Ich bin es gewöhnt, dass er ständig irgendwo in der Welt unterwegs ist und eigentlich nur seine Urlaube zu Hause verbringt. Daran ist wohl auch die Ehe meiner Eltern gescheitert.

»Aha«, murmelte ich. »Dann kommt er also im Oktober doch nicht. Eigentlich wollte er zu meinem Geburtstag da sein.«

Nonna seufzte. »Er hat dich mal wieder enttäuscht. Aber du kennst ihn ja, es ist immer das Gleiche. Er bringt es nicht fertig, einen Auftrag abzulehnen. Dafür werden wir beide etwas Schönes unternehmen, das verspreche ich dir.«

Ich gab mir Mühe, nicht nach links oder rechts zu schauen, als ich den düsteren Flur entlang zur Treppe ging. Die geschnitzten Holzmasken an den Wänden schienen mich mit ihren hervorquellenden Augen zu verfolgen. Einige hatten Vogelschnäbel, andere weit aufgerissene Münder mit vampirähnlichen Eckzähnen und dämonischem Grinsen.

Besonders eine Maske, eine Teufelsfratze mit Hörnern und struppigen, verfilzten Haaren aus Tierfell, folgte mir mit ihrem lauernden Blick. Ich hatte immer das Gefühl, dass sie schon auf mich wartete, wenn ich meine Zimmertür öffnete oder über die Treppe ging.

Auch Frau Zacherl hatte mir anvertraut, dass sie Angst vor den »grauslichen Fratzen« hatte. Der Professor hatte sie von seinen Reisen aus aller Welt mitgebracht und war sehr stolz auf seine Sammlung.

Er kam mir am Treppenabsatz entgegen. Ich fragte, ob ich eines von seinen Büchern ausleihen könnte. Überrascht musterte er mich.

»Du kannst sie alle lesen«, sagte er. »Aber ich nehme an, du suchst ein bestimmtes Buch? ›Macht und Magie der Kelten‹? Die Bibliothek ist zwischen der Abstellkammer und dem Bad. Schau in das Regal rechts neben dem Fenster. Aber mach keine Fettflecke in die Bücher und keine Eselsohren. Und leg sie nicht aufs Gesicht, das ruiniert sie.«

Sie aufs Gesicht legen? Was meinte er damit? Wahrscheinlich, dass ich die Bücher nicht aufschlagen und mit den Seiten nach unten hinlegen sollte. Vielleicht war er ein Bücherfetischist. Sonst kam er mir nicht gerade übertrieben ordentlich vor. Seine Haare wirkten ungepflegt, sein seltsames Lederwams mit den Hirschhornknöpfen, das er stets über Hemden und Pullis trug, glänzte speckig und hatte am Kragen und an den Taschen schwärzliche Ränder.

Das Hauptwerk des Professors war ein Wälzer von fast tausend Seiten. Allein das Kapitel über die Druiden, die Priester der Kelten, umfasste etwa siebzig Seiten.

Die Druiden galten als weise Männer, denn »dru« heißt stark und »wid« weise. Sie besaßen die Kraft der Prophezeiung und das Wissen um Geschehnisse aus längst vergangenen Zeiten. Dem Amt des Druidenpriesters gingen eine bis zu zwanzigjährige Lehrzeit und eine Einweihung voraus. Sie wurden in Astronomie, Geografie, Naturwissenschaft und Medizin unterrichtet und lernten alles, was es über keltische Gottheiten zu wissen gab. Da sie die Zeit berechnen konnten, wurden sie bei bedeutenden Ereignissen wie Kriegen oder Rechtsstreitigkeiten nach dem dafür günstigsten Zeitpunkt befragt. Sie konnten auch gute oder schlechte Vorzeichen deuten.

Es gab sieben Rangstufen unter den Druiden. Der Ober-Druide, Ollam genannt, war von höherem Rang als der König. Der zweitwichtigste Druide war der Gutuator, der die Gläubigen zum Opfer rief. Unter den Opferpriestern waren auch viele Frauen. Dann gab es Druiden namens Vates; sie waren zugleich Propheten und Seher.

Zu den Festen des Jahres riefen die Druiden das Volk zusammen. Dann kletterten sie auf die heiligen Eichen und schnitten Misteln, »Hexenbesen« genannt, mit einer goldenen Schere oder Sichel ab. Diese Hexenbesen verwendete man, um Besessene auszupeitschen und Dämonen auszutreiben.

Besonders ausführlich befasste sich der Professor mit der sagenumwobenen Gestalt Merlins oder Myrddins. Der Überlieferung nach war Merlin der oberste Ratgeber und Beschützer von König Artus gewesen, ein Zauberer und Seher, der eine Reihe von Weissagungen über das Schicksal Britanniens gemacht hatte.

Ich lag im Bett, gab mir Mühe, keine Seiten zu verknittern und las im Schein der Nachttischlampe von Merlin, dem Zauberer.

Merlin, das bedeutete »Falke« oder »Mann des Meeres«. Er war das Kind eines Dämons und einer menschlichen Frau. Merlin war auch der Hüter der dreizehn Schätze Britanniens, so hieß es, die er in seinem gläsernen Turm auf Bardsey Island aufbewahrte.

Ich hatte dem Professor nicht zugetraut, dass er so spannend schreiben konnte. Trotzdem fielen mir nach einer Stunde ständig die Augen zu, ehe ich mich richtig in die Geschichte von Merlin und König Artus vertieft hatte.

Auch das Kapitel über die »Anderswelt« der Kelten musste bis morgen warten. Ich schaffte es gerade noch, das Hauptwerk von Samuel Hrdliczka zuzuklappen, ordentlich auf den Nachttisch zu legen und die Lampe auszuknipsen, und fiel in Schlaf, sobald mein Kopf wieder das Kissen berührte.

Vielleicht war die Bettlektüre von Zauberern, Hexenbesen und Dämonen schuld daran, dass ich die verrücktesten Träume hatte und mir einbildete, im Halbschlaf Geräusche und Stimmen zu hören.

Später redete ich mir ein, dass Huckebein hinter dem Gekicher und Gewisper steckte; dass er auf dem Flur hockte, den Schnabel unter meiner Tür, und mich aus dem Zimmer zu locken versuchte. Denn er konnte tatsächlich allerhand Laute und Stimmen nachahmen.

Doch im Grund wusste ich, dass es nicht so war. Das Kichern, das Wispern und Raunen und Säuseln und Singen musste andere Ursachen haben. Es war ein Chor von Geräuschen, die von überallher kamen – aus der Luft, dem Boden, aus allen Ecken und Winkeln.

Ich hätte mir einbilden können, von einem Volk unsichtbarer Wesen umgeben zu sein, deren Sprache ich nicht verstand und die sich über mich lustig machten, aber auch versuchten, mir Geschichten in einer Mundart zu erzählen, die nur sie kannten.

Sie zupften auch an mir. Sie zerrten an der Bettdecke, rissen kichernd an meinen Haaren, kniffen mich ins Ohrläppchen und pusteten mir ins Gesicht. Ich lag in einer Art Dämmerschlaf, unfähig, mich zu rühren oder mich gegen sie zu wehren.

Eine hohe, schrille Stimme flüsterte und sang mir wunderliche Reime ins Ohr. Dann zwickte mich jemand in die Nase. Da musste ich niesen und der Bahn war gebrochen.

Ich fuhr hoch und schlug die Augen auf. Das Zimmer war von silberweißem Mondlicht erhellt, die Vorhänge blähten sich im Luftzug. Kein Laut war mehr zu hören; ich war allein.

Die Bettdecke war zur Seite gerutscht, das Laken hatte sich um meinen Oberkörper und meine Arme gewickelt. Eine Weile lag ich da und lauschte. Falls Huckebein-Hugin hinter der Tür kauerte, verhielt er sich jetzt vollkommen still. Ich konnte mich nicht dazu überwinden, aus dem Bett zu steigen, durchs Zimmer zu gehen und die Tür zu öffnen.

Sicher war alles nur ein verrückter Traum gewesen. Vielleicht vertrug ich die rohen Zwiebeln nicht, die ich auf Anweisung des Professors in den Salat gemischt hatte. Oder es lag wirklich an den Geschichten von keltischem Zauber, die sich in meinem Unterbewusstsein festgesetzt und in Traumgespinste verwandelt hatten.

Mittlerweile war ich hellwach und konnte nicht wieder einschlafen. Das Mondlicht drang wie der grelle Schein einer Neonlampe durch meine geschlossenen Lider. Ich dachte an den Professor. Vielleicht wusste er eine Erklärung für die Stimmen und das Gezupfe und Gezerre.

Noch während ich darüber nachgrübelte, glaubte ich plötzlich sein Gesicht vor mir zu sehen und seine Stimme sagen zu hören: »Ich an deiner Stelle würde die Alraunwurzel wieder ins Bett zurücklegen.«

Nein, das war Schwachsinn und hirnrissiger Aberglaube. Was sollte die komische Wurzel schon bewirken? Genauso gut konnte ich eine Karotte unters Kopfkissen stecken …

Doch je mehr ich den Gedanken daran verwarf und als dummes Zeug abtat, umso eindringlicher wurde die Mahnung, bis ich schließlich fast gegen meinen Willen aufstand und zum Fenster tappte.

Das Wurzelmännchen lag noch dort, von einer Art Strahlenkranz umgeben, als hätte es das Mondlicht auf sich gezogen. Es wirkte wie eine winzige, verhutzelte Puppe und dabei doch seltsam lebendig. Ich musste mich richtig dazu überwinden, es anzufassen, nahm es vorsichtig zwischen Daumen und Zeigefinger, als könnte es mich beißen.

Es fühlte sich weich und kühl an. Ein prickelnder Strom schien in meine Hand und meinen Arm überzufließen. Doch das bildete ich mir wohl nur ein. Es war schließlich nichts als eine alte Wurzel; und wenn sie einmal Leben und Keimfähigkeit besessen hatte, lag das bestimmt lange zurück.

Mit der linken Hand hob ich mein Kopfkissen hoch und legte die Alraune darunter. Dabei kam ich mir albern und abergläubisch vor, redete mir aber ein, dass es nur ein Experiment war und dass es zwar nichts nützen, aber auch nicht schaden konnte, wenn die Wurzel in meinem Bett lag.

Ich schlief ein, ohne es zu merken, driftete über die Grenze zwischen Wachzustand und Schlaf, als würde ich auf weichem, warmem Wasser treiben. Später versuchte ich vergebens mich an meine Träume zu erinnern. Sie waren versunken. Ich wusste nur noch, dass sie so glücklich und angenehm gewesen waren wie schon lange nicht mehr.

Nichts störte meinen Schlaf. Als ich aufwachte,

war es hell hinter den Fensterscheiben. Ein Rotkehlchen sang im alten Garten. Es war höchste Zeit für Professor Hrdliczkas Müsli.

Ich ging ins Gästebad, das diesen hochtrabenden Namen eigentlich nicht verdiente. Es bestand nur aus einer vergammelten Toilettenschüssel, einem winzigen Waschbecken und einer Dusche mit Plastikvorhang, auf dem rosarote und grüne Fische schwammen. Über dem Waschbecken hing ein fleckiger Spiegel. Zwischen den Flecken konnte ich mein Gesicht sehen, umrahmt von wirren goldbraunen Haaren.

Während der Nacht hatte jemand Zöpfchen in meine Haare geflochten: zwei über der linken Schläfe und eines über dem rechten Ohr.

7

Vielleicht hatte der Professor ebenfalls eine unruhige Nacht verbracht, denn er sagte nicht einmal Guten Morgen, griff nur wortlos nach seiner Müslischale und verschwand damit aus der Küche. Ich hatte gerade noch Zeit, einen Blick auf seine Haare zu werfen. Sie waren flachsähnlich und verfilzt wie immer, aber ohne die Spur eines Zopfes.

Grübelnd saß ich am Tisch und trank von der scheußlichen Kräuterteemischung, bis Frau Zacherl kam und Kuchen und Schlagsahne aus ihrem Henkelkorb hervorzauberte. Ihre redselige, mütterliche Art tat mir gut. Ich labte mich am Kuchen und lauschte dabei ihren Klagen über ihre »zaundürre« Schwiegertochter nur mit halbem Ohr.

Im Grund sehnte ich mich danach, mit jemandem über die nächtlichen Umtriebe und die Zöpfchen in meinen Haaren zu reden, für die ich keine vernünftige Erklärung finden konnte. Doch Frau Zacherl war nicht die richtige Gesprächspartnerin. Sie wäre womöglich kreischend aus dem Haus gelaufen oder hätte überall herumerzählt, dass der Professor jetzt vollkommen »narrisch« geworden sei, nachts in die Zimmer unschuldiger junger Frauen schlich und sich an ihren Haaren zu schaffen machte.

So mampfte ich schweigend drei Stück Schoko-Nuss-Torte in mich hinein und ging dann mit einem Gemüsemesser und einer Schüssel voller Sellerieknollen, Karotten und Kartoffeln in den Garten. Die Sonne malte goldene Kringel ins Gras, Huckebein stocherte nach Würmern und alles war friedlich und ganz normal, während ich Gemüse schnippelte.

Dann hörte ich Stimmen. Hendrik und Niels bogen um die Hausecke. Plötzlich wusste ich, wem ich mich anvertrauen würde.

Das Schicksal kam mir zu Hilfe. Mittags lud der Professor seine Studenten zur Kartoffelsuppe ein, die ich gekocht hatte. Wir saßen am Gartentisch unter der alten Eiche. Einmal hob ich den Blick und merkte, wie Hendrik mich verstohlen musterte. Hatte ich Schmutz auf der Nase oder einen Krümel im Mundwinkel? Niels, der mir gegenübersaß, fragte mich nach der Wassertemperatur des Grendelsees.

»Keine Ahnung«, sagte ich. »Aber ich habe beschlossen, nachmittags dort zu baden, also werde ich es herausfinden.«

»Der See ist sehr kalt«, warf der Professor ein. Seine Laune hatte sich inzwischen gebessert. »Er wird von unterirdischen Gebirgsquellen gespeist.«

»Pfui Teufel!« Niels zog schaudernd die Schultern hoch.

»Mich stört das nicht.« Das kam von Hendrik. »Es ist so heiß heute, eine Abkühlung wäre nicht übel. Nimmst du mich mit?«

»Okay«, sagte ich. »Du kannst mit mir fahren, wenn du dich auf den Gepäckträger setzt.«

Niels machte ein tugendhaftes Gesicht und erklärte, er wollte den Nachmittag nützen, um zu arbeiten. »Wenn ihr mich nach Agathenried zurückbringt, könnt ihr mein Auto haben.«

Der Professor hielt einen kurzen Vortrag über den Grendelsee. »Ich vermute, er ist nach dem Ungeheuer Grendel benannt, mit dem der sagenhafte Held Beowulf kämpfte. Seine Mutter war eine Trollfrau. Sie lebte unter der Oberfläche eines Sees. Das könnte die Hexe sein, vor der die alten Leute hier noch manchmal die Kinder warnen. Viele Sagengestalten sind im Volksglauben erhalten geblieben, auch wenn sie sich in der Überlieferung und in den Märchen meistens verwandelt haben. Frau Holle zum Beispiel hat sich aus einer germanischen Naturgöttin entwickelt, die das Wetter beeinflusst.«

Unser Start mit dem VW-Bus war von Geräuschen begleitet, die mich an einen Düsenjäger erinnerten.

Huckebein-Hugin flog ein Stück hinter uns her. Ich verlangte, dass wir anhielten, damit ich nachsehen konnte, ob er auf dem Wagendach oder der Stoßstange saß. Inzwischen war er umgekehrt, trippelte auf der Gartenpforte hin und her und krächzte vorwurfsvoll.

Wir lieferten Niels im Gasthof »Zum Wilden Mann« ab und machten uns dann auf den Weg zum Grendelsee. Dabei verfuhren wir uns zweimal, weil wir eine Abzweigung übersahen und ein Wegweiser fast völlig im Dickicht eines Gebüschs verschwunden war.

»Die Trollfrau will nicht, dass man ihren See findet«, sagte Hendrik, nachdem wir während der ganzen Fahrt kein Wort gewechselt hatten.

»Könnte man gut verstehen, wenn man überlegt, was die Menschen so alles mit unseren Gewässern anstellen.«

Hendrik lächelte, während er den Wagen über eine holprige Forststraße durch ein Wäldchen steuerte. »Kann es sein, dass dich der Professor schon angesteckt hat?«

»Ich sehe auch so, was mit unserer Umwelt passiert. Dazu brauche ich ihn nicht.«

Erst nachdem ich es ausgesprochen hatte, merkte ich, wie unfreundlich das klang.

»Du magst ihn wohl nicht besonders?«

»Ich weiß noch nicht, ob ich ihn mag oder nicht. Vielleicht werde ich es nie wissen.«

»Außergewöhnliche Menschen wie er sind selten besonders liebenswert.« Hendrik steuerte einen

Platz zwischen zwei Birken an, der mit Steinen aufgeschüttet war. Weit und breit parkte kein anderes Auto. Wir hielten an. Er drehte den Zündschlüssel und fügte hinzu: »Aber du scheinst nicht zu wissen, was für ein Glück du hast, dass du in seinem Haus wohnen kannst. Ich würde viel darum geben, wenn ich einige Zeit in seiner Nähe leben dürfte.«

Ich klemmte die zusammengerollte Decke unter den Arm, die er mir reichte. Hinter einem Schilfgürtel glänzte der See. Vögel sangen im Röhricht; sonst war alles still.

»Meinst du das ernst?«, fragte ich, während wir über den weichen, bemoosten Boden zu einer Holzbrücke gingen. Darunter floss ein klarer Bach zum See hin. »Dass du gern bei ihm wohnen würdest?«

»Sicher. Man kann unglaublich viel von ihm lernen, er weiß Dinge, die in keinem Lehrbuch stehen. Und ich bin sicher, dass er magische Kräfte hat.«

Ich brauchte eine Weile, um das zu verdauen. »Aber das Haus … Also, in seinem Haus geht es nicht mit rechten Dingen zu.«

Hendrik schien sich nicht zu wundern. »Der Hügel, auf den es gebaut ist, ist sicher ein Kraftplatz. Der Professor hat ein Gespür für solche Orte.«

Ich fragte mich, was an einem Ort so prickelnd sein sollte, an dem man nachts gepiesackt wurde und nur Ruhe fand, wenn man komische Wurzelmännchen unters Kopfkissen legte.

Inzwischen hatten wir eine Stelle gefunden, wo der Schilfgürtel sich teilte und den Blick auf den See freigab, einen makellos rund geformten See, der wie ein schimmerndes Auge zwischen Birkengehölzen eingebettet lag. Am jenseitigen Ufer spielten Kinder. Nur ein paar vereinzelte Gestalten schwammen oder wateten im Wasser.

Wir breiteten die Decke im Gras aus. Ich trug meinen Bikini unter der Jeans und dem T-Shirt. Hendrik schlüpfte aus seinen Shorts; darunter hatte er eine schwarze Badehose an, die um seine knochigen Hüften schlotterte. Seine Haut war leicht gebräunt. Silbrige Härchen glitzerten auf seinen Armen und Beinen.

»Tut mir leid, dass ich dich vorher im Garten so angestarrt habe«, sagte er plötzlich. »Es war so schön, wie der Wind durch deine Haare wehte.«

Ich wurde verlegen und wusste nicht, was ich antworten sollte. Rasch fügte er hinzu: »Willst du gleich ins Wasser?«

Ich schüttelte den Kopf. »Erst setze ich mich noch ein bisschen in die Sonne.«

Schweigend ließen wir uns auf der Decke nieder. »Was ist mit dem Haus?«, fragte Hendrik. »Weil du sagst, dass es da nicht mit rechten Dingen zugeht. So hast du dich doch ausgedrückt.«

»Hm.« Ich entfernte einen Grashalm, der zwischen meinen Zehen steckte. »Du wirst es wahrscheinlich nicht glauben, aber … Also, nachts ist jemand in meinem Zimmer. Nein, eigentlich sind es mehrere.« Ich stockte. »Zumindest klingt es so. Man hört verschiedene Stimmen, verstehst du?«

Noch während ich das sagte, wurde mir bewusst, dass es klang, als hätte ich Verfolgungswahn. Hastig fügte ich hinzu: »Ich habe vorher nie so etwas gehört, nicht, ehe ich hierherkam. Zuerst dachte ich, ich hätte alles nur geträumt.«

Hendrik hörte aufmerksam zu. Sein Gesicht war mir mit ernstem Ausdruck zugewandt und er schien zu warten.

»Aber vergangene Nacht haben sie mir Zöpfchen in die Haare geflochten.«

Wenn er jetzt lacht, dachte ich, rede ich nie wieder ein Wort mit ihm! Doch er nickte nur, als hätte ich von etwas gesprochen, was völlig normal war.

»Zöpfchen«, wiederholte er. »Echt interessant. Und was passierte sonst noch?«

Irgendwie war ich erleichtert, weil er es so gelassen aufnahm. Ich schilderte die Stimmen, das Gezerre und Gezupfe und Gezwicke, so gut ich konnte. Die Stimmen und das Singen und Kichern ließen sich nur schwer beschreiben und schon gar nicht nachahmen. Es gab keine richtigen Vergleiche dafür. Nur die Schlümpfe fielen mir ein, auch wenn mir ihre Stimmen neben jenen der »Nachtleute«, wie ich sie insgeheim nannte, künstlich und vergröbert vorkamen.

Während des Erzählens bekam ich trotz des heißen Sommernachmittags eine Gänsehaut auf den Armen. Hendrik sagte lange nichts. Von der Seite sah ich, dass er die Stirn gerunzelt hatte. Auf seinem Nasenrücken schälte sich die Haut von einem Sonnenbrand.

»Sie haben mich übrigens auch in die Nase gezwickt«, fügte ich hinzu.

Plötzlich begannen wir zu lachen und lachten und lachten, bis wir nicht mehr konnten, weil uns alles wehtat. Dann aber wurden wir schlagartig wieder ernst und ich sagte: »Letzte Nacht fand ich es nicht witzig.«

»Das glaub ich dir. Es klingt, als hättet ihr Kobolde im Haus.«

»Kobolde?« Meine Stimme überschlug sich. »Du meinst diese kleinen Typen mit den Zipfelmützen? Aber die gibt's doch bloß im Märchen!«

»Nur Zwerge tragen Zipfelmützen.« Hendrik schien zu überlegen. »Hier im alpinen Raum gibt es auch die Wichtel. Sie sind eine Art Hauselben. Es könnten auch Butze sein. Butze sind allerdings eher Gespenster.«

Ich fragte mich, ob er sich über mich lustig machte. Irgendwie klang es aber, als meinte er das alles durchaus ernst.

»Wichtel?«, wiederholte ich mit leisem Kichern. »Also doch die mit den Zipfelmützen … Wichtelmänner sind Zwerge, oder?«

»Nein, das ist ein weit verbreiteter Irrtum. Die Wichtel sind Erdgeister, die sich manchmal in menschlichen Behausungen niederlassen. Sie sind ungefähr so groß wie ein zweijähriges Kind, sind am ganzen Körper behaart und haben übergroße Köpfe und spindeldürre Beine. Es heißt auch, sie hätten lange silbergraue Bärte. Angeblich tragen sie rote Jacken und Strümpfe.«

»Aha«, sagte ich. »Und woher weiß man das?«

»Weil sie gelegentlich gesehen worden sind. Ich

hab nur nicht gewusst, dass sie sich unsichtbar machen können. Oder hast du schon mal eine von diesen Figuren in einer Zimmerecke beobachtet?«

Ich musste aufpassen, dass ich nicht wieder in Gelächter ausbrach. Es hätte vielleicht ziemlich hysterisch geklungen. »Im Dunkeln sowieso nicht. Und wenn ich Licht angemacht habe, war keiner im Zimmer. – Aber du glaubst doch nicht wirklich an solche Sachen?«

Darauf gab Hendrik keine Antwort. »Natürlich könnten es auch Kobolde sein«, fuhr er grüblerisch fort. »Es heißt, wenn sie einmal in einem Haus leben, ist es fast unmöglich, sie wieder loszuwerden. Besonders hübsch sind sie nicht. Sie haben grünliche Haut und riesige Augen, obwohl sie sehr klein sind. Angeblich lachen sie wie Kinder. Sie sollen mutig, boshaft und launisch sein. Seltsam ist, dass du sie nicht sehen kannst. Aber jetzt fällt es mir ein: Irgendwo hab ich gelesen, dass Kobolde ihre Größe verändern und sich unsichtbar machen können …«

»He, warte!«, sagte ich. »Soll das heißen, du bist überzeugt, dass es diese komischen Figuren wirklich gibt?«

»Wieso nicht? Wer soll dir sonst Zöpfchen in die Haare geflochten haben? Ich denke, wir sollten mit dem Professor darüber reden.«

»Er hat mir geraten, eine Alraunwurzel in mein Bett zu legen. Also weiß er offenbar, dass in meinem Zimmer jemand sein Unwesen treibt.«

Die Vorstellung, mein Zimmer mit allerhand kleinen Monstern zu teilen, die sich an meinen Haaren zu schaffen machten, während ich schlief, und in Ecken und Winkeln herumlungerten, gefiel mir überhaupt nicht.

»Ich glaub's nicht! Das hält man doch irgendwie alles im Kopf nicht aus … Kann man denn nichts dagegen tun? Ich meine, gibt es kein Mittel, solche Hausgeister zu vertreiben?«

»In alten Überlieferungen heißt es, man soll sie ansprechen und sie bitten, wegzugehen. Oder man streut Erbsen oder Hirsekörnchen auf den Boden. Angeblich sind sie die totalen Ordnungsfanatiker und müssen zwanghaft jedes einzelne Körnchen zählen. Das nervt sie derart, dass sie verschwinden, wenn sie mit der Zählerei fertig sind.«

Bei jedem anderen als Hendrik hätte ich spätestens jetzt die Geduld verloren und ihn aufgefordert, keinen derart krassen Schwachsinn zu erzählen. Doch irgendetwas oder irgendjemand war nachts in meinem Zimmer gewesen. Diese Tatsache konnte ich nicht abstreiten, so gern ich es auch getan hätte.

»Meinst du nicht, dass der Professor selbst hinter diesem abartigen Schabernack stecken könnte?«, fragte ich vorsichtig.

Hendrik schüttelte heftig den Kopf. »So etwas würde er nie tun. Er käme gar nicht auf die Idee. Dafür lege ich meine Hand ins Feuer!«

Ich stand auf. »Ich gehe jedenfalls ins Wasser. Vielleicht erwischt mich das Grendel-Monster. Wundern würde es mich nach all dem nicht. Oder ich ertränke mich freiwillig.«

Hendrik lächelte zu mir auf. »Das wär schade. Vorsichtshalber gehe ich mit, damit du nicht auf dumme Gedanken kommst. Meinst du, dass ich eine Chance gegen die Trollfrau hätte, falls sie auftaucht?«

»Sicher«, sagte ich, ohne ihn anzusehen. »Du musst sie nur anlächeln. Sie wird bestimmt auf der Stelle schwach.«

Er wurde rot unter der Sonnenbräune. »Dann müsste sie schon verteufelt kurzsichtig sein. Ich kann nur hoffen, dass sie meine Nase übersieht.«

Offenbar hatte er einen Nasenkomplex. »Was hast du gegen deine Nase?«, fragte ich, während wir durch das kühle, weiche Gras zum Ufer gingen. »Sie sieht nett aus. Sie erinnert mich an Danny Kayes Nase. Überhaupt siehst du ihm ähnlich.«

»Danny Kaye? Wer ist das? Ein Verwandter von Zwerg Nase?«

Das klang wirklich nach einem schweren Fall von Selbsthass. »Blödsinn! Danny Kaye war ein berühmter amerikanischer Schauspieler. Er hat in ein paar sehr witzigen alten Hollywoodfilmen mitgespielt und sogar einen Oscar bekommen.«

»Ein Komiker!«, sagte er bitter. »Das passt ja zu meiner Nase …«

Am liebsten hätte ich ihn geschüttelt. »Du bist unverbesserlich. Schau dir erst mal einen Film mit Danny Kaye an, dann reden wir weiter. Mir scheint, du pflegst deinen Nasenkomplex. Vielleicht hoffst du ja, je verächtlicher du von dir selbst redest, umso mehr widersprechen dir die Leute und versichern, dass deine Nase doch gar nicht so schlecht aussieht und eigentlich ganz nett ist. Hab ich recht?«

An der Art, wie er die Lippen zusammenpresste, merkte ich, dass ich ihm auf die Zehen getreten war. »Das ist Küchenpsychologie«, brummte er missmutig.

Schweigend wateten wir ins Wasser. Es war eiskalt. Außerdem wurde der See rasch sehr tief. Schon nach ein paar Schritten reichte mir das Wasser bis zu den Oberarmen, sodass ich ohne langes Zögern sofort zu schwimmen begann.

Wir schwammen in verschiedene Richtungen. Das Wasser war klar wie Bergkristall. Ich konnte bis auf den Grund des Sees sehen, wo kleine Fische zwischen den Steinen hin und her flitzten. Falls die Trollfrau wirklich hier irgendwo hauste, hatte sie bestimmt Schwierigkeiten, sich zu verstecken.

Die Kälte legte sich wie ein eiserner Ring um mich und nahm mir den Atem. Ich schnappte nach Luft und hörte Hendrik prusten. Bestimmt wurde der See von einem Gletscher gespeist, denn es kam mir vor, als wäre ich in Eiswasser getaucht. Schon nach einer kurzen Runde beschloss ich, zum Ufer zurückzuschwimmen und mich in die Sonne zu legen.

Die Steine am Strand bohrten sich schmerzhaft in meine Fußsohlen. Aus den Augenwinkeln sah ich, dass Hendrik ziemlich weit hinausgeschwommen war. Das Wasser teilte sich um seine Schultern und seinen Kopf, seine Haare glänzten in der Sonne wie ein goldener Helm. Ich beschloss, mich bei ihm zu entschuldigen. Schließlich war seine Nase sein wunder Punkt, etwas, worunter er wahrscheinlich schon seit seiner Kindheit litt.

Plötzlich ärgerte ich mich heftig über mich selbst. Ich hatte mich über sein Problem lustig gemacht und seine Unsicherheit ins Lächerliche gezogen. Das war nicht besonders einfühlsam von mir gewesen.

Leider hatten wir keine Handtücher mitgebracht. Ich ging ins Gebüsch, zog den nassen Bikini aus und schlüpfte in meine Jeansshorts. Das ausgebleichte alte T-Shirt klebte an meinem nassen Oberkörper. Meine langen Haare trieften.

Während ich sie wie einen Seidenschal auswrang, dachte ich wieder an die Zöpfchen, an Kobolde und Wichtel und Butze. Ich legte mich in die Sonne, schloss die Augen und wartete darauf, dass mir wieder warm wurde und dass Hendrik zurückkam.

Schließlich nahm ich hinter geschlossenen Lidern einen Schatten wahr. Als ich die Augen öffnete, stand er vor mir, triefend und mit blauen Lippen. Ich setzte mich auf.

»Entschuldige«, sagte ich. »Manchmal bin ich ein echtes Trampeltier. Wegen deiner Nase, meine ich. Du magst sie nicht, aber mir gefällt sie.« Unter seinem zweifelnden Blick wusste ich nicht recht weiter. »Ich meine, sie macht dein Gesicht zu etwas Besonderem.«

»Auf solche Besonderheiten könnte ich gern verzichten!« Er bückte sich und griff nach seinen Shorts. »Aber mach dir nichts draus, das ist mein Problem. Wir haben vergessen, Handtücher mitzubringen.«

Er legte sich nicht auf die Decke, sondern ein ganzes Stück von mir entfernt ins Gras. Ungefähr eine halbe Stunde lang redeten wir kein Wort miteinander. Dann sagte ich: »Pass auf, dass du keinen Sonnenbrand kriegst.«

Hendrik brummelte etwas Unverständliches, stand aber auf und rückte etwas näher zu mir. Die Sonne war inzwischen hinter einen Baumwipfel gewandert, sodass ich im lichten Schatten lag.

Wieder herrschte Schweigen. Hendrik war offenbar nicht nur empfindlich, sondern auch nachtragend. Immerhin hatte ich mich entschuldigt. Was erwartete er noch von mir? Dass ich mich vor ihm in den Staub warf und seine Füße küsste?

Nach einer weiteren halben Stunde standen wir auf, gingen stumm zum VW-Bus und fuhren zum Haus auf dem Hügel zurück.

Huckebein-Hugin saß noch auf der Gartenpforte und begrüßte mich mit freudigem Gequorke und putzigen Verbeugungen. Offenbar hatte er die ganze Zeit auf meine Rückkehr gewartet. Er flog mir auf die Schulter und zwickte mich zärtlich ins Ohrläppchen.

Hendrik blieb hinter dem Steuer sitzen. Ich sah dem Wagen nach, bis er hinter der Wegbiegung verschwand. Eine düstere Wolke senkte sich über mich. Das hatte ich mal wieder großartig hingekriegt.

8

Der Professor tauchte erst zum Abendessen wieder auf. Während er die Bärlauchnudeln verzehrte, die ich im Bioladen gekauft hatte, las er in einem Buch.

Das Olivenöl lief ihm übers Kinn. Es war nicht der Augenblick, um mit ihm über Kobolde oder Wichtel zu sprechen.

Ich ging in mein Zimmer und durchsuchte den Schrank sowie sämtliche Ecken und Winkel, legte mich auf den Boden und fuhr mit einem Besenstiel unter den Schrank, den Schreibtisch und das Bett. Auch den Sessel rückte ich zur Seite.

Dass sich nichts bewegte, dass keiner kreischte oder protestierte oder mir auf den Rücken sprang, hätte mich vielleicht beruhigen sollen. Tatsache aber war, dass ich am liebsten keinen Fuß mehr in dieses Zimmer gesetzt hätte und der kommenden Nacht mit Unruhe, ja, einer Art von Grauen entgegensah. Wenn ich mir vorstellte, im Schlaf von seltsamen Wesen mit grünlicher Haut, Spindelbeinen oder langen Bärten umgeben zu sein, die auf meinem Bett herumturnten und sich an mir zu schaffen machten, bekam ich fast die Krise.

Ich beschloss, wach zu bleiben und das Licht brennen zu lassen. Damit ich nicht in Gefahr geriet, irgendwann doch einzuschlafen, setzte ich mich in den Sessel, wickelte mich in eine Decke und legte die Füße auf einen Stuhl.

Um mich abzulenken, blätterte ich weiter im Hauptwerk des Professors, »Macht und Magie der Kelten«. Doch so umfangreich der Wälzer auch war, ich fand nur wenig über die keltische Anderswelt. In gälischer Sprache hieß sie Tir n-aill, Otherworld oder Sidhe, was so viel wie »Unterirdische Feenwohnung in den Hohlen Hügeln« bedeutete. In den Nächten zum 1. Mai und zum 1. November öffneten sich die Feenhügel und die Grenzen zwischen der diesseitigen und der jenseitigen Welt waren aufgehoben.

»Die Anderswelt«, schrieb der Professor, »existiert zugleich mit unserer irdischen Welt. Man kann zu bestimmten Zeitpunkten, mit Hilfe von vorgeschriebenen Riten, Opfergaben oder Beschwörungsformeln oder auch durch bloßen Zufall dorthin gelangen. Die Anderswelt ist ein wunderbarer Ort, vergleichbar mit unseren Vorstellungen vom Paradies. Hier steht die Zeit still. Die Bäume hängen voller Früchte; Speise und Trank sind unerschöpflich. Doch Sterbliche, die die Grenze zur Anderswelt überschreiten, dürfen weder essen noch trinken. Sie müssen sonst auf ewig bleiben und werden nie wieder in die irdische Welt zurückkehren. Es heißt, dass sie als Gefangene in gläsernen Schlössern festgehalten werden. Ein Teil der Anderswelt befindet sich auf Inseln in Zauberseen oder auf dem Grund des Meeres, ›Das Land unter der Woge‹ genannt.«

Der Professor behauptete, die Feen, Elfen oder Elben suchten Kontakt zu außergewöhnlichen Sterblichen. Sie wären im Besitz von Vogelbeeren, deren Genuss vor jeder Krankheit bewahrt und ewige Jugend verleiht. Auch verfügten sie über den Zauber, sich unsichtbar zu machen oder sich in kleine Tiere, Insekten oder Käfer zu verwandeln. Er teilte die Feen und Elfen in zwei Kategorien ein, die Dämmerelben und die Lichtelben. Die Lichtelben liebten Musik und Tanz.

Das klang alles sehr abgedreht und märchenhaft.

Während ich las, lauschte ich ständig auf Geräusche im Zimmer. Lange Zeit war es still. Dann hörte ich plötzlich Geknister und eine Art schwaches Flattern.

Eine Weile saß ich mit angehaltem Atem wie erstarrt da, bis ich begriff, dass nur eine Karte aus dem Buch gefallen war. Sie lag neben dem Sessel. Ich hob sie auf. Jemand hatte ein kleines Rechteck auf das vergilbte Papier gezeichnet. Daneben stand in Druckbuchstaben: »Die leere Rune = Das Unwissbare«.

Inzwischen war ich beim letzten Absatz über die Anderswelt angelangt. Der Zugang zu den Feenhügeln, schrieb der Professor, sei meistens ein unauffälliger Ort wie eine Erdhöhle oder Felsspalte, oft an einer Quelle. Feen sollten Sterbliche mit Apfelzweigen in ihr Reich locken.

Überhaupt schienen Äpfel und Apfelbäume in der Glaubensvorstellung der Kelten eine bedeutende Rolle zu spielen. Avalon, die glückliche Insel, auf die der verwundete König Artus gebracht wurde, bedeutet »Apfelinsel«. Apfelbäume wurden in alten Gedichten besungen; es hieß auch, sie wären eine Verbindung zur Anderswelt.

Ich hatte immer geglaubt, Feen wären kleine, zarte geflügelte Wesen, die in Blumen wohnten. Der Professor war anderer Meinung. Nach seiner Beschreibung waren die Feen und Elfen wunderliche Mischwesen, die in verschiedenster Gestalt auftreten konnten.

Sie hatten sowohl gute als auch unangenehme Eigenschaften. Manchmal waren sie launisch, kleinlich und rachsüchtig und führten die Menschen an der Nase herum. Sie konnten aber auch gutmütig und hilfsbereit sein, wenn man ihnen mit Achtung begegnete und ihre Regeln einhielt. Immer aber waren sie sehr nachtragend. Sie rächten sich an jedem, der ihre Quellen verschmutzte oder Weißdornbüsche und Holundersträucher fällte, die ihnen heilig waren. Lärm vertrugen sie nicht. Viele, die sie gesehen hatten, behaupteten, sie hätten spitze Ohren, verschiedenfarbige Augen, ellenlange Hängebrüste, die ihnen über die Schultern hingen, und manchmal Kuhohren; auch sollten sie kleiner als wir Menschen sein und blondes oder rotes Haar haben.

Schließlich wurde ich ganz wirr im Kopf. Doch etwas von dem, was ich gelesen hatte, weckte eine Gedankenverbindung oder Erinnerung in mir. Was war es?

Ich legte das Buch beiseite und starrte auf die Lampe, um die ein Nachtfalter schwirrte. Wieder nahm ich das Buch, blätterte zurück: »… Zauber, sich unsichtbar zu machen … können sich in kleine Tiere, Insekten oder Käfer verwandeln …«

Meine Blicke folgten dem Nachtfalter, der in verzweifeltem Zickzackflug gegen den Lampenschirm taumelte. Ich bin am Durchdrehen!, dachte ich. Das ist ein Insekt! Nichts als ein harmloser, verwirrter kleiner Falter, der sich die Flügel versengt, wenn er gegen die Glühbirne fliegt …

Rasch wickelte ich mich aus der Decke und fing

ihn mit der hohlen Hand. Dann ging ich zum Fenster, öffnete es und ließ ihn frei.

Der Garten war dunkel bis auf ein paar Lichtpunkte, die wie silberne Bälle über den Rasen tanzten und sprangen.

Eine Weile sah ich gebannt zu. Waren es Seifenblasen? Manche schwebten schwerelos dahin, andere hüpften auf und nieder, als würden unsichtbare Kinder mit ihnen spielen.

Unsichtbar ... Schon wieder stieß ich auf dieses Wort. Plötzlich hörte ich auch das Flötenspiel. Es war leise und sehr fern, doch ich erkannte die Melodie. Sie klang wieder lockend, süß und wehmütig.

Unwillkürlich hielt ich mich am Fensterbrett fest, so stark überkam mich das Verlangen, aus dem Haus zu laufen und den Klängen der Flöte in den dunklen Garten zu folgen.

Saß der Professor irgendwo im Gras und spielte auf einer Flöte? Ich konnte mir nicht vorstellen, dass er fähig war, derart wunderbare Töne hervorzubringen. Es klang wie ... wie eine Zauberflöte.

Während ich noch am Fenster lehnte, bewegte sich etwas dicht beim Haus. Ich spürte es mehr als dass ich es sah: die Gegenwart einer schattenhaften Gestalt zwischen den Büschen.

Noch immer tanzten die Silberkugeln über dem Gras. Dann aber fiel ein Lichtstrahl durch das Blätterdach der Bäume, tauchte ein ovales Stück der Wiese in gleißenden Schimmer und schien die Silberkugeln in sich aufzusaugen.

Von oben glaubte ich jeden Grashalm, jede Blume

deutlich zu erkennen. Um das Oval herum lag alles in tiefes Dunkel gehüllt. Die Mondsichel war hinter Wolken verborgen.

Die dunkle Gestalt trat aus dem Schatten des Hauses in den Lichtschein. Es war der Professor. Er trug einen weißen Umhang und einen spitz geformten Hut auf seinen strähnigen Flachshaaren. Am seltsamsten aber waren seine Schuhe. Sie glänzten, als wären sie aus purem Gold.

Eigentlich wirkte seine dürre kleine Gestalt mit dem Umhang ausgesprochen schrill. Sie erinnerte mich an ein Bild von Rumpelstilzchen beim nächtlichen Tanz ums Feuer in einem meiner Märchenbücher. Trotzdem lag etwas so Feierliches, Würdevolles über der Szene, dass mir das Kichern im Hals stecken blieb.

Ich beobachtete, wie der Professor mit abgezirkelten, fast tänzerischen Schritten in die Mitte des Lichtscheins trat, sich nach vier Seiten hin verbeugte, die Arme ausbreitete und das Gesicht nach oben wandte. So blieb er einige Zeit regungslos stehen. Betete er?

Jetzt drehte er sich einmal um sich selbst, den rechten Arm ausgestreckt, als würde er einen Kreis um sich ziehen. Dann begann er kleine Sprünge nach rechts und links zu machen, hüpfte einen Schritt vorwärts und zwei rückwärts, wieder und wieder.

Die Flötenmusik wurde lauter. Plötzlich war mir bewusst, dass jemand anderer als der Professor auf der Flöte spielte. Der Spieler schien sich dem Lichtoval zu nähern, doch ich sah niemanden, nur die dünne Gestalt im weißen Umhang. Noch immer hüpfte sie vor und zurück, wobei die goldenen Schuhe im Licht blitzten.

Jetzt waren auch die silbernen Bälle wieder da. Sie schwebten im Rhythmus der Musik in einer Art Tanz um den Professor herum. Ohne die weiß gekleidete Gestalt je zu berühren, folgten sie ihr, schwebten um den Kopf, die Schultern und Arme des Professors, schillernd wie Libellenflügel.

Ich merkte kaum, wie sich das Lichtoval verengte, bis es zu einem Kegel von der Größe eines Autoscheinwerfers wurde. Innerhalb weniger Minuten wurde die hüpfende Gestalt von der Dunkelheit verschluckt.

Der Garten versank in Finsternis. Ich sah kein Lichtfünkchen mehr, keinen Schatten oder Umriss. Das Flötenspiel brach unvermittelt ab. Die Nacht war vollkommen stumm und schwarz, die Luft still, nichts regte sich mehr.

Später erschien mir alles so verrückt und unwirklich wie ein Traum. Ich kauerte wieder im Sessel, die Füße hochgezogen. Lesen konnte ich nicht mehr, ich war zu aufgewühlt. Kobolde, Wichtel oder Elfen schienen nicht im Zimmer zu sein, es sei denn, sie hatten sich in Mücken verwandelt. Denn ganze Scharen von Mücken waren durchs offene Fenster hereingekommen, angelockt vom Licht und meiner Körperwärme, und surrten wie blutrünstige kleine Vampire um mich herum.

Erst als der Morgen dämmerte, kroch ich ins Bett und zog mir die Decke über den Kopf, bis ich fast erstickte. Im Garten flötete ein Rotkehlchen. Endlich schlief ich ein und erwachte davon, dass jemand an meine Tür hämmerte.

Schlaftrunken lauschte ich. Dann hörte ich ein leises Krächzen, gefolgt von dreimaligem tok-tok-tok.

Ich stand auf und ließ Huckebein-Hugin ins Zimmer. Er umflatterte mich kurz, landete dann auf dem Fensterbrett, zog ein Bein an und steckte den Kopf zufrieden unter das Gefieder. Dann schliefen wir beide bis um halb neun; genau eine Stunde zu lang für Professor Hrdliczkas Müsli.

9

Der Professor war in huldvoller Stimmung und beklagte sich nicht. Er sagte, er hätte heute selbst etwas länger geschlafen als sonst. Keiner von uns beiden erwähnte die Vorgänge der letzten Nacht. Wenn er mich am Fenster gesehen hatte, sagte er es jedenfalls nicht.

Natürlich drängte es mich, ihn zu fragen, was er im Garten gemacht hatte, woher der Lichtschein gekommen war, was hinter den silbrigen Bällen steckte und wer auf der Flöte gespielt hatte – vor allem aber, welches seltsame Ritual er dort unten mitten in der Nacht vollführt hatte. Doch eine innere Stimme warnte mich davor, es anzusprechen.

Meine Gedanken wanderten zu Hendrik. Er war der Einzige, mit dem ich darüber reden konnte; vorausgesetzt, er hatte mir inzwischen verziehen.

Mit Huckebein auf der Schulter ging ich nach dem Frühstück in den Garten hinaus. Für den Fall, dass mich der Professor vom Fenster seines Arbeitszimmers aus beobachtete, schlenderte ich möglichst unauffällig an der Stelle vorbei, an der ich nachts den Lichtschein gesehen hatte.

Das Gras war zertrampelt, Margeriten und Glockenblumen umgeknickt. Sonst fiel mir nichts auf, aber die Spuren zeigten, dass sich die nächtliche Szene nicht in meiner Fantasie abgespielt hatte.

Ich setzte mich auf die Vortreppe, enthülste Erbsen, schnippelte Karotten und schälte Kartoffeln, denn der Professor hatte Gemüseeintopf zum Mittagessen bestellt. Die Treppe zur Haustür war ein guter Ort, wenn man auf jemanden wartete.

Kurz vor halb zehn hörte ich die Gartenpforte quietschen. Hinter den Holunderbüschen erschienen Hendrik und Niels.

Ein winziges Lächeln blitzte in Hendriks Augen, als er mich begrüßte. Meine Anspannung wich. Die Tür tat sich auf und der Professor erschien auf der Schwelle. »Tut mir leid, ich habe heute keine Zeit«, sagte er. »Es gibt etwas Dringendes zu erledigen.«

Hendrik und Niels traten höflich zur Seite, um ihn vorbeizulassen. »Was ist mit dem Gemüseeintopf?«, fragte ich.

Er drehte sich um und winkte ab. »Später. Abends. Jetzt ist nicht der Augenblick, um ans Essen zu denken.«

Wir beobachteten, wie er mit seinem uralten, ziemlich verbeulten Mercedes aus der Garage fuhr, um ein Haar das Garagentor mitnahm und im Leerlauf den Abhang hinunter zur Ausfahrt düste.

»Der tollkühne Professor in seiner fliegenden Kiste«, kommentierte Hendrik trocken.

Ich lachte so, dass ein paar von den Erbsen aus der Schüssel sprangen. Niels dachte ausnahmsweise nicht an Arbeit. »Was fangen wir mit dem angebrochenen Tag an?«, fragte er.

Weil ich nicht wusste, ob seine Frage auch an mich gerichtet war, sammelte ich schweigend die Erbsen ein. Hendrik sagte: »Wie wär's mit einem Ausflug nach Drakenburg?«

»Gute Idee«, erwiderte Niels. »Ich brauche sowieso ein Geschenk für meine Mutter.«

Hendrik sah mich an. »Hättest du Lust, mitzukommen?«

Das war der richtige Tag für das einzige hübsche Kleid, das ich eingepackt hatte. Es stammte noch aus Nonnas Jugend, ein Kleid aus teerosenfarbener Baumwollspitze, mit engem Oberteil und weitem Rock, der mit Seide abgefüttert war. Nonna musste im Alter von achtzehn oder zwanzig Jahren die gleiche Figur gehabt haben wie ich jetzt, denn es passte mir wie angegossen.

Hendrik und Niels musterten mich verstohlen, als ich zu ihnen in den Kleinbus stieg. Auf der durchgehenden Bank des Führerhauses war es ziemlich eng. Auch für die Füße blieb wenig Platz, denn der Boden war übersät mit Büchern, Straßenkarten, Mineralwasserflaschen, die hin und her rollten, und einer Plastiktüte mit klapperndem Inhalt. Niels begann nach dem Stadtplan von Drakenburg zu kramen.

»Hör auf, da unten rumzuwursteln«, sagte Hendrik. »Wenn ich plötzlich bremsen muss und du knallst mit dem Kopf irgendwo dagegen, kannst du dich bei dir selbst beschweren.«

Drakenburg platzte vor Touristen fast aus den Nähten. Wir kurvten ewig herum, bis wir einen Parkplatz fanden. Eigentlich wäre ich lieber mit Hendrik allein gewesen. Ich konnte es kaum erwarten, ihm vom nächtlichen Tanz des Professors zu erzählen und seine Meinung dazu zu hören. Auf keinen Fall wollte ich in Niels' Gegenwart darüber reden.

Doch er klebte mit nervtötender Anhänglichkeit an uns. Wir sahen uns den barocken Friedhof an, der schön gewesen wäre, wenn dort Ruhe und Einsamkeit geherrscht hätten, und schoben uns zwischen Menschenmassen über den Marktplatz. Dann beschlossen wir, uns im Café »Schokokuss« mit Kaffee und Kuchen zu stärken.

Nachdem wir eine kleine Ewigkeit dort gesessen hatten und endlich bedient wurden, sprach Niels die erlösenden Worte: »Ich gehe noch schnell los und besorge etwas für meine Mutter. Wartet ihr hier eine halbe Stunde auf mich?«

»Auch länger, wenn es sein muss«, sagte Hendrik.

Niels blinzelte verwirrt hinter seinen staubigen Brillengläsern. »Ich denke nicht, dass es lange dauert. Was haltet ihr von Pralinen?«

»Nicht besonders originell«, sagte ich.

»Du solltest über die Brücke gehen, in den neueren Teil von Drakenburg. Dort ist es vielleicht nicht ganz so touristisch«, schlug Hendrik vor.

Niels warf ihm einen misstrauischen Blick zu. »Willst du mich loswerden?«

»Wir müssen doch nicht ständig aneinander kleben wie Dick und Doof.«

Wortlos taperte Niels davon. Wir sahen ihm nach, wie er über den großen Platz ging und in der Menschenmenge verschwand. Hendrik seufzte: »Er ist eifersüchtig.«

Mir kam ein Verdacht. »Soll das heißen, dass er … in dich verliebt ist?«

Hendrik setzte seine Tasse ab und lachte heftig. »Nein, du, Niels ist nicht schwul und ich ebenso wenig. Aber er ist ziemlich kontaktarm. Du hast sicher schon bemerkt, dass er ein etwas schräger Vogel ist. Ich bin der einzige unter seinen Studienkollegen, der es einigermaßen mit ihm aushält. Deshalb klammert er sich an mich.«

»Tut er dir leid?«

»Irgendwie schon. Aber er nervt natürlich auch. Der Knackpunkt ist wahrscheinlich seine Mutterbeziehung. Er hängt noch viel zu sehr an ihrem Rockzipfel.«

Ich dachte an das Wort Küchenpsychologie, das er gestern benutzt hatte, sagte aber nichts. Eine Weile schwiegen wir. Ich bestellte mir noch ein Eis, als der schwitzende, gestresste Ober endlich wieder an unserem Tisch vorbeidüste.

Irgendwann sagte Hendrik: »Dieses Kleid, das du da trägst – es ist echt hübsch, finde ich.«

»Danke. Ich hab's von meiner Großmutter. Sie hat es schon getragen, als sie jung war.«

Er sah an mir vorbei. »Deine Großmutter muss einen guten Geschmack gehabt haben. Und eine gute Figur.« Dabei wurde er tatsächlich rot.

Ich verschluckte mich fast. Mit Komplimenten kann ich nicht gut umgehen, auch wenn sie eher versteckt sind. Hastig sagte ich: »Wahrscheinlich bleibt uns nicht viel Zeit, bis Niels zurückkommt. Ich muss dich etwas fragen. Ich meine, ich möchte deine Meinung zu einer Sache hören … etwas, was vergangene Nacht passiert ist … eine ziemlich komische Geschichte …«

Jetzt hatte ich mich endgültig verhaspelt. Ich holte Atem.

»Wieder die Kobolde?«, fragte Hendrik.

Ich schüttelte den Kopf. »Der Professor. Ich meine, ich habe ihn beobachtet. Er war draußen im Garten.«

Nervös zerbröselte ich die Eiswaffel und überlegte, wie ich es in Worte fassen sollte. »Er ist so komisch herumgehüpft. Einen Schritt vor, zwei zurück oder so ähnlich. Vielleicht hat er auch gebetet. Er trug einen weißen Umhang und einen spitzen Hut. Und da waren dieser Lichtschein und die springenden Silberbälle.«

Es fiel mir richtig schwer, das auszusprechen, so verworren und hirnrissig klang es. Doch Hendrik wirkte nicht besonders erstaunt.

»Ich hab dir ja schon gesagt, dass sich der Professor als Nachfolger der Druiden versteht. Deshalb darfst du dich nicht wundern, wenn er gelegentlich magische Rituale vollführt. Aber erzähl mir alles genau«, sagte er nur.

Verstohlen sah ich mich um. Auf keinen Fall wollte ich, dass an den Nachbartischen jemand mithörte. »Da war ein Nachtfalter in meinem Zimmer«, flüsterte ich. »Und ich machte das Fenster auf, um ihn ins Freie zu lassen. Dabei hab ich den Lichtschein bemerkt. Er war oval, ein vollkommenes Oval. Rundum war alles stockfinster.«

Hendrik nickte. »Letzte Nacht war der Himmel bedeckt. Und wir haben abnehmenden Mond.«

Ich beschrieb die silbrigen Bälle. Hendrik hörte aufmerksam zu. Ich hatte nicht das Gefühl, dass er meine Schilderung der nächtlichen Vorgänge anzweifelte. Im Gegenteil, er schien davon fasziniert zu sein und fragte mehrmals nach, woran mich die Bälle erinnert hatten und auf welche Weise sie durch die Luft gesprungen waren.

»Ein paar sind richtig gehüpft. Andere sind mehr geschwebt, ungefähr wie Seifenblasen. Sie haben geglänzt, als wären sie aus purem Silber.«

»Was hast du beim Zusehen empfunden? Hattest du Angst?«

Ich überlegte kurz und schüttelte dann den Kopf. »Nein, Angst hatte ich eigentlich nicht. Es war nur so … unwirklich. So, als wäre der Garten verzaubert und ich würde etwas beobachten, was eigentlich nicht für meine Augen bestimmt war.«

Minutenlang schwiegen wir. Dann sagte Hendrik leise: »Das klingt, als wäre es eine Feennacht gewesen.«

Hatte ich eben richtig gehört? Feennacht? Gestern

Kobolde und Wichtel, heute Feen … Doch sein Gesicht blieb vollkommen ernst.

»Feen?«, wiederholte ich. »Das meinst du doch nicht wirklich, oder?«

»Wieso nicht? In Island gibt es eine Elfenbeauftragte, die sogar von der Regierung bezahlt wird. Woher willst du wissen, dass nur das existiert, was wir mit unseren menschlichen Sinnen wahrnehmen können? Wir bilden uns ein, alles zu wissen. Dabei sind uns so viele Bereiche verschlossen, die zum Beispiel Tiere hören oder spüren können. Das beste Beispiel für unsere Beschränktheit ist doch, dass wir seit langem fleißig an dem Ast sägen, auf dem wir sitzen. Welches Geschöpf mit Ausnahme des Menschen wäre so dumm, seinen eigenen Lebensraum zu vernichten?«

»Okay, das stimmt», gab ich zu. »Aber das ist noch lange kein Beweis dafür, dass es Elfen und Kobolde und solche Wesen wirklich gibt.«

»Nur weil man etwas nicht beweisen kann, muss das doch noch lange nicht bedeuten, dass es nicht existiert. Schon Shakespeare hat gesagt: ›Es gibt mehr Ding im Himmel und auf Erden, als eure Schulweisheit sich träumen lässt.‹«

Ich brauchte einige Zeit, um das zu verarbeiten. »Du meinst also, dass Elfen nachts im Garten des Professors Ball gespielt haben oder so ähnlich?»

Er runzelte die Stirn wie ein Lehrer, dessen Schüler laufend dumme Antworten gibt. »Das ist kein Witz, Sylvie. Feen oder Elfen können in vielerlei Gestalt auftreten. Als Insekten zum Beispiel.«

»Ich weiß, das hab ich gelesen.«

»Oder womöglich auch als Silberbälle, wie du das nennst. Und die Flötenmusik ... Du sagst, sie wäre fast überirdisch schön gewesen. Das würde passen.« Er schien zu überlegen. »Ich glaube, der Professor hat sich den Platz genau ausgesucht, auf den er sein Haus gebaut hat.«

Was sollte das jetzt wieder heißen? Ehe ich fragen konnte, fügte Hendrik hinzu: »Wahrscheinlich war das, was der Professor da vollführt hat, eine Huldigung an die Naturgeister und der Versuch, sie versöhnlich zu stimmen.«

Die Naturgeister versöhnlich stimmen! Es wurde immer verrückter.

»Ich glaube, er bemüht sich, das Schlimmste von unserer Erde abzuwenden, aber wie soll er das schaffen? Wenn wir das Ruder nicht bald herumreißen, steuern wir auf eine Katastrophe zu und ziehen die Tiere und die Natur mit uns in den Abgrund.«

Mir wurde flau in der Magengrube, wie immer bei solchen rabenschwarzen Vorhersagen. »Aber was hat das mit Naturgeistern zu tun?«, wandte ich ein. »Es ist doch alles wissenschaftlich erklärbar. Das Polareis schmilzt durch die Klimaerwärmung, die Ozonschicht wird immer dünner. Die Regenwälder, die die Lunge unserer Erde sind, werden in rasendem Tempo abgeholzt. Dass das Folgen hat, ist doch logisch.«

»Das kommt ganz darauf an, mit welchen Augen man die Schöpfung, unsere Erde und den Kosmos betrachtet. Der Professor glaubt daran, dass wir durch unser zerstörerisches Treiben die Elementar- und Naturgeister gegen uns aufgebracht haben. Für ihn sind wir von göttlichen Naturkräften umgeben; die Elemente sind beseelte Wesenheiten, mit denen wir im Einklang leben müssen.«

Hendrik beugte sich vor und sah mich eindringlich an. »Die Naturwissenschaft stößt doch ständig an ihre Grenzen. Wie willst du zum Beispiel solche Phänomene wie den ovalen Lichtschein und die silbrigen Bälle wissenschaftlich erklären? Oder die Zöpfchen, die du morgens plötzlich in deinen Haaren entdeckt hast?«

Er war dabei, mich mit meinen eigenen Waffen zu schlagen. »Es gibt doch auch Irrlichter und sowas. Möglicherweise lässt sich für manches eine natürliche Ursache finden.« Ich merkte selbst, wie lahm das klang.

»Glaubst du das wirklich?«

Ich schüttelte den Kopf. Hendrik lächelte leicht. »Es ist in Ordnung, dass du Zweifel hast. Alles ist total neu und abwegig für dich. Ich kenne das. Es ist, als würde man plötzlich ein drittes Auge bekommen – vorausgesetzt, man lässt sich darauf ein.«

»Mir reichen meine zwei Augen. Ich hab nichts am Hut mit so abgedrehtem esoterischem …« Ich wollte Humbug sagen, verschluckte es aber rechtzeitig und fügte stattdessen hinzu: »… Sachen.«

»Das hat nichts mit Esoterik zu tun. Es wäre schade, wenn du dich vor solchen Wahrnehmungen verschließt. Sie können unser Leben viel reicher und spannender machen. Stell dir vor, am Himmel wär' ein Regenbogen, und du könntest ihn nicht sehen …«

Er spähte über meine Schulter. »Mist, da kommt Niels schon wieder … Eigentlich werden wir auch nicht gefragt, ob wir uns für neue Bewusstseinsebenen öffnen wollen oder nicht. Manchmal passiert es einfach. Und es ist bestimmt kein Zufall, dass du ausgerechnet im Haus des Professors gelandet bist.«

Ehe ich fragen konnte, was er damit meinte, ließ sich Niels zwischen uns auf den Stuhl fallen. Stolz wickelte er das Geschenk aus, das er für seine Mutter gekauft hatte.

Es war eine große Tasse, verziert mit zwei schnäbelnden Tauben. Darunter stand in verschnörkelten Goldbuchstaben der sinnige Spruch: »Ein Herz, dem Deinen gleich, wird mir ein Glück gewähren, dem keins auf Erden gleich!«

»Deine Mutter wird sich bestimmt freuen«, sagte ich, weil Niels uns so erwartungsvoll musterte.

Niels warf Hendrik einen Blick zu. »Was gibt es da zu grinsen?«

Hendrik behauptete, er hätte sich verschluckt. Zum Glück kam in diesem Augenblick der Ober und Niels bestellte ein Stück Sahnetorte. Als sie gebracht wurde, begann es zu regnen. Alle flüchteten ins Café.

Eigentlich mochte ich den Regen. Er war warm und plätscherte sacht und gemütlich auf das alte Pflaster nieder. Als Niels mit seiner Torte fertig war, zogen wir die Köpfe ein und liefen los.

Ohne Niels hätte ich gern mit Hendrik einen Bummel durch Drakenburg bei Regen gemacht. So aber kehrten wir zum Kleinbus zurück. Die Parkzeit war abgelaufen und an der Windschutzscheibe klebte ein aufgeweichter Strafzettel.

10

Das Rotkehlchen flötete wie jeden Morgen wehmütig unter meinem Fenster, als ich erwachte. Ich tastete über meine Haare. Kein Zöpfchen; nur ein paar Mückenstiche hinter den Ohren und auf der Stirn.

Nach dem Frühstück brachte ich den Biomüll zum Kompost. Zwei kleine Schälchen standen auf den abgeflachten Steinen nahe beim Haus. Eines davon war mit Milch gefüllt. Es gab keine Katze im Haus auf dem Hügel, aber vielleicht fütterte der Professor die halbwilden Katzen der Umgebung. Was allerdings nicht zur Katzentheorie passte, war die zähe goldgelbe Masse im zweiten Schälchen. Sie sah nach Honig aus.

Für wen hatte der Professor die beiden Schüsselchen hinters Haus gestellt? Oder stammten sie womöglich von Frau Zacherl? Sie traf eine Stunde später ein, ausgerüstet mit Regenumhang und Gummistiefeln. Als ich sie nach den geheimnisvollen Schälchen fragte, lachte sie lange und heftig.

»Nein, Dirndl, die sind nicht von mir! Echt nicht! Die stellt der Professor für seine Geister auf.« Sie tippte sich mit dem Zeigefinger an die Stirn. »Milch und

Honig! Das mögen sie, sagt er. Verrücktes Mannsbild, verrücktes!«

»Für seine Geister?«, wiederholte ich.

»Jawohl, die Kobolde halt, oder die Feen.« Sie kicherte.

Ich schlug im Hauptwerk des Professors nach, »Macht und Magie der Kelten«, bis ich die Stelle fand, die ich suchte.

»Seit alters her ist es in vielen Ländern Brauch, die Kobolde mit Geschenken freundlich zu stimmen«, schrieb er. »Doch nehmen sie nur bestimmte Gaben an. Wenn man einem Kobold, einem schottischen Brownie oder einem irischen Leprechaun Kleidungsstücke hinlegt, wird er tief beleidigt sein, voller Zorn das Haus verlassen und nie zurückkehren. Dagegen lieben Brownies Pfannkuchen mit Sirup. Solche Leckerbissen nehmen sie stets dankbar an. Auch ist es nie verkehrt, eine Schale Milch oder Honig (oder beides) an geeigneter Stelle für das Elfenvolk und die Erdgeister bereitzustellen …«

Frau Zacherl hatte wieder einen Gugelhupf mitgebracht. Sie kochte Kaffee und deckte den Tisch in der Küche für den Professor, mich und »die Herren Studenten«, wie sie Hendrik und Niels nannte.

Der Professor lehnte es zwar ab, von ihrem Kuchen zu essen, setzte sich aber zu uns und trank Getreidekaffee. Huckebein-Hugin versuchte ein Stück Kuchen zu klauen. Sofort brach Frau Zacherl in Klagen aus, was für ein unsauberer Vogel Hugin doch wäre, dass er überall nur herumkackte und dass sie keine Lust mehr hätte, ständig seinen Mist wegzuputzen.

»So ein riesengroßes Rabenvieh gehört nicht ins Haus. Das hat schon die Frau Pichler immer gesagt«, schloss sie.

Zu meiner eigenen Überraschung hörte ich mich eine flammende Verteidigungsrede für Huckebeinchen halten, der jetzt auf der Rücklehne meines Stuhls kauerte und darauf wartete, dass ich für ihn Rosinen aus meinem Kuchenstück pulte. Der Professor rührte schweigend in seiner Tasse und sah aus dem Fenster.

»Kann man ihm nicht beibringen, auf einer Stange sitzen zu bleiben und in ein Katzenklo zu kacken?«, schlug Niels vor.

Der Professor warf ihm einen vernichtenden Blick zu.

»Sie halten sich doch auch nicht ständig an der gleichen Stelle auf. Und wenn Sie Flügel hätten, würden Sie sie auch benutzen wollen, nehme ich an.«

Hendrik blinzelte mir zu. Diesen Moment benutzte Huckebein, um sich blitzschnell vorzubeugen und ein Stück aus meinem Kuchen zu hacken, den ich gerade in der Hand hielt.

Frau Zacherl behauptete jetzt, »das Mistviech« hätte ihr im Frühsommer einen Korallenring gestohlen, den sie vor dem Putzen vom Finger gezogen und in eine Schale ins Küchenregal gelegt hatte.

»Hugin klaut nicht«, sagte der Professor.

»Freilich! Es heißt doch immer: ›Klauen wie ein Rabe‹!«

»Das ist ein weit verbreiteter Irrtum. Die Rabenkrähen, Corvus corone corone, haben den Instinkt,

Gegenstände in ihre Nester zu tragen und dort zu horten. Das ist ein ganz natürliches Verhalten. Die Vögel sammeln Vorräte für sich und ihre Jungen, um schlechte Zeiten zu überstehen.«

Frau Zacherl sagte, es sei ihr egal, ob der Vogel ihren Ring geklaut oder nur gesammelt hätte, und übrigens könnte man einen Korallenring nicht als Futter verwenden. Ich fing an zu kichern. Der Professor erwiderte genervt, der Ring würde schon wieder auftauchen, man müsste eben in Hugins verschiedenen Verstecken nachsehen, die offenbar im ganzen Haus und vielleicht auch im Garten verteilt waren.

Draußen regnete es sacht, aber hartnäckig. Hendrik und Niels verabschiedeten sich, der Professor kehrte in sein Studierzimmer zurück, Frau Zacherl bearbeitete den Teppich im Flur unter wütendem Gemurmel und ich machte mich ans Brotbacken.

Während ich den Teig knetete, hörte ich, wie oben das Telefon klingelte. Ein Gefühl sagte mir, dass es Nonna war. Zwei Minuten später erschien der Professor in der Küchentür.

»Deine Großmutter will dich sprechen«, sagte er. Diesmal wirkte er nicht genervt, sondern ganz normal, fast freundlich.

Ich rannte die Treppe hinauf und stolperte im oberen Flur über einen Putzeimer. Eine von den besonders hässlichen Masken des Professors schielte mit schadenfrohem Grinsen auf mich herab, als ich mir das Knie rieb und zur Tür des Arbeitszimmers humpelte. Hier herrschte das übliche Halbdunkel. Es sah aus wie in einer Räuberhöhle.

»Du lässt ja gar nichts mehr von dir hören!« Das kam einem Vorwurf so nahe, wie es bei Nonna nur möglich war.

Ich sagte: »Hier ist allerhand los. Gestern waren wir in Drakenburg.«

»Wer, wir? Du und Samuel?«

Ich musste lachen. »Nein, ich und Hendrik und Niels, zwei Studenten des Professors aus München, die gerade hier sind.«

»Aha.« Kaum einer konnte diese drei Buchstaben so vielsagend betonen wie meine Großmutter.

»Nichts aha«, sagte ich. »Es hat geregnet.«

»Drakenburg bei Regen, das kann sehr romantisch sein.«

»Woher weißt du das? Warst du da mal mit deinem Samuel?«

Sie kicherte ins Telefon. »Nein, mit ihm nicht. Sei nicht so neugierig!«

»Das Gleiche wollte ich gerade zu dir sagen.«

Nachdem wir ungefähr fünf Minuten telefoniert hatten, kam Frau Zacherl mit dem Staubsauger den Flur entlang. Das Teil war alt und röhrte wie ein liebeskranker Hirsch. Eine weitere Verständigung war nicht möglich; doch vielleicht hörte Nonna noch, dass ich versprach, sie morgen mit dem Handy anzurufen.

Ich legte den Hörer auf. Dabei fiel mein Blick auf einen kleinen Acrylkasten, der auf dem Schreibtisch stand. Ein Reif aus schwärzlich-goldenem Metall lag darin. Im Zwielicht, das durch die Vorhänge sickerte, glänzte er geheimnisvoll.

Der Reif war an einer Seite offen; die beiden Enden waren kunstvoll mit Tierköpfen verziert, der Reif selbst mit Ornamenten geschmückt.

Ich drehte mich um und sah den Professor auf der Türschwelle stehen. Das Röhren des Staubsaugers hatte das Geräusch seiner Schritte übertönt. Unvermittelt endete der Lärm in einem asthmatischen Fauchen. Er fragte: »Gefällt dir der Halsring?«

»Er sieht … ungewöhnlich aus.« Ein besseres Wort fiel mir nicht ein.

Der Professor zog die Tür hinter sich zu und kam durchs Zimmer. »Er ist mehr als zweitausend Jahre alt. Wir haben ihn nicht allzu weit von hier bei einer Ausgrabung gefunden. Er lag zusammen mit einigen anderen Schmuckstücken und Waffen in einem keltischen Fürstengrab.«

Zweitausend Jahre! Ehrfürchtig sah ich auf den Halsreif nieder. »Vermutlich schrieb man ihm magische Kräfte zu«, fuhr der Professor fort. »Solche Schmuckstücke waren ursprünglich nur hohen Würdenträgern vorbehalten. Man kann die Funde aus diesem Grab ziemlich genau auf etwa 230 vor Christus datieren. Erst zweihundert Jahre nach dem Impakt des Kometen kehrten die Kelten wieder in den heutigen Chiemgau zurück, das Gebiet zwischen Salzburg und München.«

Ein Impakt, war das ein Kometeneinschlag? Der Professor nickte und beantwortete meine unausgesprochene Frage.

»Ja, davon weiß kaum jemand etwas. Es ist auch erst vor kurzem von Historikern, Geologen und Astronomen festgestellt worden, dass im Herbst des Jahres 465 vor Christus Bruchstücke eines Kometen den Chiemgau verwüsteten und alle keltischen Siedlungen zerstörten. Damals müssen Tausende von Menschen umgekommen sein. Man hat über achtzig Krater entdeckt, die bei dieser Katastrophe entstanden sind, sogenannte ›Donnerlöcher‹. Und es werden immer noch Gesteinsbrocken gefunden, die aus dem All stammen; sogar im Chiemsee.«

»Wieso weiß man das erst seit kurzem? Gibt es denn keine Aufzeichnungen darüber?«

»Die Kelten selbst haben keine Dokumente hinterlassen. Sie kannten keine Geschichtsschreibung. Aber ein griechischer Chronist berichtet von einem großen Inferno. Er schreibt, dass Feuerkugeln auf die Erde zurasten. Heute wissen wir, welche Folgen ein derartiger Impakt eines Kometen hat. Es entsteht eine riesige Druckwelle. Der Komet, der damals einschlug, muss die Sprengkraft von ungefähr achttausend Hiroshima-Bomben gehabt haben.«

Der Professor war jetzt ganz in seinem Element. Seine Augen glänzten, seine Stimme wurde lauter, seine Nasenspitze zuckte.

»Die Bruchstücke des Kometen prasselten auf die keltischen Siedlungen nieder. Eine Feuerwalze entstand, giftiger Nebel waberte übers Land. Dann setzten heftige Regenfälle ein. Das gesamte etwa zweihundert Kilometer große Gebiet im Streufeld des Kometen verwandelte sich in eine Mondlandschaft. Für die Kelten, die überlebt hatten, gab es keine Lebensgrundlagen mehr. Sie mussten in die Fremde ziehen.

Der Landstrich war für lange Zeit unbewohnbar. Erst zweihundert Jahre später kehrten keltische Stämme in den Chiemgau zurück.«

»Und dieser Halsreif stammt aus der Zeit nach der Katastrophe?«

Der Professor nickte. »Damals begann die Blütezeit der Kelten in diesem Gebiet. Besonders ein Stamm, die Noriker, war für seine Schmiedekunst berühmt. Sie trieben schwunghaften Handel mit ihren Waffen. Schwerter aus norischem Stahl waren weithin bekannt und begehrt; die Römer kämpften und siegten mit ihnen. Das Rätsel um die hervorragende Zusammensetzung des norischen Stahls ist bis heute nicht völlig geklärt.«

Ich wollte gerade fragen, ob es für die Kelten nicht gefährlich gewesen war, die Römer, gegen die sie ja immer wieder gekämpft hatten, mit Waffen zu versorgen, als es an der Tür rumpelte und polterte. Frau Zacherl erschien, bugsierte den Staubsauger vor sich her und verkündete, dass sie jetzt hier sauber machen müsste.

Der Professor seufzte, nahm den zweitausend Jahre alten Halsring in seinem Acrylschrein und flüchtete damit ins Bibliothekszimmer. Ich kehrte zu meinem Teig zurück. Er war inzwischen vorschriftsmäßig aufgegangen. Huckebein-Hugin hatte auf die Küchenbank gekackt. Rasch machte ich die Bank sauber, ehe Frau Zacherl zurückkam und die Bescherung entdeckte.

Dann saß ich am Fenster und sah in den Regen hinaus. Dass der Professor plötzlich freundlicher und offener zu mir war, überraschte mich und tat mir gut. Eigentlich hatte ich geglaubt, es wäre mir egal, ob mich ein verschrobener alter Knabe wie er mochte oder nicht, aber das stimmte nicht. Hendriks Bewunderung für ihn hatte mir bewusst gemacht, dass er auf seine schrullige Weise ein sehr interessanter, kluger Mann war, der über einen reichen Schatz an Wissen verfügte.

Irgendwann kam Frau Zacherl und schimpfte über den »g'spinnerten Zausel«. Der Professor hatte von ihr verlangt, dass sie zukünftig nicht mehr mit dem Auto aufs Grundstück fuhr, sondern vor dem Gartentor parkte, weil *sie* den Lärm nicht mochten.

»Wer, sie? Mich kann er damit nicht gemeint haben«, sagte ich. »Ich find's hier fast unerträglich ruhig, wenn nicht gerade …«

Sie winkte ab und erwiderte, sie wüsste schon, worum es ging, das hätte nichts mit mir zu tun. Mit dieser geheimnisvollen Bemerkung schlüpfte sie in ihren Miss-Marple-Umhang und ging.

Mir fiel ein, dass auch Hendrik und Niels immer zu Fuß zum Haus kamen. Hatte ihnen der Professor entsprechende Anweisungen erteilt? Und wer waren *sie*, die den Lärm nicht mochten?

11

Die folgenden Nächte waren erstaunlich ruhig. Die Wichtel, Kobolde, Feen oder wer immer sein Unwesen in meinem Zimmer getrieben hatte, schienen sich zurückgezogen zu haben. Vielleicht hatten sie das Interesse an mir verloren. Vielleicht hatte ich mir aber den ganzen Spuk auch nur eingebildet. Selbst das hielt ich jetzt für möglich, je mehr Zeit verstrich.

Der Professor bereitete sich auf eine kurze Reise nach Wien vor, wo er auf einem Historiker-Kongress einen Vortrag halten sollte. Da er es wegen der chemischen Dämpfe ablehnte, seinen einzigen guten Anzug in die Reinigung zu geben, musste ich ihn waschen und aufbügeln und ein paar Mottenlöcher stopfen.

Der Anzug war hoffnungslos altmodisch, mit zu kurzen Hosenbeinen und einem viel zu eng geschnittenen Jackett. Er sagte, er hätte sich an ihn gewöhnt, und keiner könnte ihn dazu bringen, sich wegen eines zweistündigen Vortrags neu einzukleiden.

Hendrik und Niels hatten beschlossen, ihn zu begleiten. Erst als der Professor seine Reisetasche packte, wurde mir richtig klar, dass ich nun fast zwei Tage und vor allem eine Nacht allein im Haus auf dem Hügel verbringen musste.

Aus Gründen des Umweltschutzes bestand der Professor darauf, von Drakenburg aus den Zug nach Wien zu nehmen. Hendrik kam als Einziger auf die Idee, mich zu fragen, ob ich nicht mitkommen wollte; doch ehe ich es mir noch überlegen konnte, winkte der Professor schon ab. Er sagte, es sei unmöglich, so kurzfristig ein Hotelzimmer für mich aufzutreiben; außerdem müsste ich mich um Hugin kümmern.

Ich begleitete sie zur Gartenpforte und sah zu, wie sie in den Kleinbus kletterten. Der Professor trug einen Umhang, einen verwegenen, breitkrempigen Filzhut und schwarze Schnürstiefel. Er sah sehr komisch aus, strahlte aber trotzdem eine gewisse Würde aus.

»Pass gut auf das Haus auf, Mädchen!«, sagte er. »Und vergiss nicht – die Eibenhecke ist die Grenze.«

Hendrik kurbelte das Seitenfenster herunter und winkte mir zu. Ein Vogel mit aufwärts gebogenen Flügelspitzen folgte dem Wagen in niedrigem Flug. Einen Augenblick lang dachte ich, es wäre Huckebein, doch dann fiel mir ein, dass wir ihn vorsichtshalber in der Küche eingeschlossen hatten.

Langsam ging ich zum Haus zurück. Es hatte aufgehört zu regnen, aber die Luft war voller Feuchtigkeit. Dunstschleier waberten um den Hügel, verhüllten das Hausdach und die Baumwipfel. Kein Windhauch regte sich. Das gläserne Geklimper war verstummt. Nur ein leises Säuseln und Seufzen kam aus dem Garten, das ich vorher nicht wahrgenommen hatte.

Die Welt war in bleigraues Zwielicht gehüllt. Das Haus wirkte düster und abweisend, als wäre es schon seit langer Zeit verlassen. Hinter dem Fenster der Bibliothek im oberen Stockwerk flackerte ein Lichtschein wie von einer Kerze.

Widerstrebend ging ich den Pfad mit den Treppenbohlen hinauf. Am liebsten wäre ich weggelaufen; doch das wäre kindisch und feige gewesen. Wohin hätte ich auch gehen sollen? Außerdem hatte ich versprochen, Huckebeinchen zu versorgen.

Jäh erkannte ich, dass das Säuseln und Seufzen nicht aus dem Garten kam, sondern von unten her, aus dem Hügel, auf dem das Haus stand. Der Professor hatte mir erklärt, dass sein Haus auf einem riesigen Felsen erbaut war. Zum ersten Mal fragte ich mich, was unter oder in diesem Felsen sein mochte.

Hendriks Bemerkung fiel mir ein, dass sich der Professor vermutlich einen Kraftplatz als Wohnort ausgesucht hatte. Der Begriff Kraftplatz war im Trend. Es gab inzwischen sogar Reiseführer für Menschen, die Kraftplätze aufsuchen wollten.

Ich überlegte, was hinter dem Wort wirklich steckte. Was waren Kraftplätze? Ehemalige Kultstätten? Orte, an denen einst Menschen oder Tiere geopfert worden waren? Alte Steinsetzungen wie Stonehenge, wo Weise oder Astronomen die Gestirne beobachten konnten?

Als ich vor der Haustür stand, zitterten meine Knie. Die Tür klemmte; vielleicht war das Holz von der tagelangen Feuchtigkeit verquollen.

Erst nach mehreren Versuchen gelang es mir, die Tür aufzustoßen. Das Säuseln und Seufzen erfüllte das Haus, als würde der Wind durch die Blätter eines Pappelwaldes streichen. Obwohl erst früher Nachmittag war, herrschte Dämmerlicht im Flur. Ich drückte auf jeden Schalter, an dem ich vorüberkam, bis alle Lampen brannten.

Huckebein-Hugin kauerte oben auf dem Küchenschrank und wollte nicht herunterkommen. Nicht einmal mit Nüssen und einem Rest Gugelhupf konnte ich ihn locken.

Ich schaltete das Radio ein. Der einzige Sender, den man mit dem alten Apparat störungsfrei empfangen konnte, brachte moderne Klassik. Die schräge, disharmonische Musik kroch in meinen Kopf, schaffte es aber nicht, das Säuseln zu übertönen.

Irgendwie wurde mir schwindlig davon. Ich musste mich auf einen Stuhl setzen und mich an der Tischkante festklammern. Mir war, als würde der Boden leicht schwanken oder beben.

Ich starrte auf die Dielenbretter, bis sie vor meinen Augen verschwammen. Unter meinen Fußsohlen bewegte sich das Holz. Es fühlte sich an, als hätte ich die Füße auf ein Tier gestellt, das sich unter mir krümmte.

Unwillkürlich zog ich die Beine hoch und stellte die Füße auf die Stuhlkante, schlang die Arme um meine Knie und legte den Kopf darauf. So zusammengekauert saß ich eine Weile, die Augen geschlossen, bis ich hinter den Lidern ein Licht flackern sah, das eine Erinnerung in mir weckte.

Die Bibliothek! Ich musste hinauf und nachschauen, ob dort wirklich eine Kerze brannte. Inmitten all der Bücher, die zum großen Teil alt waren und sicher wie Zunder brannten, wenn sie Feuer fingen, war eine offene Flamme eine gefährliche Sache.

Es kostete mich jede Menge Kraft und Mut, die Augen zu öffnen und die Füße wieder auf den Boden zu stellen. Das Schwindelgefühl war vorbei. Der Boden wirkte jetzt wie immer, hart und eben und regungslos.

Noch klammerte ich mich an der Tischkante fest und versuchte tief durchzuatmen. Huckebein beobachtete mich. Ein leises Krächzen kam aus seiner Kehle. Er schien mir etwas sagen zu wollen, doch ich verstand seine Sprache nicht.

»Huckebeinchen«, flüsterte ich mit dünner Stimme, »kommst du mit nach oben?«

Er legte den Kopf schief, als müsste er überlegen. Dann flatterte er vom Schrank und landete auf meiner Schulter. Durch das T-Shirt spürte ich den Druck seiner kräftigen Krallen. Sein Gefieder an meinem Hals war warm und seidig und rieb raschelnd an meinen Haaren.

Plötzlich merkte ich, dass das Säuseln und Seufzen verstummt war. Ich ließ die Tischkante los und ging zur Tür. Mit Huckebein auf meiner Schulter fühlte ich mich weniger allein. Ich schaffte es, die Stufen hinaufzusteigen und den Flur mit den fratzenhaften Masken entlangzugehen.

Später fand ich es mutig von mir, dass ich dem Drang nicht nachgab, ins Freie zu laufen, mich aufs Fahrrad zu schwingen und in möglichst kurzer Zeit eine möglichst große Entfernung zwischen mich und das Haus auf dem Hügel zu bringen.

Ich musste mich getäuscht haben. Das Bibliothekszimmer lag im Halbdunkel. Die vielen Reihen dunkler Buchrücken schluckten einen Teil des grauen Tageslichts, das durchs Fenster sickerte. Keine Kerzenflamme flackerte im Luftzug von der Tür, keine Lampe war angeschaltet.

Ich ging zum Tisch, um nachzusehen, ob es irgendwo einen heruntergebrannten Kerzenstummel gab. Doch da war nichts als ein Stapel beschriebener Blätter, ein Notizbuch, eine Lupe, eine Schale mit Stiften und mittendrin der kleine Kasten aus Acrylglas, in dem der keltische Reif lag wie Schneewittchen im Sarg.

Wenn man den Reif von einem bestimmten Winkel aus betrachtete, glomm das Schmuckstück unter der zweitausend Jahre alten Schmutzschicht in trübem, geheimnisvollem Licht.

12

Ich versuchte Nonna anzurufen, doch sie war nicht zu Hause und ging nicht an ihr Handy. Bei meiner besten Freundin Leonie meldete sich nur die Mobilbox. Ich sehnte Frau Zacherl herbei, aber heute war nicht ihr Tag. Vermutlich kam sie erst übermorgen wieder. Ich fühlte mich verlassen und ausgeliefert. Das Schicksal hatte offenbar entschieden, dass ich allein auf dem Hügel bleiben und irgendeine Prüfung bestehen sollte. Gerade als ich beschloss, mit dem Rad nach Agathenried zu fahren, begann es zu regnen. Diesmal war es kein sachter Schnürlregen, wie er hier genannt wurde. Es schüttete wie aus Kübeln, Blitze zuckten am Himmel und in der Ferne grollte der Donner.

Die große Standuhr im Arbeitszimmer schlug dreimal. Hinter den Fenstern wurde es von Minute zu Minute dunkler. Als ich auch hier das Licht anmachen wollte, merkte ich, dass der Strom ausgefallen war.

Im Haus herrschte Stille. Ich hörte nur das Rauschen des Regens und das Platschen des Wasserfalls, der aus der defekten Dachrinne gischtete. Ich saß in der Küche; die Tür hatte ich abgeschlossen. Irgendwie erschien mir die Küche als der einzige Raum, in dem ich mich einigermaßen sicher fühlen konnte.

Huckebein-Hugin hockte auf der Stuhllehne. Ich versuchte mich damit zu trösten, dass er auf seinem Lieblingsplatz saß, nicht oben auf dem Küchenschrank, wohin er flüchtete, wenn er sich bedroht fühlte.

Um die Dunkelheit zu vertreiben, zündete ich eine Kerze an. Die restliche Packung musste als eiserne Reserve dienen, falls der Stromausfall den ganzen Abend und vielleicht sogar die kommende Nacht lang dauerte. Womöglich hatte der Blitz irgendwo einen Baum gefällt und der Baum hatte eine Stromleitung mit sich gerissen. Es konnte viele Stunden dauern, bis der Schaden behoben war.

Jetzt begann es zu stürmen. Der Wind johlte ums Haus, schüttelte die Baumwipfel, zerrte an den Fensterläden, warf peitschende Regenschauer gegen die Scheiben. Auf dem Dach klapperte und krachte es, als wären Dachziegel geborsten. Heulende Windstöße fegten durch den Kamin. Die Kerzenflamme flackerte heftig.

Selten hatte ich ein derartiges Unwetter erlebt und bestimmt nie ganz allein. Und doch spürte ich inmitten dieser Weltuntergangsstimmung nichts von der Panik, die mich vorher beherrscht hatte. Vor den Naturgewalten, die draußen tobten, konnte ich im Haus sicher sein.

Das Unwetter dauerte bis in den Abend hinein. Zwar ließen die Regenschauer irgendwann nach, aber der Sturm fegte unablässig weiter übers Land. Der Wind schüttelte die Bäume. Sie seufzten und ächzten; es kam mir vor, als würden sie Verzweiflungsschreie ausstoßen. An allen Ecken und Enden klapperte und krachte und splitterte es.

Gegen acht wurde es plötzlich still ums Haus. Noch immer war die Stromversorgung unterbrochen. Ich zündete die vierte Kerze an und sah aus dem Fenster. Draußen war es stockfinster. Irgendwie ahnte ich, dass der Sturm nur eine Atempause einlegte, dass er wiederkommen und weiter wüten würde, bis seine Kraft endgültig verbraucht war.

Doch so war es nicht. Der Sturm schien fortgezogen zu sein, vielleicht über die Alpen nach Italien. Dafür regten sich andere Kräfte.

Es begann mit einem Kichern. Anfangs hatte ich Huckebein in Verdacht, doch als ich mich nach ihm umsah, pickte er auf dem Boden nach ein paar Weizenkörnern und Haferflocken, die noch von seinem Abendessen verstreut lagen. Mit vollem Schnabel konnte er unmöglich dieses Gekicher hervorbringen.

Lauschend saß ich am Küchentisch. Die Geräusche waren irgendwo hinter der Tür. Es klang hämisch, als würde dort auf dem Flur ein boshaftes Kind kauern und über einen Schabernack lachen.

Gänsehaut bildete sich auf meinen Armen. Die Tür war versperrt, doch inzwischen vertraute ich kaum noch auf den Schutz von Wänden und Türschlössern.

Eine dünne, hohe Stimme mischte sich in das Gekicher. Sie flüsterte unverständliche Worte. Mit der Zeit kamen immer mehr Stimmen dazu, bis es ein ganzer Chor war, der von allen Seiten wisperte und tuschelte und raunte; dazwischen erklang das boshafte Kichern.

Huckebein hatte aufgehört zu fressen. Er hockte auf dem Boden, den Kopf schiefgelegt, und schien wie ich zu lauschen. Im Kerzenschein sah ich seine Augen wie Kohlestücke glänzen.

Ich steckte die Finger in die Ohren, aber es nützte nichts. Eine Stimme war lauter als alle anderen. Sie klang sanft und einschmeichelnd, fast zärtlich. Es waren Laute, die ich nie zuvor gehört hatte. Lockend flüsterte sie in meinem Kopf; ja, es war, als hätte sie sich in einem Winkel meines Gehirns eingenistet.

Zitternd tastete ich nach dem Lichtschalter. Noch immer kein Strom. Der Schein der Kerze reichte nicht bis in die Ecken und Winkel der Küche. Der

Schrank, die Regale und der Spültisch lagen im Dunkel. Durchs Fenster kam nicht die geringste Spur von Helligkeit.

Die Stimme lockte und wisperte. Verstohlen sah ich mich um. War jemand hier im Raum? Nichts bewegte sich. Auch hinter mir schien keiner zu sein. Als ich die Hand nach hinten streckte, griff ich ins Leere.

»Verschwindet!«, sagte ich. Meine Stimme war unnatürlich hoch und dünn. »Verschwindet, bitte geht weg! Ich will nichts mit euch zu tun haben … Lasst mich in Ruhe …«

Das Kichern wurde lauter. In meinem Kopf säuselte und sang es. Ich dachte: Das reicht! Ich halte das nicht mehr aus! Wenn sie nicht gehen, gehe ich. Und ich stand auf, nahm die Kerze und ging zur Tür.

Ich glaube, es war die größte Mutprobe, die ich bisher in meinem Leben bestanden hatte, den Schlüssel umzudrehen und den dunklen Flur zu betreten. Sobald ich den Fuß über die Schwelle setzte, verstummten die Stimmen und das Gekicher wie durch Zauberschlag.

Doch sie beobachteten mich. Ich wusste, dass sie da waren und mich mit ihren Blicken verfolgten. Huckebein flog mir nach, setzte sich auf meine Schulter und kuschelte sich eng an meinen Hals.

Im flackernden Schein der Kerze tappte ich den Flur entlang. Um mich her glaubte ich leise Atemzüge wahrzunehmen. Die Dielen knarrten; ein vertrautes, normales Geräusch, das mich irgendwie erleichterte.

Auf der Truhe neben der Eingangstür musste eine Taschenlampe liegen. Wenn ich Glück hatte, war die Batterie noch nicht leer. Sonst musste ich ohne Licht in die stockdunkle Nacht hinaus. Die Kerzenflamme würde sicher innerhalb von Sekunden vom Wind ausgelöscht sein.

Trotzdem war ich entschlossen, das Haus zu verlassen. Ich tastete nach der Taschenlampe. Dabei hatte ich plötzlich das Gefühl, dass ich an den Haaren gezogen wurde. Es war, als würde jemand meine Haare packen und meinen Kopf nach hinten ziehen.

Huckebein stieß ein erschrockenes Krächzen aus und flatterte auf die Truhe. Er konnte es nicht gewesen sein, denn das Zerren ließ nicht nach. Ich schüttelte heftig den Kopf, um mich zu befreien. Gleichzeitig umschlossen meine Finger die Taschenlampe.

Wer immer auch an meinen Haaren zerrte, hatte sie jetzt losgelassen. Stattdessen fing das Gekicher wieder an. Gestalten schienen um mich herumzuhüpfen; da waren Schritte wie von kleinen Füßen, trappelnde, trippelnde Schritte …

Das Licht der Taschenlampe flammte auf und schnitt eine kegelförmige Bahn in die Finsternis. Huckebein kauerte an der Wand. Ich leuchtete um mich herum. Nichts. Das Kichern war verstummt, das Getrappel hatte aufgehört.

Die Taschenlampe in der rechten Hand, zerrte ich mit der linken am Türgriff. Ein Schwall feuchter Luft schlug mir entgegen. Flügel flatterten an mir vorbei.

Huckebeins schwarzer Umriss flog durch den Lichtkegel hinaus auf den Vorplatz.

Der Sturm hatte einen Wall von Blättern und Zweigen über die Haustreppe geweht. Die Tür schlug hinter mir zu. Durch kniehohes Laub watete ich die Stufen hinunter. Es regnete nicht mehr, aber der Geruch von Wasser erfüllte die Luft, als wäre ich auf den Grund eines Sees gesunken.

Der Himmel war wie ein Baldachin von schweren, tief hängenden Wolken verhüllt. Nicht ein Schimmer Mondlicht erhellte die schwarze Nacht.

Gestrüpp und Äste versperrten mir den Weg. Ich kämpfte mich vorwärts, stolperte, fiel hin, ließ die Taschenlampe fallen, fand sie aber wieder, raffte mich auf, blieb an einem Knäuel dorniger Zweige hängen, verlor einen Schuh, riss mich los, stolperte erneut und kroch auf allen vieren weiter.

Erst als ich den Fuß des Hügels erreicht hatte, atmete ich auf. Wo war Huckebein? Leise rief ich nach ihm. Er kam hier draußen sicher besser zurecht als ich, doch ich vermisste seine Gegenwart. Es war besser, ihn bei mir zu haben, als völlig allein zu sein.

Wohin sollte ich gehen? Wo konnte ich mich verkriechen?

Eines war mir klar: Unter keinen Umständen würde ich diese Nacht ins Haus zurückkehren.

Hier im Freien konnte ich nicht bleiben, es war zu feucht und zu kühl. Ich hatte nichts dabei, keine Jacke, keine Decke, um mich einzuwickeln. Ein Gartenhäuschen gab es nicht. Und der Sturm konnte jederzeit wieder losbrechen.

Dann fiel mir die Garage ein. Sie war in der Art eines Blockhauses gebaut, und wenn der Wind das Dach nicht abgehoben hatte, war ich dort einigermaßen sicher und geschützt.

Mit nur einem Schuh tappte ich durch die Berge von nassen Blättern und Zweigen. Der Gartenpfad war verschüttet, doch ich kannte ungefähr die Richtung, in die ich gehen musste. Die große alte Eiche zur Linken des Gartenpfads war wie ein Wegweiser. Offenbar hatte sie das Unwetter heil überstanden.

Hinter der Eiche erstreckte sich ein Dickicht aus Weißdornbüschen und Holundersträuchern. Normalerweise führte ein Trampelpfad hindurch, den ich jetzt aber nicht mehr fand. Ich zwängte mich durchs Gestrüpp, zerriss mir den Ärmel des T-Shirts, blieb immer wieder mit den Haaren hängen und trat mir einen Dorn in die nackte Fußsohle.

Um mich her war es still bis auf das leise Pfeifen des Windes und das gläserne Geklimper aus dem Garten. Falls ich nicht im Zickzack gegangen war, musste ich jetzt in der Nähe der Garage sein. Der Strahl der Taschenlampe erfasste ein Gewirr von Zweigen und Blättern, ein Teil, das wie ein großer Stofffetzen oder ein Stück Zeltplane aussah, ein …

Etwas bewegte sich mit schwirrendem, klatschendem Geräusch über mir. Unwillkürlich duckte ich mich, bereit, unter die Büsche zu kriechen. Dann hörte ich vertrautes Geflatter und ein leises »Quork!«

Voller Erleichterung streckte ich die freie Hand aus.

»Huckebeinchen!«, flüsterte ich. »Da bist du ja wieder!«

Er ließ sich auf meinem Arm nieder, schwankte kurz hin und her und krallte sich fest. Ich winkelte den Arm an und drückte ihn an mich. Durch den dünnen Stoff des T-Shirts spürte ich, wie heftig sein kleines Herz pochte.

Der Wind frischte auf. Wieder ließ ich den Strahl der Lampe wandern. Büsche, entlaubte Zweige, filigran wie Scherenschnitte ... Ein Ast, an dem graue Bärte hingen ...

Graue Bärte? Es waren nur Flechten; dahinter ragte eine Wand mit runden Bohlen auf. Etwas blitzte im Lichtstrahl – eine Fensterscheibe!

Ich tastete mich an der Wand entlang, um die Ecke mit den vorstehenden Bohlen herum. Das alte Holz roch modrig. Eine weitere Ecke. Hier musste das Garagentor sein, das aus zwei Flügeln bestand. Erst jetzt fragte ich mich, ob der Professor seine Garage absperrte. Wenn ja, würde ich versuchen, das Fenster aufzudrücken und durchzukriechen. Hinein musste ich!

Endlich fand ich die Türklinke. Der rechte Torflügel ließ sich problemlos öffnen. Dahinter blitzte das Metall des großen alten Wagens wie die Schuppen einer friedlichen Riesenechse. Ich richtete die Taschenlampe nach oben. Das Dach schien den Sturm unbeschadet überstanden zu haben.

Als Kinder hatten meine Freundin Leonie und ich den Oldtimer ihres Großvaters, der seit Jahrzehnten in einem Schuppen gestanden hatte, als Versteck benutzt. Plötzlich wusste ich, wo Huckebein und ich diese Nacht verbringen konnten, falls der Professor leichtsinnig genug war, seinen Wagen unverschlossen zu lassen.

13

Gegen Morgen weckte mich das Geheul einer neuen Sturmbö.

Zusammengekrümmt lag ich da und lauschte in die Dunkelheit. Die alten Lederpolster strömten einen herben, aber angenehm heimeligen Geruch aus; die Wagendecke, in die ich mich eingewickelt hatte, roch nach Staub und Moder.

Während die Garage unter den Windstößen erzitterte, versuchte ich meine Gedanken zu sortieren. Der vergangene Abend erschien mir unwirklich wie ein utopischer Film; doch hier lag ich im Benz des Professors auf dem Rücksitz wie Jonas im Bauch des Walfischs, hörte das an- und abschwellende Brausen und spürte das Stechen und Pochen in meiner Fußsohle, wo ich mir auf der Flucht vom Haus einen Dorn eingetreten hatte.

Etwas drückte hart gegen meinen Hinterkopf. Es war die Taschenlampe, die sich in der Spalte zwischen Rückpolster und Sitz festgeklemmt hatte. Leises Geraschel kam von der Kopfstütze des Beifahrersitzes. Es war Huckebein. Meine Augen hatten sich inzwischen so weit an die Dunkelheit gewöhnt, dass ich ihn als schwarzen Umriss dort kauern sah.

Wie spät mochte es sein? Noch sickerte kein Tageslicht durch das schmale Fenster. Ich fröstelte und wickelte mich fester in die raue Decke.

Dann schlief ich noch einmal ein. Als ich wieder aufwachte, hatte sich der Sturm gelegt. Es war hell oder zumindest dämmrig in der Garage. Huckebein saß auf meiner Brust und zupfte an meinen Haaren. Mein Magen knurrte.

Draußen war der Himmel blank, von einem hellen Eisblau, als hätte es das Unwetter nie gegeben. Doch es hatte seine Spuren hinterlassen: die Laubberge auf den Wiesen, zerzauste Bäume, abgeknickte Äste und Zweige, zerrupfte Büsche. Barfuß, mit Huckebein auf der Schulter, hinkte ich zum Haus zurück.

In meiner Panik hatte ich keinen Schlüssel mitgenommen, doch der Reserveschlüssel lag unter einem Stein in der Nähe des Aufgangs. Ich wühlte im Laub, bis ich den Stein und den Schlüssel fand, während Huckebein vor der Eingangstür saß und darauf wartete, dass ich aufschloss.

Noch während der letzten Nacht hatte ich geglaubt, ich könnte das Haus nie wieder betreten. Jetzt ging ich zu meiner Verwunderung ohne besonderes Widerstreben hinein. Alles war friedlich und still. Der Strom funktionierte wieder, und als ich die Treppe hinaufging, klingelte das Telefon.

Es war Frau Zacherl, die wissen wollte, ob ich noch lebte und ob das Haus noch stand. Sie sagte, dass sie heute nicht kommen könne, weil sie ihren Garten aufräumen müsste.

Ich öffnete alle Fenster, als könnte ich die Geister der Nacht vertreiben. Dann fütterte ich Huckebeinchen und machte mir selbst ein Frühstück.

Den ganzen Vormittag lang war ich damit beschäftigt, den Pfad zwischen Haus und Gartenpforte freizuräumen. Huckebein stakste durchs Laub und suchte nach Würmern und Käfern. Irgendwo fand ich meinen linken Schuh wieder.

An der Vorderfront des Hauses hatte sich ein Fensterladen gelöst und hing total schief an einer Angel. Hinter dem Haus lagen zerbrochene Dachschindeln unter dem Küchenfenster. Der Garten sah aus wie ein Stück Urwald nach einem tropischen Wirbelsturm. Der Wind hatte die weiße Kletterrose, die bis weit in den alten Apfelbaum hinauf rankte, losgerissen.

Die Stille im Haus wirkte verdächtig. Sie kam mir irgendwie falsch vor, so, als wollte man mir einen trügerischen Frieden vorgaukeln, um mich in Sicherheit zu wiegen. Einmal, als ich während der Arbeit den Kopf hob, um mir eine Haarsträhne aus den Augen zu streichen, bemerkte ich hinter dem Fenster des Badezimmers flüchtig etwas Weißes. Es sah aus wie ein zartes Stück Stoff oder ein Schleier, der aufblitzte und vorüberwehte. Es hätte eine dünne Gardine sein können, doch ich wusste, dass es im Badezimmer des Professors keine Gardinen gab.

Ich starrte hinauf, bis meine Augen brannten. Nichts bewegte sich mehr. Minutenlang überlegte ich, ob ich nach oben gehen und nachsehen sollte, aber mir fehlte der Mut.

Stattdessen beschloss ich, den Rückzug anzutreten und nach Agathenried zu radeln. Ich sehnte mich nach der ganz normalen Welt, nach heißer Schokolade, nach Menschen, die einkauften oder Zeitung lasen, und nach Kindern, die auf dem Spielplatz tobten.

Spontan ließ ich den Rechen fallen und schwang mich aufs Fahrrad, doch ich kam nicht weit. Ich hatte kaum ein Drittel der Strecke zurückgelegt, wobei ich in Schlangenlinien fahren musste, um geborstenen Aststücken und Knäueln von Laub und Zweigen auszuweichen, da sah ich in der Ferne eine riesige dunkle Woge auftauchen. Im Näherkommen entpuppte sich die Woge als eine umgestürzte Fichte von gewaltigen Ausmaßen.

Vergebens versuchte ich ins Gelände auszuweichen. Rechts war ein Graben, der sich nach den Regenfällen in ein Sumpfloch verwandelt hatte, links ein Waldstück, in dem Brombeersträucher wucherten und sich wie Fallstricke und Stacheldraht von Baum zu Baum schlangen.

Sicher gab es irgendwo einen Fußpfad, der nach Agathenried führte, doch ich hatte keine Ahnung, wo ich ihn suchen sollte. Vielleicht waren an diesem Tag alle Wege in die Zivilisation versperrt.

Erst als ich die Gartenpforte wieder öffnete, kam mir ein unerfreulicher Gedanke. Wenn ich nicht von hier weg konnte, wie sah es dann umgekehrt aus? Der Professor, Hendrik und Niels wollten am späten Nachmittag zurückkommen. Die Straße von

Agathenried zum Haus auf dem Hügel war zurzeit unpassierbar. Es gab noch eine weitere Straße von Drakenburg hierher; sie führte ein Stück hinter dem Grendelsee durch ausgedehnte Waldstücke. Angenommen, es gab noch mehr umgestürzte Bäume oder Strommasten und auch die zweite Verbindung zur Außenwelt war blockiert?

Um nicht längere Zeit im Haus verbringen zu müssen, arbeitete ich weiter im Garten, bis mir alle Glieder wehtaten. Zum Glück regnete es nicht, obwohl der Himmel wieder wolkenverhangen war und ein kühler Wind wehte.

Ich holte die Wagendecke aus der Garage, wickelte mich hinein und setzte mich auf den Vorplatz. Den Rücken gegen die Eingangstür gelehnt, versuchte ich zu schlafen. Huckebein saß auf dem Treppengeländer und erzählte mir mit leisen Krächztönen eine Geschichte, die ich nicht verstand.

Spätestens um fünf wollten sie zurück sein, doch es wurde sechs und halb sieben und sie kamen nicht. Irgendwann klingelte das Telefon. Bis ich die Tür aufgeschlossen hatte und die Treppe hinaufgestürmt war, hatte es schon aufgehört zu läuten.

Ich fing an zu glauben, dass alles um mich her verhext war, das Haus, das Telefon, das Wetter, die Straßen; dass eine boshafte Macht alles tat, um mich hier allein festzuhalten. Vergeblich versuchte ich mir gut zuzureden.

»Bilde dir bloß keinen Schwachsinn ein, Sylvie Lindberg«, murmelte ich vor mich hin. »In ein paar Tagen oder Wochen lachst du darüber …«

Doch eine innere Stimme sagte mir, dass ich durchaus nicht lachen würde, weder morgen noch irgendwann später. Ich zwang mich, ins Haus zu gehen, denn Huckebein musste gefüttert werden. Auch mir war vor Hunger flau im Magen. Mit einem Käsebrot, von dem ich nebenbei abbiss, eilte ich in mein Zimmer, dann ins Arbeitszimmer des Professors, und schloss die Fenster.

Als ich an der Tür zur Bibliothek vorüberkam, blieb ich unwillkürlich stehen und lauschte. Kein Laut war zu hören. Doch während ich den Flur entlangging, huschte plötzlich eine winzige graue Gestalt vor mir über den Teppich und verschwand in einem dunklen Winkel.

Ehe ich richtig erschrecken konnte, begriff ich, dass es eine Maus gewesen sein musste. Nichts als eine ganz normale Maus … Dann fiel mir wieder ein, was ich vor kurzem gelesen hatte: »… auch verfügen sie über den Zauber, sich unsichtbar zu machen … können sich in kleine Tiere, Insekten oder Käfer verwandeln …«

Oder Mäuse?

Sehr nachdenklich ging ich wieder nach draußen und hüllte mich in die Wagendecke. Inzwischen war es Viertel nach sieben. Was sollte ich tun, wenn sie nicht kamen? Vielleicht hatten sie ja im Verkehrssender eine Warnung vor blockierten Straßen gehört und beschlossen, in Drakenburg zu übernachten.

Beim Gedanken an eine weitere einsame Nacht geriet ich fast in Panik. Zur Not konnte ich wieder im Benz schlafen. Diesmal würde ich es mir bequemer machen und mein Bettzeug in die Garage bringen. Doch ich musste es rechtzeitig holen. Bei Dunkelheit mochte ich nicht ins Haus zurück; jedenfalls nicht allein.

Im Dämmerlicht döste ich ein und träumte, dass jemand auf der Flöte spielte. Ich folgte den Tönen durch einen wunderbaren Wald, in dem kristallklare Bäche sprudelten, riesige Farne wuchsen und Bäume ihre Zweige zu einem zartgrünen Baldachin verwoben. So schnell ich auch ging, immer schienen die lockenden Flötenklänge gleich weit von mir entfernt zu sein.

Dann hörte ich Stimmen. Jemand rief von weither meinen Namen. Das Flötenspiel verklang. Ich wurde von einem Strudel ergriffen und hochgespült, hinauf, hinauf. Verwirrt öffnete ich die Augen.

Sie waren zurückgekommen.

»Ich hätte es wissen müssen«, sagte der Professor später in der Küche. »Wenn ich auf die Zeichen geachtet hätte, hätte ich begriffen, dass es Sturm gibt.«

Ich dachte, dass man das im Nachhinein leicht behaupten konnte. »Ich hätte nur auf die Eiche zu hören brauchen«, fügte er murmelnd hinzu. »Die alten Druiden konnten die Zukunft aus dem Rauschen ihrer Blätter deuten.«

Hendrik und Niels versprachen, am nächsten Tag die schlimmste Unordnung ums Haus herum zu beseitigen. Der Professor wies sie an, einen Mann namens Hochdobler aus Agathenried mitzubringen, der die abgebrochenen Äste zu Kleinholz zersägen sollte.

Hendrik hatte mir eine kleine Schokoladentorte aus Wien mitgebracht. Sie war mit Marzipanrosen verziert. Wir saßen zusammen am Küchentisch und jeder bekam ein Stück davon. Sogar der Professor aß etwas von dem »ungesunden Zuckerwerk«. Dazu tranken wir Wein.

Der Alkohol bewirkte, dass plötzlich alle Anspannung von mir abfiel. Im Lampenschein kam mir die Küche wie ein ganz normaler, freundlicher Ort vor, an dem nichts Geheimnisvolles oder gar Bedrohliches mehr war.

Ich wünschte, der Professor hätte Hendrik und Niels angeboten, zu bleiben und die Nacht im Haus auf dem Hügel zu verbringen. Um halb zehn bugsierte er sie jedoch unbarmherzig aus der Küche und verkündete, es wäre höchste Zeit, dass sie endlich aufbrachen.

Hendrik versuchte mir vor dem Weggehen noch etwas zu sagen, das merkte ich. Zu meinem Ärger schob sich sein komischer Freund zwischen uns und zog ihn mit sich, sodass wir nur noch einen kurzen Blick wechseln konnten. Er zuckte mit den Schultern und lächelte. Ich sah ihnen nach und fragte mich, wieso die beiden fast die ganze Zeit wie die Siamesischen Zwillinge auftreten mussten.

Als ich mich umdrehte, stand der Professor noch in der Küchentür. Er mochte verschroben und in seine Arbeit versponnen sein, aber er war ein scharfer Beobachter, denn er sagte:

»Was war letzte Nacht hier los? Ich meine nicht den Sturm. Du bist vor der Tür gesessen, als wir kamen, und hattest dich in meine Wagendecke gewickelt. Hast du in der Garage geschlafen?«

Es war wie eine Erlösung, darüber reden zu können. Doch während ich die Ereignisse des vergangenen Abends zu schildern versuchte, wurde mir bewusst, dass es eigentlich nichts Konkretes oder Beweisbares zu erzählen gab. Selbst die Stimmen und Geräusche konnte ich mir nur eingebildet haben.

Der Professor hörte schweigend zu. Erst als ich das Licht in seiner Bibliothek erwähnte, das von dem Acrylkasten mit dem keltischen Schmuckstück ausgegangen war, veränderte sich sein Gesicht.

»Wunderbar!«, sagte er. »Du hast die Gabe, Dinge wahrzunehmen, die andere nie sehen oder hören würden.«

Eigentlich hätte ich lieber auf diese Gabe verzichtet, falls ich sie tatsächlich besaß. »Überhaupt«, fuhr er fort, »scheinen sie großes Interesse an dir zu zeigen. Das ist nicht bei jedem so, das kannst du mir glauben. Meist kümmern sie sich nicht weiter um uns Sterbliche. Oder sie spielen uns Streiche, harmlos manchmal, aber gelegentlich auch solche von der unangenehmeren Sorte.«

Ich starrte ihn an. Seine Augen funkelten, als fände er den Gedanken an gepeinigte Sterbliche recht lustig.

»Sie?« fragte ich. »Wen meinen Sie damit? Wichtel?«

Das Wort ging mir nur schwer über die Lippen. Ich kam mir so albern vor, als würde ich behaupten, dass die sieben Zwerge gemeinsam mit Rumpelstilzchen und dem gestiefelten Kater nachts um mein Bett gestanden hätten. Doch er lachte nicht. Er schüttelte nur den Kopf.

»Feen«, sagte er.

14

Um mich herum herrschte in dieser Nacht Ruhe, nicht aber in meinem Kopf. Der Professor war wie gewöhnlich nicht sehr redselig gewesen, doch das Wenige, was er gesagt hatte, ging mir nicht aus dem Sinn.

»Dieses Haus steht auf einem Feenhügel. Deshalb habe ich mich hier niedergelassen. Ich wusste es von Anfang an. Natürlich sind auch Hausgeister unterwegs. Es ist nicht immer leicht, mit ihnen zu leben, das gebe ich zu. Aber es gibt Abwehrzauber. Und Menschen können viel unangenehmer sein.«

Vielleicht träumte ich das alles nur. Ja, ich fragte mich ernsthaft, ob dieser Aufenthalt bei Professor Samuel Hrdliczka nicht nur ein wunderlicher Traum war, ob ich nicht plötzlich in meinem Zimmer neben dem von Nonna aufwachen und feststellen würde, dass all das nie wirklich passiert war.

Doch ich träumte nicht. Um das zu begreifen, brauchte ich mich nicht erst in den Arm zu zwicken. Vielleicht gab es ja unterschiedliche Wirklichkeiten. Der Professor schien in einer anderen Welt zu leben als ich und die meisten Menschen, die ich kannte. In seiner Welt herrschten eigene Gesetze. Nichts von dem, was ich ihm erzählt hatte, überraschte ihn.

Es hatte sogar eine Art versteckter Freude in ihm hervorgerufen. In seinen Augen war ein Glitzern gewesen, als hätte ich ihm von der Entdeckung eines Schatzes erzählt.

Seine wichtigste Frage aber konnte ich nicht beantworten. Immer wieder hatte er nachgeforscht, was *sie* zu mir gesagt hatten.

»Versuch dich zu erinnern!«, drängte er mich. »Waren es Wörter? Silben? An welche Sprache hat es dich erinnert?«

Doch ich wusste es nicht. Das Geflüster, die lockenden Laute konnte ich mir ins Gedächtnis zurückrufen, aber kein einziges Wort. Sie hatten mit so fremden Zungen gesprochen, ein so wirres Raunen und Wispern in einer Sprache, die jenseits von allem war, was ich je gehört hatte, ein kehliger Singsang, manchmal schmeichelnd, manchmal drohend.

Am besten erinnerte ich mich an jene sanfte Stimme in diesem Chor von Geflüster, Gekicher und Geraune. Aber nichts davon hatte ich verstanden, nichts war haften geblieben, nicht einmal das Bruchstück eines einzigen Wortes.

Vielleicht hatten die Vorboten des Sturms am vergangenen Abend sie aus ihrer Ruhe aufgestört; vielleicht dämpfte die Rückkehr des Professors jetzt ihren Drang, mich zu umgarnen, ihre Neugier auf mich. Was immer auch der Grund dafür war, sie blieben meinem Zimmer fern.

Beim Frühstück bat mich der Professor, »die Meute von ihm fernzuhalten«, damit er ungestört arbeiten konnte.

»Ich muss sehen, dass ich mit meinem Buch weiterkomme«, sagte er. »Es wird mein letztes sein. Und es wird großes Aufsehen erregen. Ich will die Zeichen unseres bevorstehenden Untergangs dokumentieren und deuten, sodass jedem die Augen geöffnet werden. Viele werden mich für verrückt erklären, andere für genial; aber das hat keine Bedeutung.«

Dann schloss er sich in seinem Arbeitszimmer ein. Huckebein kam die Speichertreppe heruntergeflattert und landete auf meiner Schulter. Etwas fiel mit leisem Klirren zu Boden. Als ich mich bückte, sah ich, dass es ein kleiner goldener Ring war, der über die Dielenbretter rollte.

Er hatte einen roten Stein in Herzform. Ich dachte an Frau Zacherl. Hatte sie nicht einen Korallenring erwähnt, der ihr abhanden gekommen war?

»Wo hast du den gebunkert?«, fragte ich. »Wir müssen ihn zurückgeben, das ist dir doch klar?«

Ich hob den Ring auf und legte ihn in der Küche auf den Tisch. Als ich Huckebeins glitzernden Blick sah, überlegte ich es mir jedoch anders und steckte das Schmuckstück in die Hosentasche.

Kurz nach neun kamen Hendrik und Niels mit einem knorrigen Männchen, das eine Motorsäge mitgebracht hatte und sofort damit begann, einen abgeknickten Ast zu zersägen. Hendrik und Niels machten sich an die Aufräumarbeiten. Sie suchten nach einer Leiter, um die Kletterrose wieder hochzubinden, wagten aber nicht, den Professor zu stören und ihn zu fragen, wo er sie versteckt hielt.

Dann erschien Frau Zacherl im grünen Trachtenkostüm und mit einem federgeschmückten Tirolerhut. Sie führte uns zur Rückseite der Garage, wo an der Holzwand eine alte Leiter hing. Nirgends gab es Bindedraht oder Gartenbast, und wir durchsuchten das halbe Haus, bis wir auf dem Speicher eine Rolle Paketschnur fanden.

Frau Zacherl widmete sich ihrer Lieblingsbeschäftigung, dem Kaffeekochen. Ein paar schüchterne Sonnenstrahlen, die ersten seit Tagen, erhellten den Garten. Hendrik hing aus einem der Fenster im oberen Stockwerk und reparierte den Klappladen.

Herr Hochdobler sägte wie ein Weltmeister. Zwischendurch tauchte der Professor auf und beschwerte sich über den Lärm. Die flachsfarbene Haarmähne bauschte sich wild um sein hageres Gesicht. Unwillkürlich erinnerte ich mich an etwas, was ich über die Kelten gelesen hatte: dass ihre Haare so dick wie Pferdemähnen waren, weil sie sie mit Kalklauge einrieben.

Wie hatten die Römer sie genannt? Waldteufel. Wenn der Professor statt seiner Kniebundhosen ein passendes Gewand getragen hätte, hätte er wirklich ohne weiteres als Waldteufel-Oberdruide durchgehen können.

Frau Zacherl besänftigte ihn mit Apfelstrudel, den er besonders gern aß. Herr Hochdobler trank vier Tassen Kaffee und erzählte nuschelnd von einem

Sturm, der vor fünfzig Jahren in dieser Gegend gewütet hatte. Ich verstand kaum ein Wort.

Das Wiederauftauchen des Rings löste große Freude bei Frau Zacherl aus. Sie sagte, er wäre ein Erbstück von ihrer lieben Omama, und wollte wissen, wo ich ihn gefunden hatte.

Ich behauptete, ich hätte ihn in einer Ritze zwischen den Dielenbrettern entdeckt, was nur teilweise geschwindelt war. Wenn ich ihr gesagt hätte, dass Huckebein ihn gebracht hatte, hätte ich sie in ihrer Abneigung gegen den armen Vogel nur noch bestärkt.

»Das Haus verliert nichts«, bemerkte Herr Hochdobler überraschend deutlich.

Hendrik lächelte mir über den Tisch hinweg zu. Er hatte einen Kratzer quer über der Wange, wahrscheinlich von einer Rosenranke. Sekundenlang sahen wir uns in die Augen. Dann merkte ich, dass Niels uns beobachtete, und senkte rasch den Blick.

Der Professor war mitten in einer Vorlesung über die Kelten. Er sagte, sie hätten in Rätseln und Andeutungen gesprochen. Nach den Berichten von Cäsar und verschiedener römischer Geschichtsschreiber seien sie hochmütig und kurz angebunden gewesen, leicht aufbrausend, aber auch ehrlich, mit tiefen, rauen Stimmen und einer besonderen Vorliebe für Schmuck.

»... nicht nur Frauen, sondern auch Männer trugen goldene Halsketten und kostbare Ringe, auch Fußringe aus Gold, Bronze oder Bernstein«, hörte ich den Professor sagen. »Hochgestellte Persönlichkeiten wurden in Grabkammern beigesetzt, die aus Eichenbalken errichtet waren; darüber wurden Erdhügel aufgeschüttet. Vor wenigen Jahren hat man in Hochdorf das Grab eines Keltenfürsten entdeckt, der in seinem Streitwagen bestattet war.«

»Das Sensationelle an der Sache war, dass er goldene Schuhe trug«, warf Niels ein.

Der Professor runzelte die Stirn. »Man hat den Fürsten oder Häuptlingen Opfergaben, Speise und Trank für ihr Leben im Jenseits mitgegeben. Auch ihre Lieblingstiere, Pferde und Hunde, sogar Menschen wurden mit ihnen bestattet – Witwen, Dienerinnen, bevorzugte Knechte.«

Ich fand diesen Brauch grausam. Das bedeutete doch nichts anderes, als dass Menschen und Tiere getötet wurden, wenn ein Stammesfürst starb. Frau Zacherl sagte, die armen Witwen täten ihr leid; sie hätten sicher lieber weitergelebt und gehofft, vielleicht irgendwann wieder einen netten Mann zu finden.

Wir begannen zu lachen, aber der Professor machte ein ernstes Gesicht und meinte, das sei durchaus keine barbarische Sitte gewesen. Auch in anderen Kulturen, in denen die Menschen an ein Weiterleben im Jenseits glaubten, wären ähnliche Rituale üblich gewesen.

»Die Druiden lehrten, dass die Seele unsterblich ist – und nicht nur die der Menschen. Für die Kelten hatte jedes Lebewesen eine Seele, auch die Tiere. Deshalb kann man davon ausgehen, dass sie sehr viel besser mit den Tieren umgingen als unsere sogenannte zivilisierte Gesellschaft das heute tut.«

Herr Hochdobler, der sich offenbar langweilte, schob seine Kaffeetasse zur Seite, stand auf und verkündete, er müsste jetzt wieder an die Arbeit. Der Professor schärfte ihm ein, bestimmte Büsche und Bäume nicht anzutasten, auch wenn sie durch den Sturm in Mitleidenschaft gezogen waren.

»Weißdorn, Eiben, Holunder und Eichen sind heilig!«, sagte er. »Sie dürfen keinen von den Ästen absägen, nicht einmal einen geknickten Zweig abschneiden. Das würde Unheil heraufbeschwören. Erst wenn das Laub verdorrt ist und die geknickten Äste und Zweige abgestorben sind, darf man sie entfernen. Hendrik, Sie gehen mit hinaus und sorgen dafür, dass nichts Falsches passiert. Ich verlasse mich auf Sie.«

Ich rechnete beinahe damit, dass Herr Hochdobler sich an die Stirn tippen würde, doch er brummelte nur etwas Unverständliches und stapfte auf seinen knorrigen Beinen aus der Küche.

Ich spülte das Geschirr. Frau Zacherl erschien und zeterte, jemand hätte Milch in das Innere des Staubsaugers gekippt. Der Staubsaugerbeutel, sagte sie, wäre völlig verklumpt und würde nach saurer Milch riechen. Sie verdächtigte Huckebein. Nur mit großer Mühe gelang es mir, ihr klarzumachen, dass kein Vogel so etwas bewerkstelligen konnte, auch wenn er noch so listig war.

Um ihn aus der Schusslinie zu bringen, nahm ich Huckebein auf die Schulter und ging mit ihm in den Garten hinaus. Ein Schwarm von Krähenvögeln hatte sich in den Bäumen versammelt. Huckebein wurde schrecklich aufgeregt. Er kreischte und krächzte und führte wilde Tänze im Laub auf.

Plötzlich stand Hendrik neben mir. »Der Professor muss einen Dachdecker kommen lassen«, sagte er. »Ein paar von den Schindeln sind heruntergefallen und zerbrochen.«

»Ich weiß.« Wir sahen uns verlegen an, als wären die Dachschindeln ein peinliches Thema.

»Am besten fragen wir Frau Zacherl. Sie wird wissen, wen sie anrufen muss. Der Professor hat es sicher nicht gern, wenn man ihn mit solchem Alltagskram belästigt.«

»Er sagt, er schreibt an einem Buch, das großes Aufsehen erregen wird«, flüsterte ich. »Und er meint, es wird sein letztes sein.«

Hendrik nickte. »Ich wollte, ich könnte einen Blick hineinwerfen, aber er zeigt nie jemandem seine Manuskripte. Ich kapiere nur nicht, weshalb er so sicher ist, dass es seine letzte Arbeit sein wird.«

Mit gerunzelter Stirn beobachtete er Huckebein, der einen Käfer verfolgte. »Hast du den Eindruck, dass er krank ist?«

»Krank?« Auf diesen Gedanken war ich noch nicht gekommen. »Nein, er ist doch total fit. Bei der gesunden Ernährung …«

»Manchmal glaube ich, dass er wenig Lust hat, weiter in unserer Welt zu leben und mit anzusehen, wie wir mit der Natur und den Tieren umgehen und alles zerstören. Du hättest ihn mal in Wien erleben sollen. Ständig hat er Autofahrer angemacht, wenn sie mit laufendem Motor am Straßenrand standen, hat ausgerechnet, wie viel kostbares Trinkwasser so eine Großstadt täglich verbraucht, während anderswo die Menschen verdursten … Er beklagt sich nicht nur über Missstände, er leidet echt darunter.«

Gemeinsam trugen wir die Aststücke, die Herr Hochdobler zersägt hatte, zum Haus und stapelten sie an der Wand unter dem Küchenfenster. Zweimal stießen wir dabei mit den Köpfen zusammen.

»Sorry!«, sagte Hendrik, während ich mir die Stirn rieb. »Ich hab wohl einen ziemlich harten Schädel.«

»Meiner ist bestimmt auch nicht viel weicher.«

»Du hast ein bisschen Schmutz auf der Nase. Nein, weiter oben. Darf ich mal?«

Er rieb mit der Fingerspitze über meinen Nasenrücken. Dann ließ er seinen Zeigefinger kurz, fast zärtlich auf meiner Nasenspitze liegen.

Ich sagte: »Gleich fang ich an zu schielen.«

Wir lachten; er strich mir eine Haarsträhne aus der Stirn und eine Weile redeten wir nichts, sahen uns nur an.

Ich dachte: Jetzt taucht bestimmt sein Siamesischer Zwilling wieder auf! Und wirklich, Niels kam mit der Schubkarre um die Hausecke, blieb einen Moment stehen, warf uns einen unschlüssigen Blick zu und setzte seinen Weg im Zickzackkurs fort.

»Wir fahren morgen nach München zurück«, hörte ich Hendrik sagen.

»Was?« In meiner Stimme war ein Kiekser. »Morgen? Wieso schon morgen? Ich dachte, ihr wollt länger hierbleiben.«

»Wollten wir auch. Aber der Professor sagt, er

braucht erst mal eine Woche Zeit, um sich ganz auf seine Arbeit zu konzentrieren. Wir kommen wieder. In zehn Tagen – vielleicht – hoffentlich …«

Sicher hatte er den enttäuschten Ausdruck in meinem Gesicht bemerkt. Doch warum hätte ich es auch vor ihm verbergen sollen, dass ich ihn gern hierbehalten hätte?

»Ich wollte dir etwas erzählen«, sagte ich, nachdem wir eine Weile schweigend welkes Laub zusammengetragen hatten.

»Lass uns tiefer in den Garten gehen. Da stört uns hoffentlich keiner.«

Wir zwängten uns durchs Gestrüpp, stiegen über Aststücke und wateten knietief durch Laubhaufen, denn hier hatte noch keiner aufgeräumt. Der Gartenpfad war unter grünen Wogen versunken. Unvermittelt erklang wieder das gläserne Geklimper, dünn und leise wie zarte Musik.

»Hörst du das?«, fragte ich.

Wir blieben stehen und lauschten. »Du meinst dieses klingelnde Geräusch?«, sagte Hendrik. »Hört sich an, als hätte der Professor irgendwo eine Glasharfe aufgehängt.«

»Ich hab nie eine gesehen.« Doch das konnte die Erklärung sein, auch wenn ich noch nirgends Glasstäbe oder Glasperlen bemerkt hatte. Freilich war ich auch erst ein einziges Mal tiefer in die Wildnis des alten Gartens vorgedrungen.

Wir setzten uns auf eine steinerne Bank. Die grünen Moospolster, mit denen sie bewachsen war, hatten sich wie Schwämme mit Nässe vollgesogen.

Hendrik breitete seine Windjacke darüber aus. Das zarte Geklingel erfüllte die Luft und mischte sich mit dem tropfenden, rieselnden Geräusch des Wassers zwischen Felsbrocken und Baumwurzeln und dem Flügelschlag unsichtbarer Vögel.

Unwillkürlich dämpfte ich meine Stimme und redete leise, fast flüsternd, als könnte uns jemand belauschen. Ohne es zu beabsichtigen, beschrieb ich den Sturmabend im Haus anders als ich es dem Professor gegenüber getan hatte. Zwar ließ ich nichts weg und fügte nichts hinzu, aber ich benutzte andere Ausdrücke und gab mir Mühe, meine Empfindungen und Ängste genauer zu schildern.

Im grünen Dämmerlicht konnte ich den Ausdruck in Hendriks Augen nicht erkennen. »Hast du mit dem Professor darüber geredet?«, war das Erste, was er fragte.

Ich nickte. »Er meint, es waren die Feen. Er sagt, sein Haus ist auf einen Feenhügel gebaut.«

Hendrik zeigte keine Spur von Überraschung. Einige Zeit schwieg er und schien darüber nachzudenken. Dann erwiderte er ebenso leise wie ich vorher: »Das würde vieles erklären. Er weiß, wovon er redet, Sylvie.«

Vor ein paar Wochen hätte ich gesagt, dass ich noch nie solchen Schwachsinn gehört hätte. »Du glaubst also auch daran? Du nimmst das ernst?«

»Sicher, das weißt du doch. Wie willst du sonst erklären, was dir passiert ist?«

Ich schluckte. »Es gibt keine vernünftige Erklärung«, beharrte ich.

»Vernünftig? Was ist schon vernünftig? Wir bilden uns ein, wir wüssten alles und könnten alles ergründen. Was darüber hinausgeht, verleugnen wir einfach oder tun es als Hirngespinste ab. Diese Einstellung ist dumm und beschränkt. Sie engt uns total ein. Im Grund wissen wir nur einen Bruchteil von dem, was uns in unserer Welt umgibt.«

Erneut begann das Singen und Kreischen der Säge und übertönte die sachten Naturgeräusche des verwilderten Gartens. Ein Feuersalamander kroch bedächtig zwischen Moos und Steinen dahin. In den Blättern des Frauenmantels hatten sich Wassertropfen gesammelt, die wie Perlen schimmerten. Eine Stimme rief nach Hendrik.

Er stand auf und zog mich hoch. Für einen Augenblick behielt er meine Hand in der seinen und küsste sanft meine Fingerspitzen.

»Bis bald, Sylvie«, sagte er.

15

Die Feen schienen sich wieder in ihren Hügel zurückgezogen zu haben.

Im Haus herrschte Grabesruhe. Der Professor tauchte nur noch zu den Mahlzeiten auf. Ich glaube, er arbeitete sogar nachts, denn wenn ich aufwachte, sah ich durchs Fenster den Lichtschein aus seinem Arbeitszimmer.

Frau Zacherl hatte ein paar Tage Urlaub genommen und war zu einer kranken Cousine gefahren. Ich vermisste sogar das Röcheln ihres Staubsaugers. Vor allem aber vermisste ich Hendrik. Ich vermisste einen Fernseher und Menschen um mich herum, die Geräusche der Stadt, die ich von zu Hause in Nonnas Wohnung gewöhnt war.

Jeden Tag radelte ich jetzt nach Agathenried, setzte mich ins Café »Windbeutel« und tröstete mich mit Schokoladeneis oder Nusstorte mit Sahne. Von dort telefonierte ich auch regelmäßig mit Nonna.

»Der verrückte alte Knabe scheint eine Schwäche für dich zu haben«, sagte sie. »Du hast Samuels verknöchertes Herz geknackt.«

»Sehr witzig!«, erwiderte ich, denn ich dachte, es wäre einer ihrer schrägen Scherze.

»Nein, du, im Ernst. Er redet am Telefon mit großer Hochachtung von dir und behauptet, du hättest ungeahnte Fähigkeiten. Deine Kochkünste kann er damit wohl nicht gemeint haben.«

Ich konnte mir denken, was er meinte. Irgendwann würde ich Nonna sicher erzählen, was ich im Haus ihres alten Verehrers erlebt hatte, aber nicht jetzt.

»Ich mag ihn auch«, sagte ich zu meiner eigenen Überraschung. »Irgendwie.«

Obwohl ich wusste, dass Hendrik nicht gern telefonierte, wartete ich doch täglich auf einen Anruf von ihm. Was jedoch schließlich kam, war ein Päckchen mit einer Karte und einer CD. »Les Sylphides«, stand auf dem Cover.

»Ich hab ein Stück von Chopin für dich aufgenommen«, schrieb er. »Die Sylphiden sind weibliche Luftgeister; später wurde ein Frauenname daraus, der ›leichtfüßiges Mädchen‹ bedeutet. Jetzt weißt Du, woher Dein Vorname kommt. Es gibt ihn in verschiedener Form – Sylphe oder Sylphie oder Sylvie. Kein Name könnte besser zu dir passen, finde ich.«

Der Vergleich gefiel mir. Luftgeist, leichtfüßiges Mädchen. So hatte ich mich selbst nie gesehen. Natürlich hätte ich mir die CD am liebsten sofort angehört, doch im Haus gab es nur einen einzigen CD-Player, und der stand im Arbeitszimmer des Professors.

Ich nahm mir vor, ihn beim Mittagessen zu fragen, ob ich das Gerät ausleihen durfte. Ausgerechnet an diesem Tag aber erschien er nicht zur üblichen Zeit. Das wunderte mich, denn er war ein pünktlicher Mensch mit festen Gewohnheiten.

Im Laufe des Nachmittags fing ich an mir Sorgen zu machen. Womöglich hatte er einen Herzinfarkt oder einen Schlaganfall erlitten und war über seinem Schreibtisch zusammengesunken. Vielleicht brauchte er meine Hilfe. Allerdings konnte es auch sein, dass er einfach nur total in seine Arbeit vertieft war. Er konnte sehr ungnädig werden, wenn man ihn störte.

Leise schlich ich die Treppe hinauf. Im Flur hörte ich Gemurmel. Für einen Augenblick erschrak ich und dachte: Sie sind es wieder! Sie sind bei ihm im Arbeitszimmer … Dann erkannte ich im Näherkommen die Stimme des Professors.

Die Zimmertür war nur angelehnt. Der Geruch von

verbrannten Kräutern hing in der Luft. Schon wollte ich umkehren und wieder nach unten gehen, weil ich der Meinung war, er würde telefonieren. Trotzdem bewegte ich mich nicht von der Stelle. Meine Füße schienen plötzlich mit dem Boden verwurzelt zu sein, als gehorchten sie einem fremden Willen, der sie festhielt.

Der Professor redete in einer fremden Sprache. Nein, es war eine Sprache, die ich nicht verstand und die doch seltsam vertraut klang, so, als hätte ich sie vor langer Zeit schon einmal gehört.

Das Gemurmel wirkte melodisch, fast wie ein Gedicht oder die Strophe eines Liedes, und zog mich auf rätselhafte Weise in seinen Bann. Mit angehaltenem Atem lauschte ich. Es klang beschwörend, wie ein Zauberspruch.

»Eiris sazun idisi«, wisperte der Professor. »Sazun hera duoder. Suma hapt heptidun, suma heri lezidun. Suma clubodun umbi cuoniouuidi: insprinc haptbandun, inuar uigandun!«

Dann war es still. Plötzlich fegte eine Windbö ums Haus und rüttelte an den Fensterläden. Ich spürte, wie der Luftzug mir in die Haare fuhr. Die Tür des Arbeitszimmers schlug zu.

Innerhalb der kurzen Zeitspanne, die ich brauchte, um vom oberen Stockwerk in die Küche zu kommen, legte sich der Wind. Huckebein saß am Fenster und wollte eingelassen werden. Eine glänzende graue Schwanzspitze, vielleicht der Überrest einer Eidechse oder einer Blindschleiche, ragte aus seinem Schnabel.

Ich ließ ihn draußen sitzen, weil ich nicht wollte, dass er seine Beute irgendwo in der Küche versteckte. Eine Weile war ich damit beschäftigt, den Brotteig zu mischen. Als ich wieder zum Fenster sah, war Huckebein verschwunden. Ein mächtiger Raubvogel kreiste über den Baumwipfeln. Unwillkürlich bekam ich Angst um Huckebein. Ich öffnete das Fenster und rief nach ihm, doch er kam nicht. Vielleicht hatte er sich vor dem Raubvogel versteckt.

Rasch deckte ich die Schüssel mit einem Küchentuch zu. Es war halb vier; der Teig brauchte eine Stunde, um aufzugehen.

Wieder sah ich aus dem Fenster. Etwas Helles bewegte sich zwischen den Bäumen. Ich konnte nicht erkennen, was es war. Es verschwand im Garten, erschien dann aber wieder, hüpfend oder flatternd oder gleitend, hing für Augenblicke in der Luft, schwebte auf und nieder, verschwand …

Ich hatte keine Ahnung, was es sein konnte, mir fehlte jeder Vergleich. Am ehesten erinnerte es mich an einen Nebelfetzen, der zum Leben erwacht und Tanzübungen macht.

Eine Mischung aus Neugier und Verwunderung trieb mich aus dem Haus. Der Ast des alten Apfelbaums, auf dem Huckebein so gern saß, war leer. Das weiße Etwas schien sich in Luft aufgelöst zu haben.

Ich stand im hohen Gras hinterm Haus und starrte ins Blätterdach der Bäume, die einen natürlichen Laubengang über dem Gartenpfad bildeten. Ein paar Lichtpunkte flimmerten und flirrten in den Blättern, doch das war es nicht, was ich vom Küchenfenster aus beobachtet hatte. Tief im Innern des verwilderten Gartens, wo die Baumstämme zusammenrückten, winkte etwas Weißes.

Ich ging ein Stück den Pfad entlang, um nachzusehen, was es war. Je weiter ich ging, desto weiter schien es sich zu entfernen. Ich fing an zu laufen. Es änderte nichts: Immer schwebte und tanzte das bleiche Teil dort in der Ferne, unerreichbar wie ein Trugbild.

Ein Trugbild ... Vielleicht war es das ja. Es schien mich locken zu wollen, ihm zu folgen, tiefer und tiefer in den Garten hinein, an der bemoosten Bank vorbei, wo ich vor Tagen mit Hendrik gesessen war, durch die Schneise zwischen Stechpalmenbüschen und Brombeergestrüpp, begleitet vom gläsernen Geklimper und dem Rascheln dürrer Blätter unter meinen Füßen.

Wie eine dunkle Mauer tauchte die Eibenhecke am Ende des Weges auf. So dicht und undurchdringlich sie auch war, ich bildete mir doch ein, etwas Weißes zu erkennen, das sich dahinter bewegte.

Ich blieb stehen und holte tief Luft. Hier war alles still, fast zu still. Ich hörte nur meine eigenen Atemzüge und spürte meinen Herzschlag bis in den Hals hinauf. Wo war der Einstieg zum Trampelpfad, den ich bei meinem letzten Spaziergang entdeckt hatte?

Hier hatte das Unwetter keine Spuren hinterlassen. Über dem modernden Laub, das den Boden bedeckte, lagen weder Zweige noch welke Blätter. Ich teilte die Büsche und ging geduckt auf der schmalen

Spur durchs Unterholz weiter. Das Gras war zertreten; es sah aus, als hätte noch vor kurzem jemand diesen Pfad benutzt; ein Tier vielleicht, das zu dem kleinen Wasserlauf kam, um zu trinken.

Der schmale Durchgang, der wie eine geheime Pforte durch die Hecke führte, erwartete mich. Mit angewinkelten Armen, den Kopf eingezogen, zwängte ich mich durch.

Ich weiß nicht, was ich erwartet hatte. Jenseits der Hecke sah es kaum anders aus als auf dem Grundstück des Professors, ein Urwald aus Sträuchern und umgestürzten Bäumen und ein Dach dicht belaubter Wipfel, die den Himmel verbargen. Grünlichbleiches Licht herrschte um mich her. Ich versuchte meine Haare aus dem Griff einer Dornenranke zu befreien. Als ich aufsah, merkte ich, dass das weiße Gebilde verschwunden war.

Jetzt hätte ich umkehren können, doch ich fand den Durchschlupf in der Hecke nicht mehr. Eine Weile kämpfte ich mich durchs Gestrüpp an den Eiben entlang. Ging ich in die falsche Richtung? Ich hatte die Orientierung verloren. Doch jede Hecke musste einmal enden oder ich würde irgendwo eine andere Lücke finden, wenn ich nur lange genug suchte.

Noch waren die Eibenbüsche undurchdringlich, die Zweige und Nadeln mit den leuchtend roten Beeren so dicht ineinander verwachsen und verstrickt, dass ich eine Machete gebraucht hätte, um mich durchzukämpfen.

Das Gestrüpp zwang mich, auszuweichen und einen Bogen um die Hecke zu machen. Auf einer kleinen Lichtung endete der Umweg. Ich stand vor einem Apfelbaum voller roter Früchte. Seine Äste stützten sich gegen einen riesigen Felsbrocken, der vielleicht ein Findling aus der Eiszeit war. Moos, Flechten und junge Baumschösslinge wuchsen darauf.

Der Fels war in der Mitte gespalten. Eine sehr enge, schmale Öffnung bildete den Eingang zu einer Höhle. Aus ihrem Innern kam ein süßlich-herber Geruch wie von Holunderblüten. Zusammen mit dem Duft begann leise, ganz sacht, wieder das gläserne Klingeln und Klimpern, wurde lauter, brach sich an den Felswänden wie Orgelmusik in einer Kapelle.

Jetzt wusste ich endlich, woher das Geräusch kam, das ich seit meiner Ankunft im Haus auf dem Hügel so oft gehört hatte. Ich trat einen Schritt vor und schob den Kopf in die Felsspalte.

Schwindel erfasste mich. Und ähnlich wie manchmal beim Einschlafen, wenn man mit einem Ruck in die Tiefe zu stürzen glaubt, spürte ich, wie ich fiel und versank.

Alles wurde dunkel um mich her.

16

Ich stand auf einer Waldlichtung. In der Luft war ein Rauschen, anders als jedes Waldesrauschen, das ich je zuvor gehört hatte – ein Zusammenklang von summenden, singenden, raunenden Stimmen und von Flügelschlag, von Zirpen und Vogelgezwitscher und Glockentönen.

Hier schien weder die Sonne noch der Mond, doch alles war von einem milden silbernen Licht erfüllt. Große Libellen und Schmetterlinge mit schillernden azurblauen und perlmuttweißen Flügeln schwirrten durch die Luft. Es gab viele Vögel mit buntem Gefieder und langen, seidigen Schwänzen, die sich in schwebendem Flug in den Himmel schwangen.

Lichtstrahlen blitzten wie im Innern einer Kristallkugel. Eine Weile bewegte ich mich nicht. Ich sah mich nur um. Träumte ich? Wenn ja, war es der schönste Traum, den ich je gehabt hatte.

Vor mir folgte der Weg den Windungen eines Baches. Das Wasser sprudelte über weiße Kiesel. Auch der Pfad war mit weißen Steinen bedeckt.

In der Ferne spielte jemand auf einer Flöte. Ich hatte die Melodie schon einmal gehört, erinnerte mich aber nicht mehr, wann und wo. Es war in Abwandlungen immer die gleiche Folge von lockenden, süßen Tönen, die mich zugleich glücklich und traurig stimmten.

Meine Füße folgten den Klängen. Und weil ich die Kiesel durch die Sohlen meiner Sandalen spürte, dachte ich: Es ist doch kein Traum – ich bin wirklich hier, in diesem anderen Land …

Zwischen den Baumstämmen lief ein weißer Jagdhund mit langen Beinen und schmalem Kopf. Vielleicht hatte er das Knirschen der Steine unter meinen Schuhsohlen gehört, denn er hob witternd die Nase und sah in meine Richtung. Ehe er sich umwandte und verschwand, bemerkte ich etwas, was ihn von allen anderen Hunden unterschied, die ich je gesehen hatte: Seine Ohren waren rot und schienen von innen heraus zu glühen, als hätte sie jemand mit Leuchtfarbe besprüht.

Die blühenden Bäume schickten betäubende Duftwolken aus. Es huschte und raschelte im Moos und Farnkraut und unter den weißen Fingerhüten. Spinnen hatten ihre Fäden zwischen den Zweigen gespannt. Die Netze waren mit Tautropfen besetzt, sodass es aussah, als hingen Perlschnüre in der Luft.

Als ich um eine Wegbiegung kam, war alles voller Früchte. Weinreben mit dunkelblauen und hellgrünen Trauben rankten sich an einem Laubengang empor. Es gab viele Apfelbäume, deren Früchte wie poliertes Holz glänzten. Ich hätte nur den Arm ausstrecken müssen, um sie zu pflücken. Erdbeeren wuchsen in Mulden und auf kleinen Hügeln. Dazwischen sprudelte der Bach mit seinem kristallklaren Wasser.

Ein fast unwiderstehlicher Drang überkam mich, zu essen und zu trinken. Nie zuvor hatte ich so vollkommene, verlockende Früchte gesehen. Ich bückte mich, tauchte die Hand in den Bach und schöpfte Wasser mit der hohlen Hand. Es war weich und kühl wie Seide.

Noch während ich die Hand zum Mund führte, blitzte ein Warnsignal in meinem Kopf auf. Ich erinnerte mich an einen Satz, den ich im Buch des Professors gelesen hatte: »Wer dort isst oder trinkt, muss auf ewig bleiben und wird nie wieder in die Welt der Sterblichen zurückkehren ...«

Mitten in der Bewegung hielt ich inne und ließ das Wasser durch meine Finger rieseln. Das Flötenspiel hatte aufgehört.

Die Welt der Sterblichen ... Wenn ich dort nicht war, an welchem Ort befand ich mich dann? Und wie war ich hierhergekommen? Das Letzte, woran ich mich erinnerte, war die Eibenhecke. Der Durchschlupf ... Ich hatte den Durchschlupf nicht gefunden.

Das Denken fiel mir schwer, denn um mich her flüsterte der Wind mit tausend Stimmen. Aus den Augenwinkeln glaubte ich sekundenlang ein Gesicht hinter einem der Baumstämme hervorlugen zu sehen, ein kleines, grünlich-bleiches Gesicht mit riesigen Augen und spitzen Ohren.

Mit einem Satz sprang ich über den Bach, um herauszufinden, wer sich hinter dem Baum verbarg. Der Boden am anderen Ufer war sumpfig. Ich sank mit dem rechten Fuß ein, fiel hin und landete mit ausgestreckten Armen in den nassen Gräsern und Moospolstern.

Jemand kicherte. Während ich mich hochstemmte, erschien eine winzige Hand mit langen, froschähnlichen Fingern hinter dem Baumstamm und winkte mir zu. Ich versuchte aufzustehen und den Fuß aus dem Sumpf zu ziehen, was ein lautes, schmatzendes Geräusch verursachte.

Die Hand verschwand. Jetzt kam das Kichern von links und dann von hinten. Hüpfte das seltsame Geschöpf in einem großen Bogen um mich herum? Es schien sich unsichtbar gemacht zu haben, denn ich sah nichts mehr, weder Kopf noch Hand noch seinen Körper.

Mein rechter Fuß und die Sandale waren nass und von einer Art grüner Götterspeise überzogen. Ich zog die Sandale aus und wusch meine Füße im Bach. Dabei behielt ich den Baum scharf im Auge.

In den Zweigen raschelte es. Dann kam etwas Blitzendes durch die Luft geflogen, prallte gegen meinen nackten Oberarm und landete im Bach, sodass das Wasser aufspritzte.

Ich sah es zwischen den weißen Kieseln liegen. Es war eine kleine Kugel aus Glas, eine Murmel, von regenbogenfarbenen Adern durchzogen.

Ich steckte die Murmel in die Tasche meiner Jeans-Shorts. Dabei sah ich flüchtig ein Gesicht mit kahlem Kopf auf dünnem Hals. Es spiegelte sich im Bach, dicht neben meiner Schulter. Dann trübte sich das Wasser und das Gesicht verschwand. Stattdessen erklang wieder das Gekicher und dann ein wütendes Zischen. Im nächsten Moment hagelte es Erbsen auf mich herab.

Das Kichern kam jetzt von überallher. Wieder flog etwas durch die Luft, zischte an meinem Ohr vorbei, drehte einen Salto und bohrte sich in meinen Oberarm. Ein heftiger Stich wie von einer Wespe durchfuhr mich.

In meiner Schulter steckte ein winziger Pfeil mit weißer Feder und einer silbernen Spitze. Ein Blutstropfen quoll aus meiner Haut, als ich ihn herauszog. Ich wusch die Wunde mit Wasser aus dem Bach.

Das Kichern und Zischen füllte meine Ohren und meinen Kopf, bis ich es nicht mehr aushielt. Ich sprang auf und rannte barfuß weiter, die Sandalen in der Hand. In der Ferne verklangen die boshaften Geräusche. Stattdessen hörte ich gedämpften Hufschlag.

Vor mir tat sich eine Lichtung auf, eine Wiese mit hohem Gras, in dem weiße Glockenblumen blühten. Ihre Köpfe schwankten sacht im Wind. Am Rand der Lichtung, wo mächtige Eichen einen Torbogen bildeten, ritt eine Frau auf einem Schimmel.

Ich sah sie nur von hinten. Sie hatte lange blonde Haare, die kunstvoll geflochten und mit goldenen Ringen verziert waren, und trug einen weiten, langen Mantel aus reich bestickter grüner Seide. Der Schweif ihres Pferdes glänzte wie flüssiges Silber. Es bewegte sich mit geschmeidigem Trab von mir weg und verschwand zwischen den Eichen in einem Laubengang.

Ohne zu überlegen folgte ich ihnen. Ich lief durch die hohen Grashalme, die meine Füße und Beine streichelten, und passte auf, dass ich die Glockenblumen nicht zertrat. Als ich den Torbogen erreichte, sah ich sie wieder. Sie waren nur einige hundert Meter von mir entfernt, umflossen von einem Lichtkegel, der wie ein Scheinwerfer durch das Dach aus schwarzgrünen Eiben drang.

Manchmal verschwanden Pferd und Reiterin hinter einer Biegung des Laubengangs. Ich fing an zu laufen, doch so schnell ich auch lief, der Abstand zwischen ihnen und mir blieb unverändert.

Ich wollte sie um jeden Preis einholen; ich musste das Gesicht der Frau sehen, mit ihr reden, sie fragen, wo ich mich befand. Mühelos und federnd, ohne außer Atem zu kommen, lief ich den Pfad zwischen den Eiben entlang. Er war mit einer Schicht von Nadeln bedeckt, die sich wie eine weiche Matte unter meinen Fußsohlen anfühlten und den Klang des Hufschlags verschluckten.

Doch immer wieder sah ich sie. Ihr Kleid und ihre Haare glänzten, das Fell des Schimmels hatte die Farbe von Mondlicht. Obwohl sie stets im gleichen Tempo ritten, schaffte ich es nicht, ihnen auch nur einen Schritt näherzukommen.

Dann, ganz plötzlich, waren Pferd und Reiterin verschwunden. Vor mir gabelte sich der Weg in drei Richtungen. Ich blieb stehen und überlegte, wohin sie geritten sein mochten. Den Weg geradeaus konnten sie nicht genommen haben. Ich hätte sie sehen müssen, denn er führte ohne jede Krümmung wie eine Allee auf ein fernes Ziel zu, das wie ein grüner Hügel aussah.

Rechts oder links? Ich entschied mich für den linken Pfad, wohl, weil von dort das gläserne Geklingel kam. Hier wuchsen Rosensträucher zwischen den Eiben. Ihre Ranken schwankten über den Pfad, suchten aneinander Halt und bildeten ein filigranes Dach aus hellgrünen Blättern und weißen Blüten, die nach unten hingen und mir mit ihren duftenden Köpfen übers Haar strichen.

Bald dachte ich, dass sie auch auf diesem Pfad nicht geritten sein konnten. Die Reiterin wäre mit

Kopf und Schultern in die Ranken geraten und mit ihrem Kleid an den Dornen hängengeblieben.

Ich beschloss, zur Weggabelung zurückzukehren. Als ich mich umwandte, stellte ich fest, dass die Büsche zu einer undurchdringlichen Wand verflochten waren. Sie hatten sich hinter mir geschlossen wie eine Pforte, die zufällt, sobald man durchgegangen ist.

Vergebens versuchte ich mich durchzuzwängen. Es gab keine Lücke, keinen Spalt. Ich hätte nicht einmal eine Chance gehabt, wenn ich mich auf den Boden gelegt hätte und auf allen vieren gekrochen wäre.

So konnte ich nur weiter geradeaus gehen. Hier schlängelten sich Dornenranken quer über den Pfad. Ich zog meine Sandalen an. Wie lange ich ging, wusste ich nicht, denn ich hatte plötzlich kein Zeitgefühl mehr und meine Armbanduhr lag auf dem Nachttisch im Haus des Professors.

Irgendwann öffnete sich die Wand aus Büschen und gab den Blick auf einen See frei. Er bildete ein perfektes Oval, in dessen Mitte eine Insel war. Auf dieser Insel stand das fantastischste Gebäude, das ich je gesehen hatte.

Es war ein Schloss aus Glas. Die Wände, das Dach, die Türmchen und Erker, die Nischen und Vorsprünge, die Wasserspeier, die Kugeln, mit denen die Türmchen gekrönt waren, alles war aus Glas.

Die Scheiben waren mit bunten Blütenranken verziert, mit Bildern von Einhörnern und Greifvögeln und Rosen, mit Tauben, die Zweige in den Schnäbeln hielten, mit Schlangen und gefiederten

Drachen. Von den Dachkanten hingen Tausende gläserner Glöckchen, die sich bei jedem Lufthauch klingelnd bewegten.

Wach auf, Sylvie, du verrücktes Huhn! Das kann alles nicht wahr sein!, dachte ich. Nicht einmal ein Verpackungskünstler wie Christo könnte so etwas zustande bringen. Kein Mensch könnte sich einen derartigen Kitsch ausdenken …

Doch es war nicht kitschig. Es war einfach nur zauberhaft wie ein Gebilde aus einem Märchen, eine Mischung zwischen chinesischer Pagode, Dornröschenschloss, Neuschwanstein und Disneyworld.

Vielleicht war auch der See aus Glas. Vielleicht war er nichts als eine große ovale Fläche, bedeckt mit einer Glasscheibe. Der gläserne Bau spiegelte sich darin, als gäbe es ein auf den Kopf gestelltes Zwillingsschloss.

Dann sah ich, wie zwei Schwäne um die Insel herum gesegelt kamen, ein schwarzer und ein weißer, und ihre Schnäbel ins Wasser tauchten. Die glatte Oberfläche kräuselte sich, als ein Windhauch darüberstrich.

Wie verzaubert näherte ich mich dem Ufer. Im gläsernen Schloss gab es Räume. Zwischen den bunten Ornamenten der Fenster sah ich Wände und Decken, aber keine Möbel. Das Schloss schien unbewohnt und verlassen zu sein.

Nein, ich hatte mich getäuscht. Es gab einen Bewohner. Er stand hinter dem Erkerfenster, eine dürre Gestalt mit flachsfarbener Haarmähne, in einen weißen Umhang gehüllt.

Ich starrte über den See, bis meine Augen brannten. Die Gestalt ging langsam auf und ab. Es war ein Mann. Er hatte ein Buch in den Händen. Etwas an seiner Haltung, der Art, wie er das aufgeschlagene Buch dicht vor die Augen hielt, kam mir bekannt vor.

Der Professor … es war der Professor!

Mein Verstand sagte mir, dass das Unsinn war. Es konnte nicht sein. Und doch hätte ich schwören können, dass er es sein musste oder womöglich sein Doppelgänger. Vielleicht träumte ich ja doch und alles war nur ein Trugbild, eine Fieberfantasie? Hatte ich Drogen genommen, ohne mich daran zu erinnern?

Ich konnte den Blick nicht von der Gestalt im Erker des gläsernen Schlosses lösen. Unwillkürlich hob ich die Hand und winkte. Sah er mich? Er schien mich nicht zu bemerken, war offenbar vollkommen in sein Buch vertieft. Oder es gab ihn nicht wirklich …

Ich ließ die Hand sinken. Im gleichen Augenblick versetzte mir jemand einen Stoß. Ich taumelte und fiel nach vorn. Das Wasser teilte sich. Eine Spalte aus flüssigem Kristall tat sich vor mir auf und ich stürzte in schwindelerregendem Fall hinein, tief und immer tiefer, griff mit den Händen ins Leere, fand keinen Halt, hörte eine Stimme, die sang; doch es konnte auch der Klang einer Flöte sein. Dann war nichts als Nebel und Stille um mich her.

17

Ich stand vor dem Durchschlupf in der Eibenhecke.

Im Garten des Professors war alles unverändert. Nur ich selbst schien mich verwandelt zu haben. War ich eine moderne Alice im Wunderland? Alice war in ein Kaninchenloch gefallen, ich durch eine Felsspalte.

Ziemlich benommen ging ich über den Pfad zurück zum Haus. Plötzlich war ich sehr müde, als hätte ich eine weite Reise hinter mich gebracht. Und doch konnte ich nicht allzu lange unterwegs gewesen sein, denn es war Nachmittag. Das Spiel von Licht und Schatten im Gras unter den Bäumen schien das gleiche wie vorher.

Huckebein saß im Apfelbaum, begrüßte mich mit mehrmaligem »Quork!« und verbeugte sich, dass er fast von seinem Lieblingsast kippte. Dann flatterte er herunter und krallte sich an meiner Schulter fest. Er zupfte mich am Ohrläppchen und steckte seinen Schnabel in meine Haare, wobei er zärtlich gurgelnde Geräusche ausstieß.

»Braves Kerlchen!«, lobte ich ihn. »Wo bist du gewesen?«

Das Gleiche hätte er mich vielleicht auch gefragt, wenn er gekonnt hätte. Als ich die Haustür öffnete, hörte ich das vertraute blecherne Geklapper der alten Reiseschreibmaschine.

Der Professor war also noch in seinem Zimmer und arbeitete. Was hatte ich anderes erwartet? Er konnte nicht gleichzeitig hier sein und in einem gläsernen Schloss irgendwo in einem unterirdischen Reich, wo andere Gesetze herrschten als in dieser Welt. Doch vielleicht hatte er magische Kräfte. Merlin war ein Zauberer gewesen und der Professor hielt sich für seinen Nachfolger, einen modernen Druiden.

Der Brotteig unter dem Küchentuch war vorschriftsmäßig aufgegangen. Ich sah auf die Uhr. Zwanzig nach vier. Es waren gerade erst fünfzig Minuten verstrichen, seit ich das Haus verlassen hatte.

Fünfzig Minuten! Dabei hätte ich schwören können, dass ich mindestens einen Tag fort gewesen war. Mit den Fingerspitzen strich ich über den Teig. Er fühlte sich glatt und geschmeidig an, nicht rissig oder ledern, wie das der Fall gewesen wäre, wenn er stundenlang in der Schüssel gelegen hätte.

Ich grübelte und rechnete und kam immer wieder zu dem gleichen Ergebnis: Um vom Haus zur Eibenhecke und wieder zurück zu kommen, brauchte man jeweils fast zwanzig Minuten. Das bedeutete nichts anderes, als dass eigentlich nichts von dem passiert sein konnte, was ich erlebt hatte – weder der Sturz durch die Felsspalte noch meine Wanderung durch jenes wunderliche Reich.

Es konnte ganz einfach deshalb nicht sein, weil keine Zeit dafür gewesen war.

Ich fütterte Huckebein. Droben hörte das Maschinengeklapper auf. Wenig später öffnete sich die Küchentür und der Professor erschien.

»Kochst du Grüntee?«, fragte er. »Ich bin müde.«

Verstohlen musterte ich ihn. Er sah nicht anders

aus als sonst. Auch trug er keinen Umhang, sondern seine übliche Hirschlederweste und die Kniebundhose, statt der Schnürstiefel Pantoffeln, dazu graue Schafwollsocken.

Schweigend stellte ich die Teetasse vor ihn auf den Tisch. Er sah mich forschend an und fragte: »Was ist passiert?«

Fast ohne es zu wollen, sagte ich: »Ich habe Sie gesehen.«

»Sie? Wen meinst du?«

»*Sie*. Oder vielleicht war es auch Ihr Doppelgänger. Sie waren in einem … einem Schloss aus Glas.«

Er lachte nicht. Sein Gesicht war jetzt sehr ernst, als er antwortete: »Wo bist du gewesen?«

Ohne lange zu überlegen, erwiderte ich: »In einem anderen Land.«

Plötzlich wirkte seine Miene wie verwandelt, sanft und freundlich, fast gütig. »So ähnlich wird es auch genannt, ja«, murmelte er. »Anderswelt. Ich nehme an, du bist durch die Eibenhecke geschlüpft? Das war über kurz oder lang nicht anders zu erwarten. Kinder und junge Menschen haben diesen unwiderstehlichen Drang zum Verbotenen.«

»Ich bin durch eine Felsspalte gefallen«, sagte ich statt einer Antwort.

Er lächelte leicht. »Es gibt verschiedene Eingänge. Und sie stehen nur selten offen. In der Nacht zum ersten Mai und ersten November öffnen sich die Feenhügel. Dann sind die Schranken zwischen unserer diesseitigen Welt und dem jenseitigen Reich aufgehoben. Aber auch an anderen Tagen öffnen sich die

Pforten. Nicht für jeden Sterblichen, das kannst du mir glauben.«

Ich hatte das Teewasser vergessen, das jetzt heftig kochte und sprudelte. Der Professor stand auf und überbrühte den Tee.

»Ich wüsste gern, was du erlebt hast. Du musst es mir nicht erzählen, aber es würde mich sehr interessieren. Jeder erlebt dort andere Dinge.«

Als ich nicht gleich antwortete, fügte er hinzu: »Offenbar hast du der Versuchung widerstanden, etwas zu essen oder zu trinken, sonst wärst du jetzt nicht hier.«

»Wer war dort in dem Schloss aus Glas wenn nicht Sie?« Irgendwie schien mir dies das größte Rätsel zu sein.

Er streichelte Huckebeins glänzendes Gefieder und schwieg. Als ich schon nicht mehr mit einer Antwort rechnete, sagte er etwas, woran ich später noch oft denken sollte: »Ich glaube schon, dass ich es war oder sein werde. Denn es gibt dort keine Zeit in unserem Sinn, verstehst du? Vergangenheit, Gegenwart und Zukunft sind eins. Die Zeit vergeht nicht. Und sie haben einen Trank, der Unsterblichkeit verleiht.«

»Wer, *sie*?« Diesmal war ich es, die diese Frage stellte.

»Nun, die Feen natürlich. Sie sind nicht diese süßlich-albernen kleinen Geschöpfe mit Flügelchen, wie wir sie aus Kinderbüchern kennen. Aber ich nehme an, du hast sie selbst gesehen. Nein, sie sind durchaus keine harmlosen geflügelten Engelchen.

Sie können hinterlistig und boshaft sein, aber auch großzügig und freundlich.«

»Ich habe ein Wesen mit Koboldsgesicht gesehen und eine blonde Frau auf einem Schimmel.«

»Sie zeigen sich in unterschiedlichster Gestalt. Meist sind sie unsichtbar oder sie verwandeln sich in Tiere. Aber Sidhe Finnabair mit ihrem Schimmel haben bisher nur wenige gesehen. Und nie hat ihr ein Sterblicher ins Gesicht geblickt. Sie ist die Tochter der Muttergöttin, die Feenkönigin.«

Obwohl es albern klang wie der Titel von einem dieser esoterischen Märchen, lief mir ein Schauder über den Rücken. Wenn ich mich an sie erinnerte, wie sie in ihrem grünen Kleid durch den Eibenwald ritt, kam mir der Name Feenkönigin nicht länger lächerlich vor.

»Ich hoffe, du hast sie oder ihr Volk nicht irgendwie beleidigt«, hörte ich den Professor sagen. »Sonst würdest du es bald bereuen. In allen Berichten heißt es, dass sie nachtragend und rachsüchtig sind.«

Hastig trank ich einen Schluck vom Grüntee. Er war noch so heiß, dass ich mir die Zunge verbrannte und mich verschluckte. Ich hustete krampfhaft und der Professor klopfte mir mit ungewohnter Fürsorge auf den Rücken.

Aus irgendeinem Grund war dies der Moment, in dem ich dachte, ich wäre im falschen Film. Beleidigte Feen, die Rache an mir übten ... Nein, das war einfach zu viel!

Ich beschloss, meinen Rucksack zu packen und gleich morgen früh nach Hause zu fahren. Nonna würde sich bestimmt köstlich über die ganze Geschichte amüsieren. Sie konnte sich ja nicht vorstellen, wie wirklich sich alles angefühlt hatte und dass eine wunderliche, verstörende Sehnsucht in mir war, diesen Ort unter dem Felsen wiederzusehen.

»Ich habe nichts getan.« Ich starrte auf einen Fleck im Tischtuch. »Sie haben mich mit Erbsen beworfen.«

»Mit Erbsen?« Es war das erste Mal, dass ich den Professor herzlich lachen hörte. »Nun, sie scheinen einen seltsamen Sinn für Humor zu haben. Offenbar haben sie sich über dich lustig gemacht.«

Er stand auf. «Ich würde dir raten, aufzuschreiben, was du erlebt hast. Es ist wichtig für dich. Man vergisst so rasch. Und wir neigen dazu, Dinge, die wir nicht verstehen und die nicht in unsere Vorstellungswelt passen, als Fantasiegebilde und Hirngespinste abzutun. Was wir aufschreiben, bleibt länger nachvollziehbar und glaubwürdig.«

Später begann ich meine Sachen aus dem Schrank zu holen, doch es fehlte mir an Entschlossenheit. Nachdem ich ein paar Hosen und Pullis zusammengefaltet und in den Rucksack gesteckt hatte, setzte ich mich ans Fenster, legte die Hände in den Schoß und sah in die sinkende Dunkelheit hinaus.

Es hat Zeit bis morgen. Morgen früh packe ich und nehme den Mittagsbus, dachte ich. Der Professor muss selbst sehen, wie er klarkommt. Und Hendrik … ich werde ihm schreiben. Vielleicht steige ich auch in München aus dem Zug und besuche ihn; dann kann ich ihm alles erzählen.

Die Vorstellung, Hendrik wiederzusehen und mit ihm zu reden, tröstete mich. Doch im Augenblick war ich zu müde und durcheinander, um einen vernünftigen Entschluss zu fassen. In Shorts und T-Shirt legte ich mich aufs Bett und schlief ein, sobald mein Kopf das Kissen berührte.

Ich träumte wild und in bunten Farben, doch als ich am nächsten Morgen aufwachte, erinnerte ich mich nicht an die geringste Einzelheit, nicht an den kleinsten Fetzen eines Traumbilds. Sonnenlicht füllte das Zimmer. Auf dem Flickenteppich lag mein halb gepackter Rucksack und erinnerte mich daran, dass ich mir vorgenommen hatte, heute nach Hause zu fahren. Plötzlich war mir, als hätte eine fremde Person diesen Entschluss gefasst.

Irgendwie hatte ich im Laufe der Nacht wohl versucht, mich in die Bettdecke zu wickeln, denn sie lag zu einem wurstförmigen Gebilde verdreht um mich herum. Meine nackten Füße ragten in die Luft. Ich starrte auf meine linke große Zehe. Unter dem Nagel war ein leuchtend grüner Rand.

Der grüne Rand weckte eine Erinnerung in mir, die jedoch sofort wieder verflog. Ich befreite mich vom Deckbett und stand auf. Noch war ich so schlaftrunken, dass ich taumelte. Während ich mich an der Bettkante festhielt, fiel mein Blick auf das Kopfkissen. In der Kuhle, die vom Abdruck meines Kopfes geblieben war, lag eine Erbse.

18

Die Tage verstrichen, als wäre nichts geschehen. Der Professor vergrub sich weiter in seine Arbeit, erschien mit geistesabwesendem Blick zu den Mahlzeiten und hatte offenbar alles um sich herum ausgeblendet oder vergessen. Frau Zacherl kam, beklagte sich wie immer über den Schmutz, den Huckebein hinterließ, und hielt mir vor, ich wäre »zaundürr« und durchsichtig wie ein Nachtgespenst.

»Kein Wunder bei dem Vogelfutter. Jetzt gehst du aber in die Wirtschaft und isst einen anständigen Schweinsbraten mit Knöderln!«

Mir stand der Sinn nicht nach Schweinebraten. Wie sollte ich ans Essen denken, wenn mein ganzes Leben aus den Fugen geraten war? Mein bisheriges Weltbild stimmte nicht mehr, ja, ich hatte wirklich das Gefühl, wie eine Nachtwandlerin unsicher auf einer Balkonbrüstung zu balancieren, jeden Augenblick in Gefahr, abzustürzen.

Nonna merkte natürlich, dass etwas nicht stimmte. Doch ich konnte noch nicht mit ihr darüber reden, schon gar nicht übers Handy. Ich wollte, dass sie mir glaubte, mich ernst nahm. Dazu musste ich ihr Auge in Auge gegenübersitzen und ihr alles in Ruhe erzählen, in jeder Einzelheit; und auch dann war es höchst ungewiss, ob es mir gelingen würde, sie zu überzeugen.

»Bist du krank?«, fragte sie. »Hast du Liebeskummer? Hältst du es mit Samuel nicht mehr aus? Dann pack einfach deine Sachen und komm nach Hause! Du hast sowieso länger durchgehalten als ich dachte …«

Ich behauptete, ich hätte nur schlecht geschlafen. Dass ich vorerst nicht von hier weggehen würde, war mir inzwischen klar. Eine innere Stimme sagte mir, ich sollte abwarten und bleiben. Warten worauf? Das wusste ich nicht.

Am Donnerstag kam ein kurzer Brief von Hendrik. Seine Schrift war so krakelig, dass ich sie kaum entziffern konnte.

»Ich denke öfter an dich«, stand da. »Tut mir leid, dass ich am Grendelsee so zickig war. Meine Nase ist mein wunder Punkt.«

Allerdings, das hatte ich bemerkt. »Ich habe vor, Anfang nächster Woche wieder zum Professor zu fahren. Ob Niels mitkommt, ist noch unklar. Seine Mutter ist krank geworden. Ich werde auf alle Fälle Schmidtchen mitbringen, weil meine Eltern verreisen und sich nicht um ihn kümmern können.«

Schmidtchen? War das ein Spitzname für Hendriks jüngeren Bruder? Noch ein Siamesischer Zwilling, der ständig an seinen Rockschößen hing?

Trotz meiner Zweifel, ob er meine Antwort rechtzeitig vor seiner Abfahrt erhalten würde, schrieb ich ihm eine Postkarte mit dem Grendelsee bei Sonnenuntergang in schrillen Farben.

»Ich muss dringend etwas mit dir besprechen. Gut, dass du kommst. Ist dieser Schmidtchen alt genug, um sich allein zu beschäftigen? Hier passieren seltsame Dinge.« Und nach einigem Nachdenken fügte ich hinzu: »Die Leichtfüßige.«

Dann radelte ich nach Agathenried, um die Karte rechtzeitig vor der Nachmittagsleerung einzuwerfen. Während ich in die Pedale trat, spürte ich, dass etwas gegen meinen Schenkel drückte, ein harter kleiner Gegenstand, der in meiner linken Jeanstasche steckte.

Ich hielt an und griff in die Tasche.

In meiner Hand lag eine Murmel aus hellem, durchscheinendem Glas, von regenbogenfarbenen Adern durchzogen.

Das Fahrrad fiel scheppernd auf den Grasstreifen am Straßenrand. Ich setzte mich daneben. Die Murmel glitzerte im Sonnenlicht.

Hier hatte ich den Beweis. Mit der Erbse war ich noch unsicher gewesen. *Sie* konnten sich nachts in meinem Zimmer herumgetrieben und mir die Erbse aufs Kopfkissen gelegt haben, um mich zu verwirren. Für die Murmel gab es nur eine Erklärung. Ich hätte sie unter Tausenden von Murmeln wiedererkannt; und ich erinnerte mich noch genau an den Augenblick, als ich sie aus dem Wasser geholt und in die Tasche meiner Shorts gesteckt hatte.

Ich hielt die Murmel vor mein rechtes Auge. Vielleicht war sie eine Zauberkugel, in der man geheime Dinge sehen konnte. Die Regenbogenfarben mischten sich, bildeten kleine Fäden von zartem Blau und Rosarot und Hellgrün, verflossen, formten sich neu. Sonst sah ich nichts,

In Agathenried aß ich zwei große Stücke Apfelstrudel mit Schlagsahne und Vanilleeis und fühlte mich anschließend schwerfällig wie ein Maikäfer, aber wieder mehr von dieser Welt. Dann kaufte ich mir im Andenkenladen ein rotes T-Shirt mit dem Aufdruck »Das Leben ist eine Wundertüte«.

Huckebein saß auf dem Vordach über der Eingangstür. Als ich die Stufen hinaufstieg, öffnete er den Schnabel und ließ mir einen Gegenstand genau vor die Füße fallen. Es war der Füllhalter des Professors mit der Goldfeder.

»Du hast sie wohl nicht alle!«, sagte ich. »Wenn das Ding kaputt ist, kriegen wir Probleme.«

Er trippelte auf dem Dach hin und her und krächzte heiser. Im Haus war es still. Ich klopfte an die Tür des Arbeitszimmers, bekam aber keine Antwort. Dann versuchte ich es mit der Bibliothek. Die Tür war abgeschlossen.

In der Küche lief das Radio. Das war ungewöhnlich, denn der Professor mochte keine »Geräuschkulissen«, wie er das nannte, und benutzte das Radio selten. Der Radiosprecher brachte Katastrophenmeldungen. In Indonesien hatte es einen Vulkanausbruch gegeben. Noch wusste keiner, wie viele Menschen dabei umgekommen waren. Amerika schickte Rettungshubschrauber, Deutschland und Frankreich organisierten Transporte mit Hilfsgütern.

Vor Schottlands Küste war ein Öltanker in gefährliche Strömung geraten und gesunken. Zwanzig Seeleute waren gerettet worden, mindestens fünf ertrunken. Jetzt bestand die Gefahr einer Ölpest. Tausende Tonnen Öl konnten auslaufen und den gesamten Küstenstrich mit einem todbringenden Teppich überziehen.

Ich dachte an all die Seevögel, sah die ölverschmierten, jammervollen, bis zur Unkenntlichkeit verklebten kleinen Gestalten vor mir, die der Geldgier und Nachlässigkeit von Menschen zum Opfer fielen und qualvoll verenden mussten.

Die Vorstellung bedrückte mich so, dass ich vor Trauer und hilfloser Wut zu weinen begann und eine meiner Weltuntergangsstimmungen herannahen fühlte. Irgendwann kam der Professor. Er sah mein verheultes Gesicht, setzte sich zu mir an den Tisch und sagte eine Weile kein Wort. Die Art, wie er den Kopf gesenkt hielt und die Schultern hängen ließ, wirkte mutlos.

»Der Tag ist gekommen«, sagte er schließlich in seiner etwas geschraubten Art, »dass ich meine Grenzen erkennen muss. Meine Kräfte sind zu gering, um etwas gegen all die Zerstörung, die Ausbeutung, Grausamkeit und Gier auszurichten. Die alten Mittel sind nicht stark genug. Ich muss mein Versagen eingestehen.«

Erwartete er von mir, dass ich etwas Tröstliches oder Aufmunterndes sagte? Mir fiel nichts ein. Ich wusste, er redete vom Zustand unserer Erde, den vielen kleinen und großen Katastrophen, die täglich durch menschliches Verschulden passierten. Hatte er wirklich geglaubt, etwas daran ändern zu können, indem er Zaubersprüche aufsagte und magische Rituale vollführte?

»Aber wieso sollte es mir besser gehen als dem großen Myrddin oder Merlin. Er konnte nicht verhindern, dass sein Freund, König Gwenddolau, in der

Schlacht von Arderydd fiel. Vor Verzweiflung wurde er wahnsinnig und irrte fortan durch die Wälder von Caledonien.«

»Ich dachte, Merlin lebte am Hof von König Artus?«, wagte ich einzuwenden.

»Es gibt mehrere Legenden von Merlin. In den frühesten Überlieferungen ist er ein walisischer Dichter und Seher namens Myrddin. Spätere Berichte reden von Merlin dem Wilden, der König Artus' Ratgeber war und bedeutende Weissagungen zum Schicksal Britanniens verkündete. Von ihm heißt es, dass er sein eigenes Verderben heraufbeschwor, als er sich in die Fee Niniane verliebte und sie in seine Zauberkünste einweihte. Sie sperrte ihn in einen gläsernen Turm oder versetzte ihn unter einem Weißdornbusch in ewigen Schlaf; doch das ist wohl eine dichterische Umschreibung seines Rückzugs in die Anderswelt.«

Der Professor lächelte, aber seine Augen blieben ernst. »Auch Myrddin oder Merlin war also nur ein Mensch und trotz seiner Zauberkräfte nicht fähig, Unglück von sich und anderen abzuwenden. Und die Gabe, in die Zukunft zu schauen, macht das Leben oft zu einer unerträglichen Last. Die Endzeit ist angebrochen; alle Zeichen deuten darauf hin. Und doch liegt es nicht in meiner Macht, das Kommende aufzuhalten oder zu ändern. Ich bin am Ende meiner Weisheit und Kraft. Der Kampf ist verloren; die Dummheit und das Böse werden siegen.«

Auf meinen Armen bildete sich eine Gänsehaut. Noch vor drei Wochen hätte ich gedacht, dass er an einer Art schwarzseherischem Größenwahn litt und sich für einen gescheiterten Retter der Welt hielt. Doch so einfach war die Sache nicht, das begriff ich nun nach allem, was ich selbst gesehen und erlebt hatte.

Ich sah ihn an, wie er mir gegenüber am Tisch saß, ein dürrer, zusammengekauerter kleiner Mann mit tiefen Falten von den Nasenflügeln zu den Mundwinkeln und mit Haaren, die an den verfilzten Schweif eines falben Pferdes erinnerten. Plötzlich stieg eine warme Welle der Zuneigung in mir auf.

Irgendwann im Lauf der vergangenen Tage oder Wochen hatte ich angefangen ihn zu mögen, ohne es richtig zu merken.

Eine Weile schwiegen wir. Dann sagte er etwas Unerwartetes: »Du musst mir versprechen, dass du dich um Hugin kümmerst, Sylvie Lindberg.«

Diese Bitte, die er mit großem Ernst vorbrachte, erschreckte mich. »Der Tag wird kommen, an dem ich nicht mehr hier bin.« Die Betonung lag auf »hier«, das wurde mir später erst bewusst. »Ich habe niemanden, dem ich ihn sonst anvertrauen würde.«

»Aber … wollen Sie verreisen? Oder sind Sie krank?«

Statt einer Antwort sagte er nur: »Er hat Vertrauen zu dir gefasst. Das Tier hat dich in dieser kurzen Zeitspanne lieb gewonnen. Tiere haben ein gutes Gespür für Menschen. Also, versprichst du es?«

Ich nickte. Die Fragen, die mir auf der Zunge lagen, unterdrückte ich, denn er schien zu keiner Erklärung bereit. Vielleicht würde er ein andermal mehr sagen oder Hendrik konnte etwas herausfinden, wenn er wieder hier war.

Abends nähte ich aus einem Rest Samt, den ich in der Nähschatulle fand, ein Säckchen für die Murmel. Oben zog ich ein Band durch, sodass ich die Murmel im Säckchen um den Hals hängen konnte. Irgendwie schien sie mir der kostbarste Besitz zu sein, den ich je gehabt hatte. Ich bildete mir sogar ein, dass sie Zauberkräfte besaß wie das Geschenk einer Fee im Märchen.

Vielleicht hielt sie die Wichtel oder Kobolde von meinem Zimmer fern, denn nachts zupfte keiner an mir herum und niemand flocht Zöpfchen in meine Haare. Nur Huckebein saß um Mitternacht vor meiner Tür und hackte so lange mit dem Schnabel gegen das Holz, bis ich ihn hereinließ. Er verbrachte den Rest der Nacht auf der Stuhllehne, den Kopf unter einem Flügel versteckt.

Am nächsten Tag fehlte einer meiner Ohrringe mit den Amethysttropfen, die Nonna mir zum sechzehnten Geburtstag geschenkt hatte. Erst Tage später tauchte er unter einem Sofakissen wieder auf, zusammen mit einem silbernen Knopf von Frau Zacherls bester Trachtenjacke.

19

Der Professor wies mich an, in den Garten zu gehen und »Judasohren« von den Stämmen der Holunderbäume zu holen.

»Die Pilze wachsen an der Rinde«, erklärte er. »Ich

möchte sie mittags als Beilage zu den Nudeln essen.«

Ich fand die Pilze ziemlich ätzend. Sie waren bräunlich-violett und sahen wie die verschrumpelten Ohren von Mumien aus. Unter heftigen Zweifeln und Bedenken briet ich sie in Öl, wie es der Professor verlangt hatte, und er verzehrte sie voller Behagen zusammen mit den Vollkornnudeln.

Später setzte ich mich auf die Vortreppe und schälte Äpfel. Eigentlich erwartete ich Hendrik und Schmidtchen – wer immer das auch sein mochte – nicht vor morgen, denn Hendrik hatte ja geschrieben, er käme Anfang der Woche.

Vielleicht hatte er es sich aber doch anders überlegt und war heute schon losgefahren, weil Sonntags keine Lastautos unterwegs waren. Einmal hatte er erwähnt, dass er es hasste, mit dem alten Opel seiner Schwester hinter Schwerlastern herzutuckern. Und wenn er nicht mit Niels fuhr, konnte es sein, dass er mit dem Kadett auftauchte.

Schreibmaschinengeklapper erfüllte das Haus. Es klang, als würde ein wütendes Huhn in einem Blechnapf herumhacken. Das Rotkehlchen flötete schwermütig in den Büschen. Es duftete nach Heu und Sommer.

Als ich den dritten Apfel zur Hand nahm, trat Stille ein, nur unterbrochen vom gläsernen Geklimper, das aus dem Garten herüberwehte. Für Sekunden verwandelte sich der Apfel in meiner Hand in ein Schloss aus Glas, dessen zahllose Glöckchen im Windhauch schaukelten. Das zarte Gebimmel war wie ein Lockruf, eine Verbindung zwischen zwei Welten.

Vielleicht war Hendrik bereit mitzugehen. Mit ihm hätte ich es noch einmal gewagt, durch die Eibenhecke zu schlüpfen und nach dem Apfelbaum und der Felsspalte zu suchen.

Eine Hornisse kam aus dem Nichts angeschossen und düste brummend um mich herum. Ich blieb still sitzen und hütete mich, nach ihr zu schlagen. Hornissen sind friedliche Wesen, wenn man sie nicht angreift, sagte Nonna immer, die alle Tiere liebte.

Falls es wirklich eine Hornisse war. Der Gedanke streifte mich plötzlich, während sie mich umschwirrte. Das rötlich-gelbe Muster auf ihrem Leib glänzte wie der Harnisch eines mittelalterlichen Ritters. Hatte sie es auf den Apfel abgesehen?

Ich hätte ihn ihr gern überlassen, doch sie kümmerte sich nicht um ihn.

Jetzt drehte sie dicht über meinem Kopf ihre Kreise. Ich spürte den Luftzug und hörte die surrende Bewegung ihrer Flügel. Wenn sie mir nur nicht in die Haare flog …

»Was willst du von mir?«, sagte ich leise.

Das Gebrumm wurde lauter. Der vibrierende kleine Körper landete auf meiner Stirn; ich spürte das Krabbeln der winzigen Beinchen. Es war eine unerwartet zarte Berührung, begleitet von tiefem, einschläferndem Surren. Ich wusste, da war etwas, was ich verstehen sollte, eine Botschaft; ich musste nur gut hinhören und sie entschlüsseln, mich konzentrieren, konzentrieren …

Ich erwachte davon, dass jemand meinen Namen sagte. Die Hornisse – die Hornisse kannte meinen Namen! Verwirrt schlug ich die Augen auf.

Über mir war Hendriks lachendes Gesicht. »Da sitzt du und schläfst beim Apfelschälen«, sagte er.

Ich starrte ihn an. »Wo kommst du so plötzlich her? Ich hab geträumt … Hat sie mich gestochen?«

»Gestochen? Wer?« Er nahm mir den Apfel und das Messer aus der Hand.

»Die Hornisse.« Ich befühlte meine Stirn. Keine Schwellung, kein Schmerz. »Eben war sie noch da.«

Hendrik setzte sich neben mich. Es tat gut, seinen vertrauten Geruch einzuatmen und seinen nackten Arm an meinem zu spüren.

»Ich bin geflogen«, sagte ich. »Mit der Hornisse. Auf ihrem Rücken. Es war ein … ein absolut irres Gefühl.«

»Das kann ich mir vorstellen! Sattelt die Hornissen! Woran hast du dich festgehalten?«

»An – keine Ahnung. Du lachst mich aus!«, beschuldigte ich ihn.

»Nur ein bisschen. Du machst ein Gesicht wie Alice im Wunderland. Wohin seid ihr denn geflogen?«

Ich schloss die Augen und überlegte. Eine vage Erinnerung kam zurück. Apfelbäume voller Früchte. Weiße Blüten, die im Wind wehten, ein Gesicht im Wasser …

»In den Hügel«, flüsterte ich und wunderte mich selbst über die Antwort.

»Das klingt nach einem schönen Traum. Sorry, dass ich dich geweckt habe.«

Ich schlug die Augen wieder auf und lächelte ihn an. »Es war mindestens genauso schön, aufzuwachen und dich zu sehen.«

Die verlegene Handbewegung, mit der er sich über den Nasenrücken strich, war mir so vertraut, als würde ich ihn schon sehr lange kennen. Hastig stand er auf und gab mir das Messer zurück. Der Apfel war inzwischen zur Hälfte braun angelaufen.

»Ich muss Schmidtchen aus dem Auto holen«, sagte er. »Meinst du, der Professor hat was dagegen, wenn er übers Grundstück läuft?«

Ich zögerte. »Eigentlich glaube ich nicht, dass er besonders viel für Kids übrig hat.«

Hendrik warf mir einen überraschten Blick zu. Dann begann er zu lachen. »Kids? Schmidtchen ist unser Hund!«

Ein Hund! Ich kam mir dumm vor. »Wahrscheinlich ist weniger der Professor das Problem. Die Frage ist eher, was Huckebein dazu sagen wird«, meinte ich, doch Hendrik war schon vorausgegangen.

Ich folgte ihm zur Gartenpforte. Am Straßenrand parkte ein gelb-grün-roter Opel Kadett. Quer über den Vordersitzen saß ein struppiger schwarzbrauner Hund mit spitzen Ohren und kohlschwarzen Augen. Als wir auftauchten, bellte er so, dass das Auto wackelte.

»Er tut dir nichts«, sagte Hendrik beruhigend.

Ich war nicht sicher, ob ich mich darauf verlassen konnte. Der Hund knurrte, als ich dem Auto zu nahe kam. Ich wich zwei Schritte zurück.

»Lass das, Schmidtchen!«, mahnte Hendrik streng.

»Sylvie ist unsere Freundin, also sei lieb und höflich.«

Damit öffnete er den Wagenschlag und Schmidtchen sprang heraus. Er reichte Hendrik fast bis zur Hüfte, hatte sehnige Beine und einen Schnurrbart wie ein Seehund. Hendriks Rede hatte Wunder gewirkt. Schmidtchen wedelte höflich mit dem Schwanz und beschnupperte meine Hand, ohne mich zu beißen. An der Art, wie sein Blick an Hendrik hing, erkannte ich, dass er ihn bedingungslos liebte.

Huckebein musste uns von einem Baumwipfel aus erspäht haben. Kaum näherten wir uns dem Haus, kam er im Sturzflug angedüst und zog ein paar elegante Kreise über unseren Köpfen. Dann ließ er sich wie ein Wachposten auf dem Treppengeländer nieder, streckte den Kopf angriffslustig vor, schlug mit den Flügeln und krächzte durchdringend.

»Das kann ja heiter werden«, murmelte Hendrik.

Schmidtchen stellte sich blind und taub. Wahrscheinlich dachte er, dass er sich mit so einem schwarzen Untier besser nicht anlegte. Außerdem befand er sich auf fremden Territorium. Er war in das Hoheitsgebiet der Rabenkrähe eingedrungen; also lag der Vorteil eindeutig auf der Seite des Vogels.

Ich zog eine Haselnuss aus der Tasche und versuchte Huckebein damit zu besänftigen, aber er ließ sich nicht bestechen. Aufgeregt trippelte er auf dem Geländer hin und her und stieß zwischen dem Gekrächze zischende Laute aus, die ich vorher nie bei ihm gehört hatte.

»Wir gehen besser nicht zu dicht ans Haus«, sagte Hendrik. »Sonst kriegt er noch einen Herzinfarkt. Und das würde mir der Professor nie verzeihen.«

Wir flüchteten in den Garten und setzten uns ins Gras. Schmidtchen hob sein Bein an einem Baumstamm und pinkelte lange. Bald tauchte auch Huckebein wieder auf, ließ sich in einiger Entfernung auf einem Ast nieder und beobachtete uns argwöhnisch. Die ausgeleierten Buxen und Socken und Feinripp-Unterhemden des Professors, die ich vormittags gewaschen hatte, flatterten wie Fahnen mit Grauschleier von der Wäscheleine.

Hendrik und ich saßen gefährlich dicht nebeneinander. Sein rechtes Knie berührte mein linkes. Am Himmel zog ein Falkenpaar seine Kreise, mit waghalsigen Loopings und wunderbaren Gleitflügen. Sie trennten sich, kamen wieder zusammen, ließen sich gemeinsam von der Luftströmung tragen. Obwohl sie so fern waren und für uns so fremde, unbegreifliche Wesen, hätte ich doch schwören können, dass sie in diesen Minuten glücklich waren.

Schmidtchen ließ sich neben Hendrik nieder und legte den Kopf auf seinen Schenkel. Hendrik streichelte ihn. Ich spürte einen Anflug von Neid auf die Vertrautheit und Zuneigung zwischen den beiden.

Plötzlich waren wir verlegen. Ich hatte ihm so viel erzählen wollen. Jetzt wusste ich nicht, wie ich anfangen sollte.

»Wie geht's dem Professor?«, fragte er nach einer Weile.

Damit hatte er mir ein unverfängliches Stichwort geliefert. »Er arbeitet wie verrückt an seinem Buch.

Aber sonst kommt er mir mutlos vor. Er sagt, er hat den Kampf gegen das Böse aufgegeben oder so ähnlich. Seine Kräfte reichen nicht aus.«

»Er ist doch hoffentlich nicht krank?«

»Nein, wohl nur frustriert und müde.« Ich überlegte kurz, ob ich es ihm sagen sollte, und entschied mich dann dafür, dass er es wissen musste.

»Er hat mir das Versprechen abgenommen, mich um Huckebein – um Hugin – zu kümmern.«

»Um seinen Vogel?« Überrascht sah Hendrik zu dem Ast hoch, auf dem Huckebein thronte. »Wieso? Du fährst doch schon Ende September wieder nach Hause. Will er verreisen?«

»Das hab ich ihn auch gefragt, aber er hat mir keine Antwort gegeben.«

Die erwartungsvolle Stimmung des Wiedersehens war verflogen. Hendriks Gesicht verdüsterte sich. Wieder einmal wurde mir bewusst, wie sehr er den Professor verehrte. Vermutlich war er sogar der wichtigste Mensch in seinem Leben, sein großes Vorbild, sein Meister.

»Vielleicht ist er doch krank, Sylvie.«

Ich schüttelte den Kopf. »Ich hab eher das Gefühl, dass er es satt hat, in dieser Welt zu leben.«

Unsere Blicke kreuzten sich. In Hendriks Augen war ein erschrockener Ausdruck. Wir dachten wohl beide das Gleiche, sprachen es aber nicht aus. Schließlich murmelte er: »Solange er an seinem Buch arbeitet, ist nichts zu befürchten.«

Ich wollte sagen, dass es sicher bald fertiggestellt war, da kam das gläserne Geklimper wieder durch den Garten geweht. Schmidtchen hob den Kopf und lauschte.

»Die Glasharfe!«, sagte Hendrik. »Hast du sie gefunden?«

»Es ist keine Glasharfe«, erwiderte ich. »Ich weiß jetzt, was es ist. Du wirst es nicht glauben, wenn ich dir erzähle …«

In diesem Augenblick kam der Professor um die Hausecke. Ich wartete darauf, dass Schmidtchen aufsprang und knurrte, doch er blieb ruhig liegen. Hendrik hatte ihm die Hand auf den Kopf gelegt und flüsterte ihm etwas zu, ehe er den Professor begrüßte.

Der Professor warf einen zerstreuten Blick auf Schmidtchen: »So, so, das ist also der angekündigte Hund!« Dann fügte er mit klagender Stimme hinzu: »Das Farbband meiner Schreibmaschine ist nicht mehr zu gebrauchen. Und ist es kaum noch möglich, Farbbänder für die gute alte Adler zu bekommen. Ich bin in großer Verlegenheit. Was soll ich nur machen?«

»Ich kann nach Drakenburg fahren und versuchen, ein paar neue Farbbänder für Sie zu finden, wenn Sie möchten«, bot ihm Hendrik sofort an.

»Das ist sehr freundlich, aber ich fürchte, sie werden nicht mehr hergestellt.«

»Soll ich Ihnen eine neue Schreibmaschine besorgen?«

Der Professor sah Hendrik an, als hätte er ihm ein unmoralisches Angebot gemacht. »Eine neue Maschine? Seit mehr als dreißig Jahren bin ich es gewöhnt, auf meiner treuen Adler zu tippen. In meinem Alter werde ich mich nicht mehr auf ein neues Gerät einstellen, das kann niemand von mir verlangen …«

Ich mischte mich ein. »Es gibt total einfache Modelle von Reiseschreibmaschinen, die im Prinzip nicht anders funktionieren als Ihre alte. Und sie sind überhaupt nicht teuer.«

Er warf mir einen strafenden Blick zu. »Es geht nicht ums Geld, junge Dame. Auf dieser Schreibmaschine sind meine wichtigsten Arbeiten entstanden. Sie ist ein Teil meines Lebens. Und ausgerechnet jetzt soll ich sie durch eine neue ersetzen, so kurz vor …«

Sein Gemurmel wurde unverständlich.

Wir sahen ihm nach, wie er zum Apfelbaum ging und mit Hugin redete. »Und das im Zeitalter des Computers!«, flüsterte ich, doch Hendrik erwiderte leise, es käme nicht auf das Schreibgerät an.

»Mit Tinte und Feder sind bedeutendere Werke entstanden als auf Computern«, sagte er.

»Ich dachte, es gibt Apfelmus«, hörten wir den Professor brummeln.

Ich hatte die Schüssel mit den geschälten Äpfeln auf dem Vorplatz zurückgelassen. Gemeinsam gingen wir ums Haus. Dort zeigte Hendrik Schmidtchen einen Platz unter der Eiche, wo er warten sollte. Ich konnte mich nicht erinnern, jemals einem derart wohlerzogenen und klugen Hund begegnet zu sein.

Huckebein saß auf dem Fensterbrett, als wir in die Küche kamen. Er wollte sich wohl davon überzeugen, dass kein Hund eingedrungen war und seine Vorräte auffraß. Ich füllte die Äpfelschnitze mit Zimt und Zitronenschale in einen Kochtopf. Hendrik mischte den Teig für die Pfannkuchen.

»He!«, sagte ich. »Du kannst kochen?«

»Sicher. Das musste ich lernen, es war sozusagen überlebensnotwendig. Meine Eltern sind ganz in Ordnung, aber keiner von beiden hatte je Lust, für uns zu kochen. Also sind meine Schwester und ich schon als Knirpse auf einen Schemel gestiegen und haben uns selbst auf dem Herd etwas gebrutzelt, wenn wir am Verhungern waren.«

Hendrik hatte eine Schwester und konnte kochen. So langsam erfuhr ich einiges über ihn. Vielleicht würde ich ihm bald auch von meinen Eltern erzählen, die sich in meiner Kindheit abgesetzt hatten, um getrennt ihr eigenes Leben zu führen, und von Nonna, die immer für mich da gewesen war.

Der Professor stand am Tisch und rührte schweigend in einem Schälchen herum, in dem er Milch und Honig vermischt hatte. Damit verschwand er aus der Küche.

Ich sagte halblaut: »Ein Wunder, dass das Haus nicht von unten bis oben nach saurer Milch riecht bei all den Schüsselchen, die er ständig irgendwo aufstellt.«

»Vielleicht weil die Milch ausgetrunken wird, ehe sie sauer werden kann.«

»Ja, aber von wem? Eine Katze haben wir nicht und Huckebein mag keine Milch mit Honig. Von den Kobolden, meinst du?«

Hendrik gab Butter in die Pfanne. Er sagte nicht ja und nicht nein.

»Du ahnst nicht, was mir inzwischen passiert ist!«

Wieso fing ich gerade jetzt davon an, während er den Teig in die zischende Butter goss? Nein, um diese Geschichte zu erzählen, musste ich einen besseren Zeitpunkt finden. Außerdem kam jetzt auch der Professor zurück. Er setzte sich auf die Bank, stützte das Gesicht in die Hände und starrte zum Fensterbrett, wo Huckebein seine Flügel putzte.

Hendrik warf mir einen fragenden Blick zu. Ich schüttelte nur leicht den Kopf, zog einen Stuhl ans Regal, stieg hinauf und holte die Lieblingsmarmelade des Professors herunter, Frau Zacherls selbst gemachtes Holundergelee, das er üppig auf seinem ersten Pfannkuchen verteilte.

Der Nachrichtensprecher meldete, dass Taucher vor Schottlands Küste verzweifelt versuchten, das gesunkene Schiff abzudichten, um das Auslaufen des Öls zu verhindern. In Indonesien hatte es ein Nachbeben gegeben. Die Zahl der Toten und Verletzten wurde auf mehrere Tausend geschätzt. Island verlangte, dass Wale, die sanften Riesen, wieder zum Fang freigegeben werden sollten.

Schweigend hörten wir zu. Der Professor schob unvermittelt seinen Teller zurück, stand auf und schaltete das Radio aus. Nicht nur mir fiel sein ungewöhnlich schleppender Gang auf, als er die Küche verließ. Hendrik sah ihm besorgt nach.

»Gleich morgen früh fahren wir nach Drakenburg und besorgen ein Farbband oder eine neue Maschine«, sagte er. »Und jetzt helfe ich dir beim Geschirrspülen. Dann können wir heute noch eine Runde schwimmen.«

20

Der See war eiskalt, als wäre er von den warmen Sommertagen völlig unberührt geblieben. Vielleicht hatte er ja das ganze Jahr hindurch die gleiche Temperatur, weil die unterirdischen Quellen, die ihn speisten, in den Bergen entsprangen.

Ich dachte an einen anderen See, an eine Insel und ein gläsernes Schloss. Und während wir mit Schmidtchen am Ufer in der Sonne lagen, erzählte ich Hendrik vom Land unter dem Hügel.

In Worte gekleidet klang das, was ich gesehen und erlebt hatte, farblos und unglaubwürdig; so wie es einem auch kaum jemals gelingt, eine wunderbare Landschaft oder die Szene eines Films zu schildern, die schön und ergreifend war.

Ich sagte: »Du musst mir einfach glauben, es war … fantastisch! Ich hab es mir nicht eingebildet, echt nicht. Und es gibt sogar einen Beweis.«

Dabei zog ich den kleinen selbst genähten Beutel aus der Jeanstasche, öffnete ihn und zeigte Hendrik die Murmel.

Er fragte, ob er sie in die Hand nehmen dürfte. Offenbar spürte er, wie kostbar sie mir war. Noch hatte er sich nicht zu meiner Geschichte geäußert.

»Glas«, sagte er. »Sehr altes Glas, glaube ich. Mit Goldeinschlüssen. Vielleicht enthält es auch irgendwelches farbige Gestein, das wir nicht kennen. – Hast du es dem Professor erzählt?«

Ich nickte.

»Was meint er dazu?«

»Er war nicht im Geringsten überrascht. Seiner Meinung nach bin ich in der Anderswelt gewesen. Er sagt, sein Haus wäre auf einen Feenhügel gebaut. Und er meint, ich hätte …« Ich stockte. »Er glaubt, die Frau auf dem Schimmel wäre die Feenkönigin gewesen. Hast du schon mal sowas Abgedrehtes gehört?«

Mir war, als müsste ich mich für das Wort »Feenkönigin« entschuldigen, doch Hendrik fand es nicht komisch. Seine Augen nahmen einen besonderen Ausdruck an. Ein seltsames Leuchten erschien darin, das ich nicht deuten konnte.

»Du bist ein Glückspilz, Sylvie!«, sagte er leise. »Dass sie dich in ihr Reich eingelassen haben … Ich verstehe nur nicht, wieso du den Professor in diesem gläsernen Schloss gesehen hast.«

»Ja, das ist das größte Rätsel von allem. Ich habe ihn danach gefragt. Seine Antwort war merkwürdig. Er glaubt offenbar, dass er wirklich dort war oder irgendwann dort sein wird. Gegenwart und Zukunft sind in diesem Land eins, sagt er. Anders als bei uns gibt es keine Zeit, die verstreicht. Und das stimmt; denn ich dachte, ich hätte viele Stunden dort verbracht. Als ich zurückkam, waren aber nur fünfzig Minuten vergangen; und die habe ich für den Weg vom Haus zur Eibenhecke und wieder zurück gebraucht.«

Nach einer Weile gab Hendrik mir die Murmel wieder. »Ich beneide dich«, sagte er. »Du hast etwas Wunderbares erlebt, was nur selten einem Sterblichen passiert.«

»Dann glaubst du mir also?«

»Es gibt keinen Grund, weshalb ich dir nicht glauben sollte. Du bist nicht der Typ, der sich wilde Storys ausdenkt. Und was du schilderst, deckt sich mit alten Berichten und Überlieferungen aus keltischer Zeit.«

Gedankenverloren zupfte er eine Klette aus Schmidtchens Fell. Dann fragte er: »Würdest du den Zugang wiederfinden? Die Felsspalte, durch die du gefallen bist?«

»Ich denke schon. Ein Apfelbaum stand daneben. Es war ein besonderer Baum.«

»Könntest du dir vorstellen, noch einmal hinzugehen und mich mitzunehmen?«

Ich lächelte ihn an. »Sicher. Ich hab mir schon vorgestellt, dass wir zusammen dorthin gehen könnten, in dieses Land … Obwohl der Professor sagt, dass die Pforte nur selten offen steht.«

»Eigentlich nur in zwei Nächten im Jahr. Aber unter bestimmten Umständen und für bestimmte Personen gibt es Ausnahmen. So war es bei dir. Wir könnten es versuchen. Vielleicht haben wir Glück.«

Hendrik nahm meine Hand, drehte sie um und fuhr mit dem Zeigefinger sacht über meinen Handteller und an den Innenseiten meiner Finger entlang.

Die leichte Berührung schickte kleine Feuerstöße durch meinen Körper.

»Wie gut, dass sie dich nicht dort behalten haben«, flüsterte er. »Das hätte leicht passieren können, weißt du.«

Noch immer hielt er meine Hand. Seine Lippen waren sanft geschwungen. Mir gefiel die Art, wie er lächelte, die etwas schiefen Eckzähne und die Fältchen um seine Augen. Irgendwie hatte ich das dringende Gefühl, dass ich ihn küssen musste. Warum waren wir nur beide so verteufelt schüchtern?

Wir gingen zum Strand und warfen für Schmidtchen Stöcke ins Wasser, die er voller Begeisterung herausholte. Dann tutete das Handy in meiner Jeanstasche. Es war Nonna.

»Wie geht's dir?«, fragte sie. »Ich hab lange nichts mehr von dir gehört.«

»Wir sind beim Baden«, sagte ich.

Ich hörte das Lachen in ihrer Stimme. »Ich nehme nicht an, dass du dich und Samuel meinst?«

»Nein, der ist im Hügelhaus und arbeitet. Ich bin mit Hendrik hier, einem seiner Studenten aus München.«

»Und der hat einen Hund?« Sie hatte Schmidtchens Gebell gehört.

»Ja. Was machst du so?«

»Utas Mann ist gestorben.« Uta war Nonnas beste Freundin. »Ich hab sie eingeladen, nach der Beerdigung für eine Woche zu mir zu kommen. Vielleicht fliegen wir für ein paar Tage nach London. Mach dir also keine Sorgen, falls du mich nicht erreichst.«

»Möchtest du nicht auch mal hierherkommen?«

»Samuel hat mich nicht eingeladen. Ich glaube außerdem nicht, dass wir uns viel zu sagen hätten. Und du bist ja jetzt mit deinem Hendrik beschäftigt. Hübscher Name übrigens.«

Über den Berggipfeln brach langsam die Abenddämmerung herein. Veilchenblaue und purpurfarbene Streifen überzogen den Himmel. Wir machten noch einen Spaziergang um die Westseite des Sees, auf einem Trampelpfad zwischen dem Ufer und einem Birkenwäldchen, der so schmal war, dass wir dicht nebeneinander gehen mussten.

Schmidtchen lief vor uns her, folgte mit der Nase am Boden einer Spur und blieb einmal so plötzlich stehen, dass ich fast über ihn stolperte. Da legte Hendrik den Arm um meine Schultern und hielt mich fest.

So blieb es für den Rest des Spaziergangs. Der See strahlte ein besonderes Leuchten aus, das stärker wurde, als der Mond aufging und sich im Wasser spiegelte. Sein geheimnisvoller Schimmer wirkte wie geschmolzenes Silber. Die Weiden wehten silbergrau im Abendwind.

Ehe wir losfuhren, schwammen wir noch eine Runde. Schmidtchen paddelte hektisch hinter uns her. Meine Haare, die ich im Nacken zu einem Zopf geflochten hatte, lösten sich und fluteten um meinen Kopf und Nacken.

»Du siehst wie eine Nixe aus«, sagte Hendrik prustend. »Das passt zu diesem See. Man wartet richtig darauf, die Nixen aus der Tiefe singen zu hören.«

Auf der Rückfahrt durch den dunkler werdenden Abend hörten wir Musik. Hendrik hatte eine CD mit den »Sylphiden« von Chopin eingelegt. Die versponnenen, schwebenden Töne waren eine vollkommene Ergänzung zum dunkelnden Land, der warmen Luft, die durchs Fenster wehte, dem eindringlichen Zirpen der Grillen und dem Mond über der fernen Gebirgskette.

Hendrik fuhr sehr langsam; er steuerte mit der linken Hand. Schweigend hielten wir uns an den Händen. Ein Sommerabend wie dieser mit seiner samtweichen Luft voller Düfte, dem Gefühl, dass ich bis ins Innerste vibrierte, dass das Leben wie ein Lied war, in dem alles schwang und pulsierte, ein Teil von mir selbst, erschien mir wie ein seltenes, kostbares Geschenk. Ich wusste, dass ich mich an diese kurze Fahrt noch erinnern würde, wenn ich alt war und Hendriks Namen vielleicht längst vergessen hatte.

Schmidtchen lag auf dem Rücksitz zusammengerollt und schlief, als wir vor der Gartenpforte des Hügelhauses ankamen. Der Himmel war jetzt dunkel, doch über dem Feenhügel stand ein glitzernder Halbkreis von Sternen, wie ich ihn nie vorher gesehen hatte.

»Die Sommerkrone«, sagte Hendrik fast andächtig.

»Die Sommerkrone? Was ist das?« Unwillkürlich senkte ich meine Stimme zu einem Flüstern.

Er antwortete ebenso leise: »Ein Sternbild, das nur im Sommer zu sehen ist. Für die alten Griechen war es Ariadnes Kranz. Dionysos nahm der toten Ariadne den Kranz ab und setzte ihn als Krone des Sommers an den Himmel.«

Im Licht der Sommerkrone küssten wir uns, während ein Chor von Grillengezirp die Luft erfüllte und Fledermäuse im Zickzackflug durch den Garten düsten.

Hinterher waren wir verlegen, obwohl es so schön und zärtlich gewesen war. Hastig verabschiedeten wir uns. Ich ging über den dunklen Pfad und hörte, wie das Geknatter des Motors leiser wurde. Das Gras wehte im Nachtwind. Das Sternbild strahlte und funkelte über dem Feenhügel. Jetzt, dachte ich, müsste eine Nachtigall singen; doch das wäre wohl zu viel Romantik gewesen.

Beim Haus empfing mich Huckebein mit leisem Krächzen. Es klang vorwurfsvoll. Er kauerte auf dem Treppengeländer, ein kleiner schwarzer Schatten, und ich sagte zu ihm: »Huckebeinchen, du ahnst nicht, was das für ein Abend war! Soll ich dir ein Geheimnis verraten? Ich glaube, ich hab mich verliebt.«

21

Am nächsten Morgen regnete es, was sich gut und richtig anfühlte. Denn was hätte auf den vergangenen Abend auch folgen können? Bestimmt nichts, was nur annähernd so schön und vollkommen gewesen wäre.

Ich schlug die Augen auf, hörte es draußen plätschern und rauschen, sah die glitzernden Regenschnüre hinter den Fensterscheiben und fragte mich, ob vielleicht alles nur ein Traum gewesen war – der Spaziergang am See, die Fahrt durch die warme Sommernacht, der Kuss …

Beim Frühstück redete der Professor kein Wort. Ich entdeckte ein Zöpfchen in seinen Haaren, am Hinterkopf, wo er es nicht sehen konnte; und er hatte es wohl kaum selbst geflochten. *Sie* waren also wieder unterwegs gewesen und hatten es ausnahmsweise nicht auf mich abgesehen gehabt.

Er ließ die Hälfte seines Müslis in der Schale zurück. Dann stand er auf und sagte: »Mir ist eingefallen, dass irgendwo auf dem Dachboden noch ein Farbband liegen müsste, das ich einmal auf eine Reise mitnehmen wollte. Die Fahrt nach Drakenburg erübrigt sich aller Voraussicht nach.«

Schade. Ich hatte mich darauf gefreut, mit Hendrik und Schmidtchen einen Stadtbummel zu machen, sogar bei Regen.

Aus reiner Höflichkeit fragte ich, ob ich ihm suchen helfen sollte. Die Aussicht, auf einem staubigen, muffigen, bis obenhin vollgestellten Dachboden herumzuwühlen, begeisterte mich nicht gerade.

Er schüttelte den Kopf und brummelte etwas, was ich nicht verstand. Das Nächste, was er sagte, war deutlicher: »Sorge nur dafür, dass mir diese Frau nicht in die Quere kommt. Sie liegt mir seit Jahren damit in den Ohren, dass der Speicher ›gestöbert‹ werden sollte. Mit derart spießigem Hausfrauenkram will ich jetzt wirklich nicht behelligt werden.«

Damit meinte er natürlich Frau Zacherl, die eine halbe Stunde später die Haustür aufschloss. Ich war an diesem Morgen so geistesabwesend, dass ich vergessen hatte, Huckebeins Kackspuren vom Fensterbrett zu entfernen. Sofort zeterte sie los und jagte den armen Vogel mit vorgehaltenem Besen zum Fenster hinaus.

Später gelangte er auf geheimnisvolle Weise ins Haus zurück. Als Frau Zacherl den Heimweg antreten wollte, merkte sie, dass eine der versilberten Schnallen von ihren Trachtenschuhen fehlte, die sie im Flur abgestellt hatte.

»Mistvieh, miserables!«, schimpfte sie. »Für den Schaden kommt mir der Professor auf, die Schuhe waren sündteuer ...«

Sie redete von Versicherung und Schadensmeldung. Ich hörte kaum hin, denn ich wartete auf Hendrik. Schließlich erschien der Professor auf dem Treppenabsatz, in der Hand eine kleine Schachtel. Seine zufriedene Miene verdüsterte sich, als Frau Zacherl ihn mit der Story von der geraubten Schuhschnalle überfiel.

Es dauerte eine Weile, bis es ihm gelang, ihren Wortschwall zu unterbrechen.

»Für so etwas habe ich jetzt wirklich keinen Nerv, gute Frau!«, sagte er. »Ich überweise Ihnen das Geld für ein neues Paar Schuhe. Damit ist die leidige Angelegenheit hoffentlich erledigt.«

Das Gebimmel der Türglocke war Musik in meinen Ohren. Ich rannte los, doch Frau Zacherl war schneller. Sie erreichte die Eingangstür noch vor mir. Ich hörte sie etwas vom Hund sagen und dass er ihr mit nassen, schmutzigen Pfoten auf keinen Fall ins Haus käme.

»Ich bringe einen Putzlappen!«, rief ich, machte kehrt, griff mir das nächstbeste Küchenhandtuch und stürmte wieder die Treppe hinunter.

Hendrik war dabei, Schmidtchen unter Frau Zacherls strengen Blicken festzuhalten und gleichzeitig seine Schuhe auszuziehen.

»Hi!«, murmelte ich.

»Oh, hallo, Sylvie.«

Ich gab ihm das Tuch. Schmidtchen hob gehorsam eine Pfote nach der anderen und ließ sich abtrocknen. Frau Zacherl wich nicht von der Stelle. Ich sah mich nach Huckebein um; doch falls er irgendwo im Hausflur war, blieb er in Deckung. Vielleicht fürchtete er Frau Zacherls Rache wegen der geklauten Schuhschnalle.

»Wie geht's?«, fragte ich, als wir in der Küche waren – ohne Frau Zacherl und ohne den Professor.

«Ganz gut so. Und dir?«

Wir sahen aneinander vorbei. Warum waren wir nur so verlegen?

»Ganz okay. Übrigens, wir müssen nicht nach Drakenburg«.

»Wieso nicht?« Er schien ebenfalls enttäuscht zu sein, oder bildete ich mir das nur ein?

»Weil der Professor auf dem Dachboden noch ein Farbband gebunkert hatte.«

»Ach so.« Schmidtchen legte sich unter den Tisch und seufzte. Mein Blick fiel auf Hendriks Füße. Er war barfuß. »Soll ich dir Socken bringen?«

»Was? Nein, danke, mir ist nicht kalt.«

Ziemlich ratlos sahen wir uns an. Irgendwie hoffte ich, der Professor würde auftauchen, doch er kam nicht.

»Es war schön gestern Abend«, sagte Hendrik nach längerem Schweigen.

»Ja, sehr schön.«

»Vielleicht können wir mal wieder …« Jetzt redeten wir beide gleichzeitig, verschluckten den Rest und lachten und ich sagte: »Wir dürfen uns etwas wünschen. Aber nicht verraten, was es ist, sonst geht der Wunsch nicht in Erfüllung!«

Dabei hätte ich zu gern gewusst, was Hendrik sich wünschte. Wieder senkte sich Schweigen über die Küche. Ich setzte Teewasser auf. Irgendwann meinte Hendrik in die Stille hinein: »Hoffentlich hab ich dich nicht überrumpelt.«

Ich drehte mich um und starrte ihn an. »Überrumpelt? Wieso? Wann? Was meinst du damit?«

Er hob die Hand und rieb an seinem Nasenrücken herum. »Also … Ich meine gestern Abend, als … als wir uns verabschiedet haben.«

Jetzt hatte ich endlich verstanden. Von allen schüchternen Menschen, die ich je kennengelernt hatte, war er eindeutig der schüchternste.

»Wenn du den Kuss meinst«, sagte ich ziemlich kühl, »brauchst du dir keinen Kopf zu machen. Ich wollte das genauso wie du. Und ich fand's schön.«

Er schluckte. »Ich … ja, dann bin ich froh. Ich möchte nicht, dass du mich für aufdringlich hältst.«

Um ein Haar hätte ich gelacht. »Ich glaube nicht, dass du aufdringlich sein könntest. Du müsstest dich schon gewaltig anstrengen. Und selbst dann wärs wahrscheinlich eine schwache Vorstellung.«

Hendrik lächelte erleichtert. Ich lächelte zurück. »Rotbuschtee? Mariendistelsamentee? Das ist alles, was ich dir heute anbieten kann«, sagte ich. »Oder möchtest du lieber Kaffee? Allerdings haben wir keine Milch mehr im Haus.«

»Rotbuschtee wäre prima. Ich hab Kuchen mitgebracht …« Er bückte sich und zog eine ziemlich verdrückte Tüte aus seinem Rucksack.

Hinter der Tür rumpelte es. Schmidtchen kroch unter dem Tisch hervor und knurrte. Der Professor erschien mit einem Stapel Bücher und Fachzeitschriften im Arm auf der Schwelle, ließ einen dicken Wälzer fallen, warf Hendrik einen Blick zu und sagte: «Ich kann meine Unterlagen über das irische Dämonengeschlecht der Fomoraigh, die später zu Elfenfürsten wurden, nicht finden. Vielleicht könnten Sie mir suchen helfen?«

Sofort stand Hendrik auf, flüsterte Schmidtchen etwas zu, der sich gehorsam wieder unter den Tisch legte, und tappte barfuß hinter dem Professor her aus der Küche.

Ich sah ihnen nach und dachte: So wird es immer sein. Der Professor ruft und Hendrik springt. Der Professor wird für ihn immer wichtiger sein als alles andere. Genauso hatte ich es mit meinen Eltern erlebt – dass ihnen immer alles andere wichtiger gewesen war als ich.

In meinem Frust aß ich ein Stück von dem Käsekuchen und teilte es redlich mit Schmidtchen, der plötzlich sehr zutraulich wurde. Er legte seinen Kopf auf mein Knie, sah mich seelenvoll an und leckte mir die Krümel aus der Hand.

Dann warteten wir. Ich bereitete die Sellerieschnitzel und den Kartoffelsalat fürs Abendessen vor. Von droben kamen gedämpftes Gemurmel und gelegentliches Türenklappen. Einmal klingelte lange das Telefon, aber keiner nahm ab.

Schmidtchen lag noch immer unter dem Tisch, die Nase auf den Pfoten, die Ohren gespitzt. Unvermittelt begann er leise zu knurren, ein grollender, murrender Laut, der tief aus seiner Kehle kam.

Ich sah zur Tür und dann zum Fenster, doch nichts bewegte sich. Schmidtchen starrte in die Ecke zwischen dem Küchenschrank und der Wand zum Flur. Da stand nur ein gelber Plastikeimer, den Frau Zacherl dort abgestellt hatte.

»Was ist los?«, fragte ich. »Das ist nur ein harmloser Eimer, kein Grund zur Panik!«

Er knurrte nur noch lauter. Mir fehlte der Mut, in die Ecke zu gehen und den Eimer vorzuholen. Langsam kniete ich neben dem Tisch nieder, um auf gleicher Augenhöhe mit Schmidtchen zu sein. Da war noch immer nichts, keine Bewegung, kein Schatten, nur ein harmloser Putzeimer.

Schmidtchen fiepte und jaulte jetzt leise vor sich hin. Er ließ den Eimer nicht aus den Augen, rührte sich aber nicht von der Stelle. Seine Barthaare und sein Nackenfell waren gesträubt.

Plötzlich kroch er unter dem Tisch hervor. Geduckt und mit eingeklemmtem Schwanz schlich er zur Tür. Ich ging ihm nach, um die Tür zu öffnen. Da hörte ich ein kurzes, heftiges Scheppern.

Rasch sah ich über die Schulter. Der Eimer war umgefallen, ohne dass Schmidtchen oder ich auch nur in seine Nähe gekommen waren.

Schmidtchen kratzte verzweifelt an der Tür. Ohne mich noch einmal umzuschauen, folgte ich ihm in den Flur. Die Deckenlampe brannte. Schmidtchen flüchtete die Treppe hinauf, ehe ich ihn daran hindern konnte. Er wollte natürlich zu Hendrik.

Ich rief nach ihm, aber er war schon oben. Ich hörte ihn irgendwo scharren und setzte den Fuß auf die erste Treppenstufe; da fiel mein Blick auf eine der Masken an der Wand. Es war die Dämonenfratze, die ich am scheußlichsten fand und immer auszublenden versuchte. Gerade deshalb wurde mein Blick stets wie magisch von ihr angezogen. Sie hatte schielende Augen, eine riesige Hakennase und einen weit aufgerissenen, verzerrten Mund.

Im Mund der Maske bewegte sich etwas. Ich blieb stehen und starrte nach oben. Ein knochiger Finger mit langem, gekrümmtem Fingernagel erschien zwischen den geschnitzten Lippen.

Meine Knie wurden weich. Ich klammerte mich am Treppengeländer fest wie an einem Rettungsring. Droben klappte die Tür des Arbeitszimmers. Schmidtchen bellte kurz. Nur für den Bruchteil einer Sekunde schaute ich zum Treppenabsatz. Als ich den Blick wieder auf die Maske richtete, war der Finger verschwunden.

22

Im Laufe des Nachmittags ließ der Regen nach und hörte gegen Abend ganz auf. Hendrik und der Professor saßen stundenlang im Arbeitszimmer. Sie kamen nur zum Tee herunter, aßen Kuchen, führten ein Gespräch über rot gefärbte Hühnereier in den druidischen Mysterien und verschwanden wieder.

Schmidtchen weigerte sich, ohne Hendrik in der Küche zu bleiben. Stundenlang lag er vor der Tür des Arbeitszimmers, während ich in meinem Zimmer saß und zu lesen versuchte.

Irgendwann entdeckte ich, dass Huckebein in der Besenkammer gefangen saß. Vielleicht hatte Frau Zacherl ihn dort eingeschlossen, absichtlich oder versehentlich. Nach seiner Befreiung flatterte er so lange kreischend durchs Haus, bis Hendrik Schmidtchen ins Auto brachte.

Nach dem Abendessen zog sich der Professor in die Bibliothek zurück. Hendrik sagte, er müsste Schmidtchen jetzt unbedingt spazieren führen.

»Der arme Kerl ist den ganzen Nachmittag nur herumgelegen. Er braucht dringend Auslauf. Magst du mitkommen?«

Auf dem Weg den Hügel hinunter schilderte ich

Hendrik den Vorfall mit dem Eimer. Das mit der Maske und dem Finger mochte ich nicht erzählen. Irgendwie kam es mir ekelhaft, fast unanständig vor.

»Tiere können Dinge sehen, die wir nicht wahrnehmen«, behauptete Hendrik. »Vielleicht saß ein Wichtel im Eimer und hat irgendwelchen Blödsinn getrieben.«

»Eher ein Feenkobold«, verbesserte ich. »Ich vermute, dass es ein Kobold war. Eine von diesen Gestalten hab ich mal flüchtig gesehen. Sie sind ziemlich hässlich, mit grünlicher Haut, hervorquellenden Augen und Spitzbäuchen. Außerdem haben sie Ohren wie Riesenfledermäuse. Ich glaube auch, dass sie boshaft sind …«

Hendrik fasste mich am Oberarm. »Psst«, zischte er. »Rede nicht so laut über sie, schon gar nichts Abwertendes! Es kann passieren, dass sie's dir übelnehmen, und das würdest du sicher bereuen.«

»Sie können mir ge…«, begann ich, verschluckte aber den Rest. So verrückt das alles auch klang, hatte ich nicht selbst schon genügend Beweise für die Existenz solcher Wesen bekommen? Sie nicht ernst zu nehmen, wäre dumm gewesen.

Ohne dass wir es abgesprochen hätten, führte unser Spaziergang durch den Garten, der von Dunstschleiern verhangen war. Winden rankten sich überall durchs Gebüsch; sie hatten ihre weißen Blütenkelche geschlossen. Es tropfte und rieselte von den Bäumen. Der kleine Bach war angeschwollen und sprudelte zwischen Farnkraut und bemoosten Felsen dahin. Vögel sangen im Verborgenen.

Ein Windhauch trug uns fernes Geklingel zu.

»Das kommt vom gläsernen Schloss«, flüsterte ich.

Hendrik sagte leise: »Lass uns hingehen. Wir können versuchen die Felsspalte zu finden.«

»Wenn die Pforte offen steht … Meinst du, wir könnten Schmidtchen mitnehmen?«, fragte ich.

»Warum nicht? Ich glaube schon, dass ihnen Tiere willkommen sind. Für die Kelten hatten Tiere eine unsterbliche Seele, genau wie Menschen. Und du hast doch von einem Windhund mit roten Ohren erzählt, dem du dort in der Anderswelt begegnet bist.«

Wie zwei Kinder auf dem Weg in ein ungewisses Abenteuer hielten wir uns an den Händen. Die Sträucher, schwer vom Regen, ließen ihre Zweige nach unten hängen und streiften uns, als wir geduckt den aufgeweichten Trampelpfad zur Eibenhecke einschlugen.

Mit bloßem Auge war der Spalt zwischen den Eiben nicht mehr zu erkennen, so stark waren die Zweige inzwischen gewachsen und ineinander verflochten. Doch ich fand die Stelle wieder.

Hendrik hielt die Hecke mit beiden Armen auseinander, sodass ich mich leichter durchzwängen konnte. Ich half ihm genauso, als ich auf der anderen Seite war. Nass und mit braunen, abgestorbenen Nadeln bedeckt standen wir alle drei jenseits der Grenze im grünen Dämmerlicht dicht belaubter Baumwipfel, umgeben von urwaldähnlichem Gestrüpp.

Ich sah mich um und sagte: »Hoffentlich finde ich

den Weg. Eigentlich bin ich damals nur zufällig auf den Apfelbaum und die Felsspalte gestoßen.«

»In welche Richtung bist du gegangen? Geradeaus? Nach links? Nach rechts?«

Ich versuchte mich zu erinnern. »Ich wollte an der Eibenhecke entlanggehen, weil ich den Durchschlupf nicht mehr fand. Als ich nicht weiterkam, hab ich einen Bogen um die Hecke gemacht. Könnte sein, dass ich nach links gegangen bin.«

Das Durchkommen war nicht leicht. Immer wieder blieben wir an Dornenranken hängen. An manchen Stellen mussten wir durchs Dickicht kriechen. Schmidtchen war eindeutig im Vorteil. Er konnte sich viel besser und schneller durchs Gestrüpp zwängen als wir. Wir hörten ihn rascheln und schnauben.

Irgendwie war es, als würden wir ihm folgen und nicht er uns, und vielleicht kannte er ja den Weg, denn plötzlich standen wir auf einer Lichtung. Ich erkannte den Apfelbaum wieder, der üppig mit roten Früchten beladen war. Wie ein mächtiger, vom Alter gekrümmter Wächter stand er neben dem Felsbrocken, auf dem Baumschösslinge sich zum Licht empor reckten.

Alles war genauso, wie ich es in Erinnerung hatte – alles bis auf eines.

Die Felsspalte war verschwunden.

Wir tasteten mit den Händen über den rauen, kühlen Stein, das feuchte Moos, die samtigen Flechten. Es gab Vertiefungen, kleine Risse und höckerartige Erhöhungen im Fels, aber keine Öffnung, die groß genug war, um auch nur einen Hirschkäfer durchzulassen. Doch durch den Felsblock oder unter ihm hervor kam das zarte, gläserne Geklingel wie ein lockender, verheißungsvoller Ruf.

Nach einer Weile gaben wir auf. Das Dickicht aus Ästen, Zweigen und Blättern füllte sich zunehmend mit Schatten, die Äpfel am Baum verloren ihre Farbe und ihren Glanz.

»Wir müssen zurück«, sagte Hendrik.

Ich weiß nicht, was wir ohne Schmidtchen gemacht hätten. Wahrscheinlich hätten wir unter einem Strauch übernachten müssen oder wir wären wie Hänsel und Gretel stundenlang durch die Gegend geirrt. Denn wenn wir schon nicht ahnten, wie wir hergekommen waren, wie hätten wir den Weg zurück zur Hecke finden sollen, noch dazu bei einbrechender Dunkelheit?

Schmidtchen aber kannte die unsichtbaren Spuren, die wir hinterlassen hatten; seine Nase führte ihn. Er zwängte sich durchs Unterholz und blieb immer wieder stehen, bis wir ihn eingeholt hatten. Sogar den Durchschlupf in der Hecke fand er wieder, obwohl die Eiben jetzt mehr denn je einer dunklen, undurchdringlichen Mauer glichen.

Im Garten war es dämmrig, aber noch nicht so finster wie jenseits der Hecke. Der silbrige Schimmer des Mondlichts erhellte die Dunstschleier.

Ich fasste nach Hendriks Hand; er hatte den Arm um meine Schultern gelegt. So gingen wir eng umschlungen unter den alten Bäumen dahin, in denen es tropfte und huschte und flötete. Das Laub raschelte unter unseren Sohlen. Dann war da plötzlich noch ein anderes Geräusch, das ich kannte und trotzdem nicht gleich einordnen konnte.

»Warte!«, flüsterte ich. »Hörst du das?«

Wir blieben stehen. Schmidtchen hatte den Kopf gehoben und schien zu lauschen. Ein Kichern – ein leises, vielstimmiges Kichern lag in der Luft, das aus allen Richtungen zu kommen schien.

»Was ist das?«, fragte Hendrik leise.

»Sie machen sich über uns lustig. Bestimmt haben sie uns beobachtet.«

Schmidtchen knurrte. Über uns rauschte es in den Blättern der Baumkronen. Ein Schauer von Tropfen regnete auf uns nieder, obwohl völlige Windstille herrschte. Das Kichern klang boshaft und schadenfroh in meinen Ohren. Jetzt düste eine Fledermaus über uns hinweg, dann eine zweite und eine dritte, ein ganzes Dutzend.

Wir zogen die Köpfe ein und rannten hinter Schmidtchen her zum Haus. Im Arbeitszimmer des Professors brannte Licht. Ein großer Schatten saß regungslos auf dem Dachfirst.

»Siehst du den Vogel?«, raunte Hendrik. »Das ist nicht Hugin.«

»Vielleicht ist es der Seelenvogel des Professors.« Wieso klang das so ernst, obwohl ich es witzig gemeint hatte?

Die Dunstschwaden waberten auf und nieder. Der Schatten erhob sich und flog lautlos davon. Mit ausgebreiteten Flügeln wirkte er fast wie ein Drache. Viel später erst dachte ich, dass es ein Zeichen war, das wir nur nicht deuten konnten. Wir standen da, hielten uns aneinander fest und sahen dem Vogel nach, bis er mit der Dunkelheit verschmolz.

Der Abschied hätte vielleicht romantisch werden können, wenn Schmidtchen nicht gewesen wäre. Er schien etwas gehört oder gewittert zu haben, was ihn in Panik versetzte. Als wir um die Hausecke bogen, blieb er plötzlich stehen, stieß ein halb bellendes, halb heulendes Geräusch aus und raste dann los, den Pfad entlang zur Gartenpforte.

Hendrik rief nach ihm. Diesmal gehorchte Schmidtchen nicht.

»Ich muss hinterher. Sonst springt er womöglich über die Pforte und rennt auf die Landstraße.«

Hendrik ließ meine Schulter los. Ich verlor fast den Halt. Flüchtig berührte er mit den Fingerspitzen meine Lippen. »Gute Nacht, Sylvie, schlaf gut.«

Die Lampe über der Eingangstür brannte. Schon griff ich nach dem Türknauf. Dabei fiel mein Blick auf die alten Gummistiefel des Professors, die links neben dem Abstreifer standen.

Zwischen den Stiefeln saß eine graue Gestalt, die wie eine Maus aussah, nur viel größer. Ihr langer, fast kahler Schwanz ringelte sich um die Vorderpfoten. Im trüben Licht der Energiesparlampe sah sie mit ihren glänzenden dunklen Augen furchtlos zu mir auf.

Eine Ratte! Ich zwang mich, ruhig zu bleiben. Zweimal war ich abends vor Großmutters Haus bei den Mülltonnen einer Ratte begegnet, die immer sofort vor mir die Flucht ergriffen hatte. Diese Ratte aber war offenbar von der mutigen Sorte. Oder hatte sie vielleicht die Tollwut? Ich wusste, dass Wildtiere, die mit Tollwut infiziert sind, oft sehr zutraulich wirken.

Wir starrten uns an und rührten uns beide nicht von der Stelle. Was sollte ich tun, wenn sie mich angriff? Ihre Nase bewegte sich schnuppernd; die Schnurrhaare zitterten leicht. Eigentlich sah sie mit ihrem grauen Fell, den spitzen Ohren und den Knopfaugen ganz possierlich aus.

»Wenn du mir nichts tust, tu ich dir auch nichts.« Mein Stimme schwankte.

Sie stieß ein leises Pfeifen aus, richtete sich auf und machte Männchen. Eine zahme, abgerichtete Ratte!, dachte ich erleichtert. Wahrscheinlich ist sie einem Punk oder einem Penner weggelaufen und sucht ein neues Zuhause …

Im gleichen Moment geschah etwas, das so krass war, dass ich meinen Augen und Ohren nicht traute: Die Ratte entblößte ihre kleinen, spitzen Zähne und kicherte.

Ich hätte schwören können, dass es so war. Und doch glaubte ich es schon Minuten später selbst nicht mehr, als ich die Tür hinter mir zugeschlagen hatte und die Flurtreppe hinaufstürmte.

Es dauerte lange, bis ich einschlafen konnte. Erst im Wegdriften kam mir die Idee, dass die Ratte vielleicht keine Ratte gewesen war.

23

Der Professor hatte Hendrik zum Frühstück eingeladen.

Hendrik brachte frische Brötchen aus der Bäckerei mit, die der Professor verschmähte, weil sie mit Weißmehl gebacken waren. Mir schmeckten sie wunderbar nach all der Vollkornkost, erst recht, weil Hendrik mir gegenüber am Tisch saß und mich verstohlen anlächelte.

Das Radio war vom Regal verschwunden. Wahrscheinlich hatte es der Professor versteckt, damit er keine Nachrichten hören musste. Er wirkte an diesem Morgen seltsam aufgekratzt. Seine Augen funkelten, er redete ungewöhnlich viel und warf uns wohlwollende Blicke zu.

»Mein Manuskript steht kurz vor der Fertigstellung«, sagte er. »Eine kleine Pause wird mir nicht schaden. Deshalb kann ich heute noch einige Passagen Ihrer Diplomarbeit mit Ihnen durchsprechen, Hendrik. Morgen werde ich wohl keine Zeit mehr dafür haben.«

Damit war dieser Tag praktisch gelaufen. An gemeinsame Unternehmungen war nicht zu denken. Ich unterdrückte einen Seufzer und hörte, wie der Professor völlig übergangslos in ernstem, feierlichem Ton eine Rede hielt:

»Denkt immer daran, dass eure Schutzgeister euch begleiten. Ich habe sie schon mehrmals in eurem Gefolge gesehen. Bei Sylvie ist es ein Rotkehlchen. Das Rotkehlchen war ein heiliger Vogel der Kelten.«

Unwillkürlich drehte ich mich um und sah über die Schulter. Der Professor schüttelte lächelnd den Kopf. »Sie zeigen sich nur selten. Und nicht jeder kann sie wahrnehmen.«

Hendriks Stimme war leise und ehrfürchtig. »Erinnern Sie sich, dass Sie mir im letzten Semester gesagt haben, ich würde von einem Falken beschützt? Ich habe ihn wirklich einmal gesehen, als ich in großer Gefahr war. Damals fuhr ich auf einer Landstraße bei Stuttgart. Ein Motorradfahrer überholte mich. Offenbar hatte er ein Blackout und bemerkte das entgegenkommende Fahrzeug nicht. Ich konnte gerade noch rechtzeitig auf den Seitenstreifen ausweichen, sonst würde ich heute nicht hier sitzen. Alles ging sehr schnell, aber ich weiß noch, dass ich beim Ausweichen kurz in den Rückspiegel schaute und einen Falken sah, der hinter meinem Auto her flog.«

Eine Weile schwiegen wir. Die Wanduhr tickte ächzend, schnarrte dann und schlug neunmal. »Ja«, murmelte der Professor, »sie können uns helfen, wenn wir in großer Not sind. Wir müssen uns dessen allerdings bewusst sein, dass es sie gibt, und sie immer wieder um ihren Beistand bitten.«

»Aber woher soll man wissen, welches Tier man als Schutzgeist hat?«, fragte ich, fast gegen meinen Willen beeindruckt.

»Sie zeigen sich vor allem in unseren Träumen. In den nordischen Mythen werden sie Fylgien genannt. Sie treten oft in der Gestalt von Wölfen oder Bären in

Erscheinung. Bei den Indianern sind es die Totemtiere, die sich in Träumen zu erkennen geben. Jeder Indianer hatte sein eigenes Totemtier, das ihn sein Leben lang begleitete und das in seiner Todesstunde erschien, genau wie es auch in den nordischen Überlieferungen verzeichnet ist. Später, im Christentum, wurden daraus dann die Schutzengel.«

Noch während er redete, musste ich an den großen schwarzen Vogel denken, der gestern bei Einbruch der Nacht auf dem Dachfirst gesessen hatte.

»Und was ist Ihr Totemtier?«

»Ich habe zwei. Einen Steinadler und eine Eule.«

Die folgenden Stunden verstrichen mit nervtötender Langsamkeit. Ich hatte Hendrik versprochen, Schmidtchen aus dem Auto zu befreien. Erst führte ich ihn im nahen Wald an der Leine spazieren. Dann wollte ich ihn mit ins Haus nehmen, aber Huckebein bewachte den Eingang.

Er führte ein derartiges Konzert von krächzenden, schnarrenden, zischenden und quorkenden Tönen auf, dass mich Schmidtchen an der Leine zum Auto zurück zerrte und sich auf den Rücksitz rettete, sobald ich die Wagentür geöffnet hatte. Zum Glück wehte ein kühler Wind und die Sonne kam nur selten zwischen den Wolken hervor. Sonst hätte Schmidtchen trotz der geöffneten Fenster nicht längere Zeit im Auto bleiben können.

Huckebein wirkte sehr zufrieden, als ich allein zurückkehrte und die Haustür öffnete. Er flog mir auf die Schulter und knabberte zärtlich an meinem Ohrläppchen.

»Du bist ein nerviger Vogel!«, sagte ich. »Kannst du dich nicht endlich an Schmidtchen gewöhnen? Er ist total harmlos und will dir auch nichts wegfressen. Er ist echt ein netter, freundlicher Hund.«

Huckebein krächzte mir leise etwas ins Ohr. Es klang wie »Quarkkacke«.

Eine Tür klappte im oberen Stockwerk. Ich hörte die Stimme des Professors sagen: »... das irische Dämonengeschlecht der Famoraigh ...«

Dann schloss sich die Tür wieder und ein Ball kam die Stufen heruntergehüpft. Zumindest hörte es sich genauso an, obwohl nichts zu sehen war. Spielte ein unsichtbarer Jemand im Hausflur mit einem unsichtbaren Ball?

Nach kurzem Zögern ging ich die Treppe hinauf. Inzwischen nahm ich einige der unerklärlichen Vorgänge gelassener hin, auch wenn es vieles gab, woran ich mich sicher nie gewöhnen würde, selbst wenn ich hundert Jahre im Haus auf dem Hügel verbracht hätte.

Zwei Stunden später kamen sie endlich herunter, doch ich freute mich zu früh. Der Professor verkündete, ich müsste ihm helfen, sein Manuskript neu »durchzupaginieren«.

»Es ist keine schwierige Arbeit, aber zeitraubend. Und man braucht Geduld dazu. Ich habe noch anderes, Wichtigeres zu tun!«

Hendrik verabschiedete sich. Ich gab ihm den Autoschlüssel und Schmidtchens Leine. Im Arbeitszimmer war es warm und stickig. Die Standuhr im dunklen Gehäuse tickte laut. Auf einem Beistelltisch neben dem Lehnstuhl des Professors sah ich den keltischen Reif unter dem Acryldeckel schimmern.

Ich erlaubte mir das Fenster zu öffnen, doch der Professor schnaubte, ging hin und schloss es wieder. Dann zeigte er mir, was ich tun sollte. Die Seitenzahlen seines Manuskripts stimmten nicht mehr, da er immer wieder Textteile herausgeschnitten oder Seiten neu eingefügt hatte. So musste das gesamte Manuskript, das über dreihundert Seiten umfasste, neu durchnummeriert werden.

Ich dachte, ich müsste einfach nur die alten Zahlen durchstreichen und neue darüberschreiben, doch er sagte, das würde zu schlampig aussehen.

»Setz dich an die Maschine und schreibe die Zahlen von 1 bis 325 auf ein Blatt, jede Zahl mit ausreichend Abstand, sodass du die Zahlen nachher ausschneiden und über die alten, nicht mehr zutreffenden Seitenzahlen kleben kannst«, wies er mich in seiner umständlichen Art an.

Offenbar hatte er noch nichts davon gehört, dass es selbstklebende Etiketten gibt, die mir die Arbeit sehr erleichtert hätten. So musste ich, nachdem ich die Zahlen getippt hatte, die vielen winzigen Zettelchen ausschneiden und mit der nervtötenden Klebearbeit anfangen.

Immerhin konnte ich dabei verstohlene Blicke in das Manuskript werfen, das nach Meinung seines Verfassers solches Aufsehen in Fachkreisen erregen sollte.

Die überklebten Seitenzahlen waren noch das Ordentlichste am ganzen Manuskript. Ich fühlte Mitleid mit den Leuten im Verlag, die es lesen, überarbeiten und in den Computer übertragen mussten.

Selten hatte ich einen Text gesehen, in dem so vieles durchgestrichen und mit Krakelschrift verbessert war, der so von Tippfehlern strotzte und von Zeilen, die bis dicht an den Rand geschrieben waren, der ein derartiges Durcheinander von Sternchen und Anmerkungen und engzeiligen Fußnoten und von eingeklebten, schlecht fotokopierten Textstücken aus irgendwelchen Büchern war.

Es gab seitenweise Zeichnungen von seltsamen Formen und Symbolen, von Rauten und Dreiecken und Sonnenrädern und Hexagrammen, Kreuzen und Runenzeichen. Bei den Runenzeichen stieß ich auf eine Fußnote, in der es hieß, die Runen dürften keinesfalls irgendwo eingeritzt oder eingemeißelt werden, weil sie sonst ihre magische Kraft verloren.

Fotos von alten Türen und Fenstern mit geheimnisvollen Verzierungen in Form von Schlangen, Rosetten oder Dämonenköpfen waren eingeklebt, Bilder von Labyrinthen und Steinsetzungen in der Art von Stonehenge, von Grabkammern, die aus riesigen Felsblöcken errichtet waren, von gewaltigen Steinbrocken auf Hügeln unter uralten Bäumen. Eines der Fotos zeigte eine schmale, hohe Felsplatte, in deren Mitte sich ein kreisrundes Loch befand. Daneben war eine ziemlich unbeholfene Zeichnung, vermutlich vom Professor selbst angefertigt, auf der ein Strichmännlein vor dem Stein stand und seine Hand durch das Loch steckte.

Der Textteil war voller schwieriger, fremdartiger

Namen wie Diarmaid, Gruagach oder Sidhe, Annwn oder Caerwydyr. Es war die Rede von Goithne mit dem dunklen Auge, Lug Lámhfhada Loinnbhéimionnach, was so viel wie »der mit dem langen Arm und der wilden Schlagkraft« hieß; von Luaithleabharcham, dem Flinken von der langen Gestalt, Loisginn Lomghlúineach, dem mit den nackten Knien, oder Ceithlionn Chaisfhiaclach mit den schiefen Zähnen.

Besonders die eingefügten Verse fesselten meine Aufmerksamkeit. Einer davon war die unheilvolle Prophezeiung einer Frau namens Morrigan:

Keine Welt werd ich sehen, die noch lieb mir ist;
ohne Blüten der Sommer, das Vieh ohne Milch.
Maßlose Weiber, mutlose Männer,
ohne König Raubkrieg.
Wald ohne Wipfel, fischlose See …

»Du sollst kleben, nicht lesen!«, hörte ich den Professor mit mildem Vorwurf sagen. Er kritzelte auf einem Blatt herum, das ich gerade erst mit der Seitenzahl 193 versehen hatte. Als ich auf Seite 312 angelangt war, zerknüllte er einen Bogen Papier und warf ihn in den Papierkorb. Erschrocken beobachtete ich ihn und dachte: Womöglich verlangt er jetzt, dass ich noch einmal neue Seitenzahlen klebe!

Stattdessen sagte er etwas Unerwartetes: »Wenn du mit deiner Großmutter sprichst, grüße sie von mir. Du kannst ihr ausrichten, ich trage ihr nichts nach. Auch wenn sie kein besonders glückliches Urteil hatte, was die Männer in ihrem Leben betraf.«

Damit meinte er natürlich meinen Großvater. Ich

gab mir Mühe, ein ernstes Gesicht zu machen. Ein paar Minuten später kam er noch einmal auf Huckebein zu sprechen.

»Vergiss nicht, was du mir versprochen hast. Hugin braucht menschliche Fürsorge. Er wäre nicht in der Lage, in der freien Natur zu leben. Den Winter würde er nicht überstehen. Und ich möchte auch nicht, dass er den Rest seiner Tage in einem Käfig im Tierheim verbringen muss.«

Irgendwo in meinem Gehirn leuchtete ein Warnsignal auf. »Natürlich kümmere ich mich um ihn, wenn's nötig ist«, versicherte ich. »Aber er hat es doch gut bei Ihnen. Wieso glauben Sie, dass er Sie überleben wird? So ein Vogel wird doch bestimmt nicht älter als zehn oder fünfzehn Jahre.«

Er antwortete leise: »Die Rabenkrähe, Corvus corone corone, hat eine Lebenserwartung von gut vierzig Jahren.«

Dann herrschte angespanntes Schweigen zwischen uns, bis ich aufstand, die Manuskriptseiten einsammelte und als ordentlichen Stapel vor ihn auf den Schreibtisch legte.

Er beschwerte sie mit einem durchlöcherten Stein, schob mir das Teetablett zu und bedankte sich.

»Morgen brauche ich dich nicht«, sagte er. »Ich habe mit Hendrik vereinbart, dass ihr einen Tag in Drakenburg verbringen könnt.« Dabei warf er mir aus seinen Vogelaugen einen kurzen, listigen Blick zu, der verriet, dass ihm meine Gefühle für Hendrik nicht verborgen geblieben waren.

Damit war ich für diesen Nachmittag entlassen.

24

Ich hoffte, Hendrik würde zurückkommen, aber er saß entweder noch über seiner Diplomarbeit oder er fürchtete, der Professor könnte ihn für lästig halten, wenn er zu oft vor seiner Tür stand.

Kurz vor acht kam ich auf die Idee, nach Agathenried zu radeln und Hendrik im »Wilden Mann« zu einem Abendspaziergang abzuholen.

Wenn der Prophet nicht zum Berg kommt, muss der Berg eben zum Propheten kommen, dachte ich und holte das Fahrrad hinter der Garage hervor. Leider war keine Luft im Hinterreifen. Also machte ich mich daran, den Reifen aufzupumpen, entdeckte aber, dass das Anschlussstück für die Luftpumpe verschwunden war.

Jemand hatte es versteckt, weggeworfen oder sonstwie entsorgt, denn an der Stelle, wo das Fahrrad gestanden hatte, fand ich nichts.

Minutenlang stand ich mit hängenden Armen da. In mir brodelte es. Dann wurde ich so wütend, dass ich mich am liebsten wie Rumpelstilzchen selbst in den Boden gestampft hätte.

Als ich mich wieder beruhigt hatte, suchte ich in der Satteltasche des Fahrrads nach Reparaturzeug. Die Tasche war leer – vielleicht schon seit langem. Vielleicht hatte sie aber auch erst kürzlich jemand ausgeräumt.

Ich hegte einen bestimmten Verdacht, wer dieser Jemand gewesen sein konnte. Der Professor kam nicht in Frage, auch nicht Hendrik oder Frau Zacherl. Vielleicht waren es mehrere Jemands gewesen. Womöglich saßen sie jetzt irgendwo in den Büschen, rieben sich die froschähnlichen Hände oder lachten sich ins Fäustchen.

Ich nahm mein Handy und versuchte Hendrik im Gasthof anzurufen, bekam aber keine Verbindung. Von meiner Freundin Leonie war eine SMS gekommen: »Warum meldest du dich nicht, treuloses Huhn? Das war mein letzter Versuch ...«

In angesäuerter Stimmung kehrte ich ins Haus zurück. Der Professor rumorte in seiner Bibliothek. Ich setzte mich in mein Zimmer ans Fenster und schrieb ins Tagebuch, das ich manchmal sehr regelmäßig führte, manchmal auch nur in großen Abständen. Der letzte Eintrag war vom Abend meiner Ankunft im Haus auf dem Hügel.

Später dachte ich, wie seltsam es doch war, dass ich ausgerechnet an diesem Abend in mein Tagebuch schrieb. So vieles war in der Zwischenzeit passiert. Ich wusste nicht, wo ich anfangen sollte.

Schließlich musste ich Licht machen und das Fenster wegen der Mücken schließen. Ich schrieb fast bis Mitternacht. Mit dem Gedanken an Hendrik schlief ich ein und träumte gegen Morgen von einer Ball spielenden Ratte.

Wir saßen beim Frühstück, als Hendrik kam. Es wunderte mich, wie sehr ich mich freute, ihn zu sehen – seine lange, schlaksige Gestalt im Türrahmen, den schüchtern-vorsichtigen Ausdruck auf seinem Gesicht.

Um den Glanz in meinen Augen und das Lächeln um meine Lippen zu verbergen, wandte ich mich ab und setzte frisches Kaffeewasser auf, während der Professor sagte: »Heute werde ich mein Manuskript an den Verlag schicken. Ihr könnt einen Ausflug nach Drakenburg machen.«

Hendrik gratulierte ihm zur Fertigstellung. »Es war meine schwierigste Arbeit«, fügte der Professor hinzu. Als ich mich umdrehte, fiel mein Blick auf sein hageres, erschöpftes Gesicht. »Ich bin froh, dass jetzt endlich alles beendet ist.«

»Wir könnten Ihr Manuskript in Drakenburg zur Post bringen«, schlug Hendrik vor, doch der Professor winkte ab.

»Das muss ich selbst tun«, sagte er. »Ich werde es selbst aufgeben.«

Er ging mit uns aus dem Haus, unter dem Arm ein sorgsam verschnürtes Päckchen. Wir öffneten das Gartentor, warteten, während er mit dem Benz auf die Landstraße fuhr, und winkten ihm nach. Ich sah ihn nicht zurückwinken.

»Was wird er machen, jetzt, wo er mit seiner Arbeit fertig ist?«, fragte Hendrik.

Darüber hatte ich noch nicht nachgedacht. Ich begrüßte Schmidtchen, der seine Nase durch das Autofenster steckte, und erwiderte: »Könnte sein, dass er kurzfristig abstürzt und in eine Depression verfällt. Aber ich glaube, er braucht dringend Entspannung. Er sah heute nicht gut aus.«

Hendrik nickte. Auf seiner Stirn erschien die Sorgenfalte, die ich so mochte. »Wir bringen ihm eine

Mohntorte mit. Für die hat er trotz Industriezucker eine Schwäche, das weiß ich von Frau Zacherl«, sagte ich und ließ mich auf dem Beifahrersitz nieder, der mit Hundehaaren übersät war.

Drakenburg war auch diesmal wieder voller Touristen, doch wir bemerkten sie kaum. Mit Schmidtchen im Gefolge gingen wir Hand in Hand durch die alten Gassen. Alles – die barocken Fassaden der Häuser, die Burg unter Wolkenschwaden, das Katzenkopfpflaster, die Pferdefuhrwerke, der Mann mit Zylinder hinter seiner Drehleier – war von einer Art Glorienschein umgeben. Ich glaubte Nonnas Stimme sagen zu hören: »Das ist der Glanz der Liebe.«

Damit Schmidtchen zu seinem Spaziergang kam, stiegen wir den Burgberg hinauf und sahen auf die Stadt, den Fluss und die bewaldeten Höhenzüge.

»›Wer fände die passenden Worte, um die Lieblichkeit dieser Stadt und ihrer Umgebung zu beschreiben‹«, zitierte Hendrik. »Das hat ein Dichter der Romantik gesagt, Hölderlin oder Eichendorff, glaube ich. Vielleicht hat er vor zweihundert Jahren hier gestanden, genau an der Stelle, an der wir heute stehen.«

Dann küssten wir uns zum zweiten Mal, ziemlich lange sogar, und ich sagte: »Allmächtiger Hinkelstein, wie aufdringlich du wieder bist!«

Wir lachten und hörten das Mittagsgeläut der Kirchenglocken zu uns herauf klingen. Auch daran sollte ich mich noch oft erinnern.

»Manchmal möchte man die Zeit anhalten«, sagte Hendrik.

Das war, als wir in einer Kneipe in einem der vielen Arkadenhöfe saßen. »Iss nicht so viel, leichtfüßiges Mädchen, sonst legst du noch eine Bauchlandung hin!«

Wir lachten und lachten und konnten die Blicke nicht voneinander lösen. Alles war so hell und froh und voller Leichtigkeit an diesem Sommertag, und mir kam es vor, als hätte ich nie etwas Köstlicheres gegessen als diese Quarkpfannkuchen. Trotzdem waren sie so üppig, dass ich nach dem zweiten Pfannkuchen kaum noch einen Bissen hinunterbrachte.

Schmidtchen bekam den dritten Pfannkuchen auf einem Bieruntersetzer und einer Papierserviette – ausnahmsweise, weil es der Tag aller Tage war, wie Hendrik sagte, denn eigentlich sollte ein Hund nichts Süßes fressen.

Am Flussufer hielten wir Siesta. Wir lagen zwischen Steinen und Grasbüscheln, hielten uns in den Armen und lauschten dem ewigen Gemurmel des Wassers. Ohne es zu wollen, driftete ich kurz weg. Als ich die Augen wieder aufschlug, sah ich Hendriks Gesicht über mir.

Sein zärtlicher Blick brachte in meinem Bauch Schmetterlinge zum Flattern. Mit dem Zeigefinger zeichnete er die Linie meiner Wangen und meiner Oberlippe nach. Ich griff nach seiner freien Hand, küsste seinen Handrücken und jede einzelne Fingerspitze.

Über dem Fluss jagten Schwalben nach Beute. Schmidtchen sprang durchs seichte Wasser hinter ihnen her und bellte wild. Die Sonne glitzerte auf den Kuppeldächern des Doms und den feinen goldenen Härchen, die Hendriks Arme bedeckten. Ein kühler Hauch wehte vom Fluss zu uns herüber.

So sollte das Leben bleiben, dachte ich – ein ewiger sorgloser Sommertag, eine Liebe, die sich nie ändert, die nie vergeht.

Und doch redeten wir von der Zukunft. Hendrik erzählte, dass er auf eine Assistentenstelle an einer Uni hoffte, wenn er sein Studium abgeschlossen hatte.

»Vielleicht klappt es sogar an der Münchner Uni. Leider geht der Professor bald in den Ruhestand. Am liebsten würde ich natürlich mit ihm zusammenarbeiten.«

Er fragte nach meinen Berufsplänen. »Psychologie würde mich interessieren«, sagte ich. »Falls ich nächstes Jahr das Abi schaffe. Aber ich könnte mir auch etwas Handwerkliches vorstellen. Alte Möbel restaurieren zum Beispiel.«

»Dazu müsstest du eine Schreinerlehre machen.«

Ich nickte. Eigentlich mochte ich an nichts denken, was morgen oder im Herbst oder in einem Jahr sein würde. Nicht jetzt.

»Komm«, sagte ich und zog ihn hoch. »Ich brauche dringend ein Eis mit Schirmchen obendrauf. Wir wollten doch ins Café ›Schokokuss‹, die Torte für den Professor besorgen.«

Auf dem Platz vor dem nostalgischen Café mit den von weißen Sprossen unterbrochenen Bogenfenstern, das als Kulisse für einen Film aus der Zeit

Kaiser Wilhelms gepasst hätte, stand ein rothaariger Typ in Hendriks Alter und spielte auf der Flöte. Wir blieben stehen und hörten ihm zu. Ich kannte die Melodie.

»Das ist eins von Nonnas Lieblingsliedern. Ein irisches Volkslied, glaube ich: ›The last Rose of Summer‹.«

Das Flötenspiel weckte noch eine andere Erinnerung in mir. Zwischen den wehmütigen, lockenden Klängen und dem Garten des Professors schien es eine Verbindung zu geben. Hatte ich dort nicht schon ähnliche Musik gehört, ohne zu wissen, woher sie kam?

»Schön«, sagte Hendrik leise. »Ich kaufe ihm eine von seinen CDs ab. Wenn ich ihm nur ein paar Euro gebe, ist es, als wäre er ein Bettler und ich würde ihm Almosen in den Hut legen. Außerdem hab ich so eine Erinnerung an diesen Tag.«

Während wir an einem der Tische saßen, packte der Straßenmusiker seinen Rucksack und steckte die Flöte ins Futteral. »Wir laden ihn zu einem Kaffee und einem Stück Kuchen ein«, schlug ich vor.

Wir winkten ihm, aber er sah uns nicht. Hendrik stand auf, um ihn zu holen. Bis er sich zwischen den Tischen durchgezwängt hatte und an einer Busladung von Touristen vorbeikam, die ihm den Weg verstellten, war der Flötenspieler in der Menschenmenge verschwunden.

Lange blieben wir nicht im »Schokokuss«. Der Trubel passte nicht zu unserer Stimmung. Mit drei Stück Mohntorte in einer Tragetasche und einem

Rezeptbuch mit Süßspeisen für Nonna stiegen wir noch auf einen der Aussichtsberge und setzten uns auf eine Bank, während Schmidtchen im Gebüsch stöberte.

Hoch über uns zog ein Falkenpaar seine Kreise. Unmittelbar danach entdeckte ich auch das Rotkehlchen, das mit knicksenden Bewegungen zwischen Graspolstern hüpfte und mit seinen runden Augen furchtlos zu uns aufsah.

»Siehst du es? Dort unter dem Schlehenbusch!«, wisperte ich.

Hendrik strich mir sacht eine Haarsträhne hinters Ohr. »Ja. Die Falken hab ich schon vorher am Fluss bemerkt, als du geschlafen hast. Der Professor würde sagen, dass die Vögel eine Botschaft für uns haben, die wir entschlüsseln müssen. In seinen Augen wäre es kein Zufall, dass sie unsere Nähe suchen.«

»Du bewunderst ihn sehr.« Nie zuvor hatte ich meine Stimme so zärtlich klingen hören.

»Er hat ein ungeheures Wissen. Als ich zum ersten Mal in seine Vorlesung über keltische Mythen kam, war mir sofort klar, wie viel ich von ihm lernen konnte. Und noch mehr – da war dieses Gefühl, dass ich meinen Meister gefunden hatte. Sicher klingt das albern und nach esoterischem Schwachsinn, aber dir kann ich es sagen.«

»Ich versteh dich.« Noch vor einem Monat hätte ich nie eine solche Antwort geben können, auch wenn ich noch so verliebt gewesen wäre. »Er ist ein ganz besonderer Mensch.«

Ich lag jetzt auf der Bank, den Kopf in Hendriks

Schoß gebettet. Der Blick, mit dem er auf mich niedersah, war voller Ernst.

»Nicht nur das, Sylvie. Er ist ein Nachfolger der weisen Magier, vielleicht sogar der letzte. Ich habe selbst mehrmals erlebt, dass er Ereignisse vorhergesagt hat, die genau so eingetroffen sind. Diese Gabe besitzt er, aber er benutzt sie selten, weil er es für gefährlich hält, sie zu missbrauchen.«

»Dann weiß er vielleicht auch, wohin unsere Welt steuert.«

»Sicher. Und das ist eine schwere Bürde für ihn.«

Das Rotkehlchen knickste ein letztes Mal und flog davon, als Schmidtchen aus dem Gebüsch auftauchte. Das Falkenpärchen aber schien uns auf dem Weg zum Parkplatz noch eine ganze Weile zu begleiten.

Auch diesmal hatte uns jemand einen Strafzettel hinter die Scheibenwischer geklemmt, weil die Parkzeit überzogen war. Hendrik nahm den Zettel und gab ihn Schmidtchen, der ihn in kleine Fetzen zerriss und dann zerkaute.

Auf der Rückfahrt wurden wir ständig überholt, aber wir hatten es nicht eilig, ins Hügelhaus zurückzukommen. Schmidtchen schlief zusammengerollt auf der Rückbank. Ich brachte Hendrik die Melodie von »The last Rose of Summer« bei. Den Text hatte ich vergessen. Wir summten das Lied wieder und wieder, bis wir zum Grendelsee kamen. Dort machten wir halt.

Hendrik gab Schmidtchen einen Napf voller Trockenfutter, das er mit langen Zähnen knusperte. Eigentlich war er Besseres gewöhnt, denn normalerweise bekam er gekochtes Fleisch mit Reis und Gemüse.

Im eiskalten Wasser schwammen wir noch eine kurze Runde. Das Abendrot färbte den Uferstreifen purpurn. Feierliche Stille herrschte um uns her; nur in den Erlen sang ein Vogel sein zartes, schwermütiges Lied.

Kurz vor neun erreichten wir das Haus auf dem Hügel und stellten fest, dass der Professor verschwunden war.

25

Er hatte keine Nachricht hinterlassen. Jedenfalls schien es so.

Der Mercedes stand in der Garage. Das bedeutete, dass der Professor von seiner Fahrt zur Post zurückgekehrt war. Wir durchsuchten das Haus. Seine Schlafkammer mit dem Bett, das aus einer Art Strohsack bestand, bedeckt mit Tierfellen, umrahmt von windschiefen, überladenen Bücherregalen, mit den durchlöcherten Steinen, den ausgebleichten Tierschädeln, Federbüscheln und Kristallen, die von der Decke hingen, war unordentlich wie eine Räuberhöhle.

An der Innenseite der Tür bemerkte ich einen Bogen vergilbtes Pergamentpapier mit einem Segensspruch. Die Anfangsbuchstaben jeder Zeile waren mit handgemalten Ornamenten verziert:

Die Weisheit der Schlange sei dein,
Die Weisheit des Raben sei dein,
Die Weisheit des kühnen Adlers,
Die Stimme des Schwans sei dein,
Die Stimme von Honig sei dein,
Die Stimme des Sternensohnes.
Die Fülle der See sei dein,
Die Fülle des Landes sei dein,
Die Fülle der großen Götter.

Im Arbeitszimmer und in der Bibliothek lagen wie immer Unmengen aufgeschlagener Bücher, Dutzende von Notizzetteln, Ordner, Post, die zum Teil noch ungeöffnet war. Dass der Schmuckreif unter dem Deckel aus Acryl fehlte, merkte ich erst später.

In der Küche saß Huckebein wie ein Schiffbrüchiger auf dem Schrank und gab keinen Ton von sich. Er wollte nichts fressen und rührte sich nicht einmal von der Stelle, als Schmidtchen über die Türschwelle tapste.

»Er weiß, was passiert ist«, sagte ich. »Wenn er nur reden könnte!«

Wir fürchteten, der Professor könnte überfallen worden sein, doch es gab keine Spur von Gewaltanwendung. Alles war an seinem Platz, das Schloss der Eingangstür unversehrt. Die Schlüssel steckten in den Schubladen des Schreibtischs und der Kommoden. Offenbar war nichts herausgenommen worden.

Ohne darüber zu reden, hielten wir Ausschau nach Blutspuren. Zu unserer Erleichterung fanden wir nichts.

Hendrik war bleich unter der Sonnenbräune. »Er

könnte eine Hirnblutung gehabt haben. Oder einen Herzinfarkt. Wir müssen den Garten absuchen! Vielleicht liegt er bewusstlos unter einem seiner geliebten Bäume.«

Da die Dunkelheit schon hereinbrach, holte er eine Taschenlampe aus dem Auto. Ich schaltete sämtliche Lampen ein, sodass der Lichtschein durch die Fenster drang und die Umgebung des Hauses in Helligkeit tauchte.

Schmidtchen lief eifrig wedelnd auf dem Gartenpfad voraus. »Gut, dass wir ihn haben«, sagte ich. »Er wird die Spur des Professors aufnehmen, wenn es eine gibt, und uns zu ihm führen.«

Im Garten war die Luft so still, als würde alles um uns her den Atem anhalten. Nicht einmal das gläserne Geklimper war zu hören. Im Mondlicht, das durchs Laubdach sickerte, glitzerten Spinnennetze und die weißen Beeren der Misteln schimmerten wie Perlen in den Bäumen.

Wir leuchteten ins Gebüsch, riefen ein ums andere Mal nach dem Professor. Nichts rührte sich, niemand antwortete. Schmidtchen rannte hin und her, die Nase am Boden. Hoffnungsvoll folgten wir ihm.

»Er will zur Eibenhecke!«, sagte ich.

»Vielleicht, weil wir kürzlich mit ihm dort waren.«

Jäh huschte ein schmales, pelziges Tier im Lichtkegel der Taschenlampe über den Pfad. Schmidtchen kläffte kurz und raste hinterher. Wir blieben stehen und warteten.

Hendrik seufzte. »Das war wohl die Spur, der er gefolgt ist. Lass uns umkehren, wir müssen die Polizei verständigen. Wenn dem Professor etwas zugestoßen ist, zählt vielleicht jede Minute. Wir brauchen professionelle Hilfe.«

Das hell erleuchtete Haus unter den Baumkronen wirkte wie ein Teil einer Bühnenkulisse. Hendriks Hand in der meinen war kalt. Seine Furcht und Anspannung übertrugen sich immer mehr auf mich.

»Vielleicht kommt er wieder«, sagte ich leise. »Vielleicht ist alles total harmlos. Es könnte doch sein, dass er nur einen langen Spaziergang gemacht hat und irgendwo auf einer Bank eingeschlafen ist ...«

Hendrik antwortete nicht. »Oder meinst du, er ist entführt worden?«

»Nein, das glaube ich nicht. Er ist nicht reich. Weshalb sollte ihn jemand entführen?«

Flüchtig kam mir der Verdacht, dass der Professor etwas wissen könnte, was für jemanden von großem Wert war. Weil mir der Gedanke zu fantastisch erschien, sprach ich ihn nicht aus.

Schweigend gingen wir ins Haus. Den Notruf wollten wir nicht anrufen, das erschien uns zu dramatisch. In der Aufregung konnten wir das Telefonbuch nicht finden; also fragten wir bei der Auskunft nach der Nummer des zuständigen Polizeireviers.

Ich stand neben Hendrik, während er telefonierte. Er erklärte kurz, was geschehen war und dass wir uns große Sorgen machten. Dann horchte er eine Weile auf das, was die Stimme am anderen Ende der Leitung antwortete. An seinem wechselnden Gesichtsausdruck merkte ich, dass er zunehmend genervt und enttäuscht war.

»Aber es könnte lebensgefährlich sein, abzuwarten!«, hörte ich ihn sagen. »Professor Hrdliczka ist fast siebzig, da besteht doch die Möglichkeit, dass er beim Spazierengehen einen Herzinfarkt erlitten hat und dringend medizinische Hilfe braucht …«

Wieder lauschte er. Seine Hand hielt den Hörer so fest umklammert, dass die Knöchel weiß hervortraten. »Ja«, sagte er, »ich verstehe. Aber er hätte uns Bescheid gesagt, wenn er eine längere Unternehmung geplant hätte oder gar eine Reise … Nein, das ist nicht seine Art! Er wollte nur kurz zur Post und sein Wagen steht wieder in der Garage … Eine Nachricht haben wir nicht gefunden …«

Schließlich legte er den Hörer ziemlich heftig auf. »Diese verdammten Idioten!«, sagte er leise.

Ich konnte mir ungefähr denken, welche Auskunft er bekommen hatte. »Sie wollen erst noch abwarten, ehe sie ihn suchen, stimmt's?«

»Dieser Wachtmeister oder was immer er auch sein mag, sagt, der Professor ist ein erwachsener Mann und kann gehen wohin er will. Angeblich passiert es häufig, dass Leute nicht zur gewohnten Zeit nach Hause kommen und irgendwann putzmunter wieder auftauchen …«

Ratlos sahen wir uns an. »Und jetzt?«, fragte ich.

«Wenn wir bis morgen Mittag nichts vom Professor gehört haben, soll ich auf dem Revier vorbeikommen und eine Vermisstenmeldung aufgeben.«

Es wurde eine unruhige Nacht. Wie Brüderchen und Schwesterchen lagen wir eng aneinandergeschmiegt in meinem schmalen Bett. Vergeblich lauschten wir auf Geräusche – das Klappen einer Tür, das Klingeln des Telefons, Schritte im Treppenhaus. Ab und zu döste ich kurz ein. Hendrik aber tat kein Auge zu.

Beim ersten Morgengrauen zog er sanft den Arm unter meinem Nacken hervor, küsste mich und wisperte: »Bleib noch liegen, versuch ein bisschen zu schlafen. Ich bin total unruhig, ich muss mich bewegen.«

Ich streckte mich aus und drückte das Gesicht in die Kuhle, die sein Kopf hinterlassen hatte. Das klickende Geräusch von Schmidtchens Pfoten entfernte sich über die Treppe. Huckebein fiel mir ein. Ob er noch immer auf dem Küchenschrank saß? Was wusste er? Hatte er etwas beobachtet? Irgendeine Sache, die mit Huckebein zusammenhing, wollte sich durch den Nebel der Müdigkeit in meinem Kopf bis ins Bewusstsein vorarbeiten. Da war etwas … etwas, worüber ich nachdenken musste …

Dann verwirrten sich meine Gedanken. Das Nächste, was ich hörte, war Hundegebell. Ich fuhr im Bett hoch und lauschte.

Schmidtchen … Konnte es sein, dass er bellte, weil der Professor zurückgekommen war?

Das Gebell kam aus dem Garten. Ich sprang aus dem Bett und sah aus dem Fenster. Hendrik stand unter der Eiche. Schmidtchen hatte die Vorderpfoten gegen den Baumstamm gestützt und kläffte. Er hatte wohl nur ein Eichhörnchen in die Flucht geschlagen.

Ich duschte; dann ging ich in die Küche. Huckebein flog mir entgegen und setzte sich auf meine Schulter. Ich streichelte sein blauschwarzes Gefieder und flüsterte: »Huckebeinchen! Wenn du nur reden könntest … Komm, du kriegst ein hart gekochtes Ei, das magst du doch so gern!«

Er rührte seinen Futternapf nicht an. Die ganze Zeit klammerte er sich an meiner Schulter fest.

Wir gingen in den Garten hinaus. Nicht einmal Schmidtchens Anwesenheit schien Huckebein zu stören. Immer wieder steckte er Kopf und Schnabel in meine Haare, als suchte er Trost und Geborgenheit.

Noch einmal gingen wir den Pfad bis zur Eibenhecke ab. Nirgends fiel uns etwas Ungewöhnliches auf; doch das zarte Geklingel hatte wieder eingesetzt und brachte mich auf eine Idee. Flüsternd fragte ich: »Kann es sein, dass *sie* ihn geholt haben?«

»Die Feen?« Hendrik schien die Möglichkeit ernsthaft zu überdenken. »Weshalb hätten sie das tun sollen? Allerdings, in der Literatur und in den Überlieferungen wird immer wieder von Fällen berichtet, in denen das Feenvolk Menschen gefangen gehalten hat. Es heißt auch, sie hätten Menschenfrauen als Ammen und Kindermädchen zu sich in die Hügel geholt.«

Offenbar hatte ich ihn ins Grübeln gebracht. Dabei hielt ich den Einfall selbst für ziemlich abwegig.

»Möglich wäre es«, sagte er. »Der Professor hat sicher schon seit langem Verbindung mit ihnen aufgenommen. Trotzdem halte ich es für wahrscheinlicher, dass ihm etwas ganz Reales zugestoßen ist, dass er irgendwo mit gebrochenem Bein liegt, oder er hatte einen Schlaganfall oder … Schlimmeres …«

Er sprach nicht aus, was er befürchtete, aber wir wussten es beide. Wir beschlossen, mit dem Auto die Gegend abzusuchen. Es gab jede Menge Spazierwege und Trampelpfade, Forststraßen, Waldwege und Naturlehrpfade zwischen dem Grundstück des Professors und dem Grendelsee.

Wir fuhren auf Wegen, die für den Durchgangsverkehr gesperrt waren, über Stock und Stein und Baumwurzeln. Wenn wir nicht weiterkamen, ließen wir den Opel stehen und gingen ein Stück zu Fuß weiter. Dabei riefen wir immer wieder nach dem Professor, während Schmidtchen an der Leine zerrte und Huckebein sich an meiner Schulter festkrallte, als wäre ich sein Rettungsanker.

Gegen zwölf kehrten wir ins Haus zurück, voller Hoffnung, den Professor unversehrt an seinem Schreibtisch sitzend vorzufinden, aber das Haus war leer und verlassen und auf dem Anrufbeantworter gab es keine Nachricht.

Ich kochte für uns und Schmidtchen Gemüse und Reis. Währenddessen rief Hendrik wieder bei der Polizeiwache an. Diesmal redete er mit einem anderen Beamten, der versprach, im Laufe des Nachmittags einen kleinen Suchtrupp mit Hunden loszuschicken.

»Ich soll in zwei Stunden dort aufkreuzen und ein Foto des Professors für die Vermisstenmeldung mitbringen. Außerdem hat er mir geraten, bei Bekannten und Freunden des Professors anzurufen und zu fragen, ob sie etwas wissen oder eine Ahnung haben, wo er sich aufhalten könnte«, sagte Hendrik und stocherte mit der Gabel im Gemüse herum. »Weißt du, wo sein Adressbuch ist?«

Wir fanden es versteckt zwischen unbeschrifteten Kassetten und einem Stapel alter Zeitungsausschnitte. Als Erstes rief ich bei Frau Zacherl an.

Nachdem ich ihr erklärt hatte, worum es ging, rastete sie vor Aufregung fast aus und überschüttete mich mit einem wilden Wortschwall. Der langen Rede kurzer Sinn war, dass sie sich ebenfalls nicht erklären konnte, wo der Professor hingekommen war. Sie sagte, er sei noch nie weggeblieben, ohne vorher Bescheid zu geben.

Es war nicht leicht, das Gespräch zu beenden. Hendrik, der neben mir am Schreibtisch stand, sah mich fragend an. Ich zuckte mit den Schultern.

»Sie weiß nichts.«

»Kennt sie jemanden hier in der Nähe, zu dem er gegangen sein könnte?«

»Offenbar nicht, sonst hätte sie es sicher erwähnt.«

Gemeinsam blätterten wir das Adressbuch durch. Viele Namen waren durchgestrichen. Wenn man die Nummern von Universitätsinstituten, Verlagen, Museen, Ausstellungsleitungen, Bibliotheken, archäologischen Verbänden und Fördervereinen beiseite ließ, blieb wenig übrig.

Wir machten uns auf die Suche nach einem Foto des Professors. Weil wir keines fanden, nahm Hendrik einen Buchumschlag, auf dem der Professor abgebildet war – ein sehr viel jüngerer, faltenloser Samuel Hrdliczka mit breitkrempigem Hut, den er verwegen in die Stirn gezogen hatte. Er hielt eine Keramikscherbe in der Hand.

Mit diesem Foto fuhr Hendrik zur Polizeiwache, um die Vermisstenmeldung aufzugeben. Ich blieb im Haus zurück, um das Telefon zu bewachen und vor Ort zu sein, falls irgendeine Nachricht kam oder der Professor plötzlich vor der Tür stand und Hilfe brauchte.

Die Stille im Haus war bedrückend. Huckebein saß auf der Rücklehne der Küchenbank und ließ trübselig den Schnabel hängen. Um mich abzulenken, kehrte ich den Boden und spülte Geschirr. Dabei verfolgte mich ständig der Gedanke, dass ich etwas wusste, was in einer verborgenen Kammer meines Gehirns nur darauf wartete, entdeckt zu werden.

Hendrik war kaum zurückgekehrt, da erschien auch der Suchtrupp auf dem Gartenpfad. Er bestand aus drei Männern und drei Hunden.

Die Männer fragten, ob der Professor bevorzugte Spazierwege hätte, Strecken, die er häufig ging, bestimmte Ausflugsziele. Wir wussten es nicht. Ich hatte ihn nie spazieren gehen sehen; er war immer nur in seinem Garten gewesen. Sie versprachen, das Gelände um das Grundstück herum abzusuchen. Dann erwähnten sie den Grendelsee.

»Geht der Herr Professor gern zum Baden? Oder ist er öfter um den See gewandert?«

Wir schüttelten die Köpfe.

Sie baten um einen Schuh und ein Kleidungsstück des Professors, damit die Suchhunde seinen Geruch kennenlernen und Spuren aufnehmen konnten, falls es welche gab.

»Ich würde mir keine großen Sorgen machen«, sagte der Älteste der Männer tröstend. »Wahrscheinlich steht er plötzlich vor der Tür. Natürlich könnte es sein, dass er einen Unfall hatte und mit einer Gehirnerschütterung oder einem gebrochenen Bein irgendwo im Wald liegt. Dann finden wir ihn.«

Sie versprachen, sofort Bescheid zu sagen, falls es Neuigkeiten gab. Eine Weile standen wir auf dem Vorplatz und sahen ihnen nach. In mir war die Gewissheit, dass sie umsonst suchten. Dem Geheimnis um das Verschwinden des Professors war nicht mit Suchhunden auf die Spur zu kommen.

Die Erklärung schien mir zum Greifen nahe. Wenn ich nur endlich einen klaren Kopf bekam und den richtigen Denkansatz fand, musste ich auf die Lösung kommen …

»Weißt du, ob er noch Verwandte hat?« Hendrik öffnete die Haustür und drängte Schmidtchen zurück, der sich ins Freie stürzen und den Polizeihunden folgen wollte.

»Keine Ahnung, er hat nie darüber gesprochen. Aber Nonna könnte es wissen. Ich rufe sie an. Sie ist allerdings gerade in London und kommt erst morgen Nachmittag zurück. Ihr Handy ist nicht eingeschaltet.«

Den Rest des Tages verbrachten wir damit, das Arbeitszimmer so gründlich wie möglich zu durchsuchen. Wir hofften, eine Nachricht oder einen Brief zu finden, eine kurze Notiz, einen Zettel mit einer Botschaft. In dem Wust von Papieren, Büchern, Ordnern und Post kam es mir vor wie die Suche nach der berühmten Stecknadel im Heuhaufen.

»Wie hat er in diesem Chaos nur je ein vernünftiges Buch schreiben können?«, stöhnte ich genervt.

»Es gibt so etwas wie eine schöpferische Unordnung.«

Mehr und mehr füllte sich der Raum mit den Schatten des Abends. Hendrik knipste die Schreibtischlampe an. In diesem Augenblick wurde mir klar, dass etwas fehlte.

»Der keltische Reif mit den Tierköpfen!«, sagte ich. »Vorgestern lag er noch hier auf dem kleinen Tisch unter dem Acrylglas. Jetzt ist er verschwunden.«

»Vielleicht hat er ihn irgendwo eingeschlossen. Gibt es einen Safe im Haus?«

Ich wusste es nicht. Wir schauten hinter alle Bilder. Beim Verrücken eines Schrankes stießen wir mit den Köpfen zusammen, richteten uns auf und sahen uns in die Augen. Hendrik küsste mich auf die Nasenspitze, dann auf den Mund. Für eine wunderbare kleine Ewigkeit war alles vergessen, was uns bedrückte.

Falls es wirklich einen Safe gab, war er gut versteckt. Das keltische Schmuckstück konnte überall und nirgends sein – auf dem Dachboden, hinter einem Balken, in einer der Truhen oder unter einem Dielenbrett.

»Das Teil ist sicher sehr wertvoll«, sagte Hendrik. »Falls es wirklich verschwunden ist, könnte das bedeuten, dass jemand eingebrochen ist und den Professor überfallen hat.«

»Aber wo ist er dann? Wenn bei einem Raubüberfall jemand niedergeschlagen wird, bleibt das Opfer doch für gewöhnlich mehr oder weniger verletzt zurück. So ist es jedenfalls immer in den Krimis.«

Wir grübelten heftig darüber nach. »Vielleicht glaubt der Täter ja, der Professor wüsste, wo noch mehr Schmuckstücke zu holen sind. In den Zeitungen ist schließlich immer wieder über seine Ausgrabungen und die kostbaren Funde berichtet worden, die man dabei ans Licht befördert hat.«

Das klang einleuchtend. Ich fand, wir müssten mit der Polizei über unsere Vermutung reden.

»Obwohl es natürlich durchaus sein kann, dass der Professor den Reif selbst versteckt hat. Ich glaube, er war ihm sehr wichtig. Und er war mehr als nur ein wertvolles Ausgrabungsstück.«

Ich erzählte Hendrik von dem flackernden Licht, das ich eines Nachmittags hinter dem Fenster des Bibliothekszimmers beobachtet hatte, und vom glimmenden Schein des keltischen Reifs unter dem Acrylglas.

»Das klingt nach einem magischen Kultgegenstand, der bei Opferhandlungen verwendet wurde«, meinte Hendrik.

Um unsere Müdigkeit zu vertreiben, tranken wir starken Kaffee und aßen Butterbrote. Huckebein wollte noch immer nichts essen. Es war klar, dass er trauerte und auf den Professor wartete. Während ich die Tüte mit Studentenfutter vor seinem Schnabel schüttelte und dazu abwechselnd pfiff und in lockenden Tönen auf ihn einredete, klingelte das Telefon.

Hendrik rannte nach oben. Schmidtchen war ihm dicht auf den Fersen. Ich ging zur Tür und lauschte. Schon nach wenigen Minuten kamen die beiden zurück.

»Nichts«, sagte Hendrik. »Sie haben nichts gefunden. Die Hunde haben keine Spur aufgenommen.«

»Waren sie auch am Grendelsee?«

»Noch nicht. Den haben sie sich wohl für morgen vorgenommen. Übrigens kommt morgen früh ein Kriminalkommissar vorbei. Sie scheinen uns langsam ernst zu nehmen.«

Wir schalteten alle Lichter ein, um die Dunkelheit im Haus zu vertreiben. Dann suchten wir weiter. Wir schoben das Bett des Professors zur Seite, räumten Bücherregale aus, kletterten auf Stühle, um auf die Schränke zu schauen, kramten in zahllosen Fächern und Schubladen und schoben Papierberge auseinander.

Sogar die Standuhr im Arbeitszimmer rückten wir zur Seite. Dabei löste sich ein Fuß. In letzter Minute konnten wir sie festhalten, ehe sie nach vorn kippte. Außer ein paar erschrockenen Spinnen und einer mumifizierten Maus kam nichts zum Vorschein.

Gegen Mitternacht konnten wir nicht mehr. Hendrik ließ Schmidtchen zum Pinkeln vor die Tür. Huckebein schlief auf dem Küchenschrank. Ich war staubig und verschwitzt, aber zu müde, um noch zu duschen, putzte mir nur die Zähne und kroch ins

Bett. Als Hendrik kam und sich neben mich legte, war ich fast eingeschlafen.

»Wenn dieser Alptraum nur endlich vorbei wäre!«, flüsterte er. »Glaubst du, dass er noch lebt, Sylvie?«

Ich gab keine Antwort, weil ich es nicht wusste. Um ihn zu trösten, streichelte ich sein Gesicht. Seine Wangen waren nass von Tränen. Er sagte etwas in der Art, dass wir einen Verlag anrufen und nach dem Inhalt eines Briefes fragen sollten, doch ich war zu erschöpft, um nachzufragen oder etwas zu erwidern.

In dieser Nacht träumte ich vom gläsernen Schloss. Die zahllosen Glöckchen klingelten. Eine Gestalt stand hinter einer der Glaswände, die ich nicht erkennen konnte, da die Entfernung zu groß war. Unter mir bewegte sich der Boden. Es war, als stünde ich auf dem Rücken eines Walfischs. Auf dem schwankenden, gewölbten Grund lief ich den Weg zurück, den ich gekommen war.

Ich schaffte es kaum, das Gleichgewicht zu halten. Immer wieder stürzte ich, rappelte mich hoch und balancierte weiter, indem ich wie eine Seiltänzerin beide Arme ausstreckte. Schillernde Libellen, Hornissen, Fledermäuse und Eulen flogen durch die Luft. Ihre Flügel knisterten wie Pergament oder dünnes Metall, rauschten und schwirrten wie schwere Seide.

Vor mir flatterte ein kleiner grauer Vogel mit roter Brust. Er ließ sich auf meiner Schulter nieder und raunte mir etwas ins Ohr. Das Rauschen und Knistern um mich her war so laut, dass ich mich anstrengen musste, um ihn zu verstehen. Mein Name – er wisperte meinen Namen …

Mit einem Ruck tauchte ich hoch. »Wach auf, Sylvie!«, sagte eine Stimme.

Es war Hendrik. »Hörst du das?«, flüsterte er.

Noch halb im Schlaf und befangen vom Traum, lauschte ich. Ein Chor säuselnder Stimmen erfüllte das Haus.

26

Hendrik telefonierte gerade mit dem Verlag, der das Manuskript des Professors inzwischen erhalten haben musste und damit vermutlich das letzte Lebenszeichen von ihm bekommen hatte.

Ich stand unter der Dusche, als mehrmals kräftig an der Haustür geklingelt wurde.

Hastig wickelte ich mich in ein Badetuch, rannte die Treppe hinunter und fiel fast über Schmidtchen, der an der Tür stand und bellte, was das Zeug hielt.

Mit der einen Hand hielt ich das Badetuch fest, mit der anderen fasste ich Schmidtchen am Halsband. Irgendwie gelang es mir, die Türklinke mit dem Ellbogen niederzudrücken.

Draußen wartete ein ziemlich dicker Mann mit Doppelkinn, schütterem Haar und traurigen braunen Augen.

»Guten Morgen«, sagte er. »Ich fürchte, ich komme etwas zu früh? Mein Name ist Waldvogl.«

Er zog ein Kärtchen aus der Jackentasche, das in einer Plastikhülle steckte, und hielt es mir unter die Nase. »Kriminalhauptkommissar Max Waldvogl« stand darauf und noch etwas, was ich nicht mehr lesen konnte, weil ich Schmidtchen zur Seite ziehen musste.

»Macht nichts«, murmelte ich. »Ich meine, guten Morgen. Ich … wir haben etwas länger geschlafen. Es war eine unruhige Nacht.«

»Das kann ich mir vorstellen.« Er lächelte, aber seine Augen blieben ernst. »Ich kann gern hier draußen warten, bis Sie sich angezogen haben. Ihren Hund können Sie ruhig loslassen. Ich bin ein Hundeflüsterer.«

Und wirklich, Schmidtchen verhielt sich total anständig. Vorsichtig beschnupperte er die Hände des Kommissars und ließ sich dann huldvoll hinter den Ohren kraulen.

Ich fühlte mich albern, als ich in meinem Badetuch die Treppe hinaufstieg. Herr Waldvogl folgte mir. Ich hörte ihn bei jeder Stufe schwer atmen. Auf dem Treppenabsatz kam uns Hendrik entgegen. Erleichtert stellte ich die beiden einander vor und verschwand im Badezimmer.

Als ich die Küchentür öffnete, stand der Kommissar vor dem Schrank und redete mit Huckebein, der zum ersten Mal seit zwei Tagen ein kurzes »Quork!« von sich gab. Hendrik deckte den Tisch mit Kaffeetassen und Tellern und erzählte, wie verstört Hugin auf das Verschwinden des Professors reagiert hatte. Es roch nach frisch aufgebrühtem Kaffee.

»Ich dachte, Professor Hrdliczka ist ein berühmter Keltenforscher?«, sagte Herr Waldvogl. »Hat er sich auch mit nordischer Mythologie beschäftigt? Hugin war doch einer der Raben Odins, wenn mich meine Schulbildung nicht ganz im Stich lässt?«

Hendrik erwiderte eifrig: »Mythologie ist eine Leidenschaft des Professors. Er sagt, die uralten Überlieferungen der Völker mit ihren Geschichten von wunderbaren und schrecklichen Ereignissen, von Helden und Zauberern, Dämonen und Fabelwesen haben sich im Laufe der Zeit vermischt und schließlich in Märchen verwandelt. Die guten und bösen Feen im Grimmschen Märchen zum Beispiel sind natürlich Überreste der keltischen Feen, der Lichtelben und Dunkelelben mit ihren hilfreichen oder zerstörerischen Zauberkräften. Frau Holle zum Beispiel war wohl ursprünglich eine von den Huldren, eine Elbin des Hügelvolks …«

Er stockte, als er merkte, dass er zu ausführlich wurde. »Sehr interessant!«, sagte der Kommissar höflich. »Sie sind seine Studenten, nehme ich an?«

Wir erklärten, in welcher Beziehung wir zum Professor standen.

Kommissar Waldvogl trank drei Tassen Kaffee. Auch er versuchte uns zu beruhigen und meinte, wir sollten uns nicht zu große Sorgen machen.

»Die meisten Vermissten tauchen irgendwann wieder auf«, sagte er. »Es gibt die verrücktesten Geschichten. Gerade bei älteren Menschen kann es passieren, dass sie aufgrund eines Schocks oder einer Gedächtnisstörung plötzlich nicht mehr wissen, wer sie sind oder wohin sie gehören. Sie irren manchmal tagelang durch die Gegend, bis sie aufgegriffen werden. Und dann ist es nicht immer leicht, ihre Identität festzustellen.«

»Professor Hrdliczka ist ein hochintelligenter Mann. Er ist fitter im Kopf als so mancher Zwanzigjährige.« Hendriks Stimme klang, als hätte man ihn persönlich beleidigt.

»Natürlich, ich weiß. Aber so etwas kann sich plötzlich ändern. Einen Verkehrsunfall können wir übrigens ausschließen. Wir haben sämtliche Kliniken der Umgebung angerufen. Ein Mann, auf den seine Beschreibung zutrifft, ist in den letzten Tagen nirgends eingeliefert worden.«

Er fragte, ob der Professor unter Depressionen litt. Natürlich war uns klar, worauf er hinauswollte.

»Ich glaube nicht, dass er Selbstmord begehen würde«, versicherte Hendrik, doch der Inspektor sah mich an, als könnte er meine Gedanken lesen. »Was meinen Sie?«

»In letzter Zeit war er ziemlich … resigniert, glaube ich. Er war der Meinung, dass wir dem Abgrund zusteuern. Und es hat ihm zu schaffen gemacht, dass er nichts dagegen tun konnte. Einmal hat er erwähnt, dass er ›unter dieser Welt leidet‹. An diese Worte erinnere ich mich genau.«

Kommissar Waldvogls Gesichtsausdruck veränderte sich. Es war, als hätte ich etwas ausgesprochen, was ihm vertraut war, eine Sache, die ihn mehr berührte als alles, was wir bisher erwähnt hatten.

»Ein kluger, sensibler Mann«, bemerkte er. »Ich

hoffe, ich habe noch die Gelegenheit, ihn kennenzulernen.«

Während er redete, fiel mein Blick auf Huckebein. Plötzlich kam mir die Erinnerung, nach der ich dauernd gesucht hatte.

»Er wollte mir seinen Vogel anvertrauen«, sagte ich rasch. »Erst vor kurzem musste ich ihm versprechen, dass ich mich um Huckebein – um Hugin – kümmern werde, damit er nicht im Tierheim landet.«

Der Kommissar schwieg eine Weile; dann nickte er. »Aber er hat nicht erwähnt, weshalb er das von Ihnen erwartet?«

»Nein, er wollte nichts weiter dazu sagen. Aber wir fürchteten, er könnte krank sein.«

»Haben Sie seine Sachen nach einem Abschiedsbrief durchsucht?«

Wir nickten gleichzeitig. »Wir haben stundenlang nach einer Nachricht oder einem Hinweis gesucht«, erwiderte Hendrik. »Und Sylvie ist aufgefallen, dass ein wertvolles keltisches Schmuckstück fehlt. Ich glaube, es war eine Leihgabe eines Museums. Es lag noch am Tag vor seinem Verschwinden im Arbeitszimmer.«

Ich beschrieb den Reif mit den Tierköpfen in seinem Acrylsarg, erwähnte aber nichts von unserer Vermutung, er könnte magische Kräfte besitzen.

»Und er war nicht zu finden? Haben Sie das ganze Haus durchsucht? Auch den Keller?«

»Nur teilweise«, sagte Hendrik. »Wenn Sie sehen, wie vollgestopft die Räume mit Möbeln und Büchern und Sammlerstücken sind, werden Sie verstehen, dass wir Tage dazu brauchen. Einen Keller gibt es übrigens nicht. Das Haus ist auf einen Felsen gebaut.«

»Hm. Es könnte schon sein, dass jemand von dem Reif wusste und dachte, Professor Hrdliczka hätte Kenntnis von weiteren Ausgrabungsstätten, die nur teilweise geöffnet sind und ähnliche Kostbarkeiten enthalten. In diesem Fall wäre eine Entführung nicht auszuschließen.«

Er fuhr sich mit gespreizten Fingern durchs Haar und brachte seine Frisur in wilde Unordnung. »Die Sache ist nicht so einfach wie ich dachte. Es gibt mehrere Möglichkeiten, denen wir nachgehen müssen. Heute werden wir noch einmal die Männer mit den Hunden losschicken, um das Seeufer abzusuchen.«

Ich fragte: »Wollen Sie auch Taucher einsetzen?«

Er schüttelte den Kopf. Trotz seines wobbelnden Doppelkinns und des dicken Bauches, über dem sich das Hemd spannte, strahlte er die Würde und Sanftmut eines Dickhäuters aus. Doch zugleich konnte er vielleicht ebenso unbeugsam und nachtragend sein, wie man es von Elefanten kennt. Die Traurigkeit in seinen Augen verriet, dass die Berührung mit den Schattenseiten der menschlichen Existenz in seinem Beruf nicht spurlos an ihm vorübergegangen war.

»Der See ist an manchen Stellen verdammt tief; man vermutet sogar unterirdische Höhlen. Er ist nie richtig erforscht worden, wohl wegen der extremen Wassertemperaturen, die in der Tiefe herrschen. Ertrunkene werden übrigens normalerweise innerhalb kurzer Zeit ans Ufer gespült. Nur in Fällen, in denen eine Gewalttat vorliegt und der Täter sein Opfer verpackt und mit Gewichten beschwert hat, haben wir schlechte Karten.«

Hendrik war blass geworden. Unter dem Tisch griff ich nach seiner Hand und drückte sie. Dabei blieb ich selbst ganz ruhig. Nach wie vor sagte mir mein Gefühl, dass wir in eine andere Richtung schauen mussten, wenn wir das Rätsel um das Verschwinden des Professors lösen wollten.

»Sicher haben Sie schon bei Verwandten und Freunden angerufen?«, hörte ich den Kommissar fragen.

»Soweit wir wissen, gibt es keine nahen Verwandten mehr«, erwiderte Hendrik und ich sagte: »Nur meine Großmutter ist eine ... eine Jugendfreundin von ihm. Ich wollte sie sowieso heute noch anrufen. Sie war allerdings in den letzten Tagen verreist. Bei ihr hat sich der Professor also bestimmt nicht gemeldet.«

Kommissar Waldvogl ließ sich den Pass des Professors geben und bat um ein neueres Foto, doch wir hatten keines. Der Stuhl knarzte heftig, als er sich erhob.

»Das Arbeitszimmer«, sagte er. »Könnte ich mir das noch kurz ansehen?«

Wir führten ihn die Treppe hinauf. Er warf einen Blick auf die scheußlichste aller Dämonenfratzen an der Wand und sagte: »Ziemlich abstoßend. Aber diese Sammlung von Masken ist vermutlich recht wertvoll. Ist etwas davon verschwunden?«

Meinetwegen hätten sie alle gestohlen werden

können. »Ich glaube nicht«, erwiderte ich. »Ich habe nicht darauf geachtet.«

Auf der Türschwelle des Arbeitszimmers blieb der Kommissar stehen und holte Luft. »Allmächtiger! Das nennt man wohl schöpferisches Chaos. Für Leute in meinem Beruf, die nach Spuren und Hinweisen suchen müssen, ist es eher ein Albtraum.«

Er nahm hier ein Buch auf, dort ein Schriftstück, warf einen kurzen Blick hinein, griff nach der Räucherpfanne, in der noch Reste von Kohlestückchen und Kräuterasche lagen, hob sie hoch und schnupperte daran. Dann nahm er einen von den Bankbelegen, die überall verstreut zwischen Zetteln und Ordnern lagen, zog ein Notizbuch aus seiner Jackentasche und kritzelte etwas hinein.

»Ich werde mit der Bank sprechen und fragen, ob zuletzt eine größere Geldsumme abgehoben wurde«, erklärte er. »Vielleicht gibt es auch ein Schließfach, in dem der Professor Papiere und Wertgegenstände aufbewahrt.«

Dann lüftete er noch die Samtdecke mit der Jugendstilstickerei, die auf dem Beistelltisch lag, und schaute darunter. Daran hatte keiner von uns beiden gedacht.

»Auf diesem Tischchen stand der Acrylkasten mit dem keltischen Reif«, sagte ich.

Der Kommissar brummte etwas Unverständliches, fragte: »Darf ich?« und hatte schon eine der Schreibtischschubladen aufgezogen. Als er den Wust von Papieren sah, der ihm entgegenquoll, schob er die Schublade rasch wieder zu.

»Haben Sie den Inhalt durchgeschaut?«

Wir nickten stumm. Er trat ans Fenster, raffte die Gardine zur Seite und blickte in den Garten hinaus. »Eichen, Eiben, Weißdorn, Holunder, sehr passend. Alles heilige Büsche und Bäume der Kelten.« Er hob den Blick zur Zimmerdecke, von der all die seltsamen Teile hingen, und fügte hinzu: »Und überall Misteln, durchlöcherte Steine und magische Objekte, vermute ich. Ein interessanter Mann. Schade, dass ich ihm nie begegnet bin.«

Das klang endgültig. Doch er machte es wieder wett, indem er sich an Hendrik wandte und fragte: »Lehrt Professor Hrdliczka noch an einer Universität?«

»Als Gastprofessor, ja. Er wollte demnächst in den Ruhestand gehen.«

Wir übergaben Kommissar Waldvogl das Adressbuch des Professors und begleiteten ihn zur Haustür. Er versprach, sich wieder bei uns zu melden. Schmidtchen folgte uns die Treppe hinunter. Er wedelte, als der Kommissar sich bückte und ihm zum Abschied die Ohren kraulte.

»Bist ein feiner Hund«, lobte er ihn. »Hunde sind mir im Allgemeinen lieber als Menschen. Eine Dame des achtzehnten Jahrhunderts hat mal gesagt: ›The more I see of men, the more I like dogs.‹ Ein weiser Spruch, finde ich.«

Er war total anders als ich mir einen Kriminalbeamten vorgestellt hatte – klug, menschlich, verwundbar. Wir sahen ihm nach, wie er über den Gartenpfad ging. Trotz seiner Körperfülle hatten seine

Bewegungen eine gewisse Anmut. Ich mochte ihn. So wie ihn hätte ich mir meinen Vater gewünscht.

27

»Er hält den Professor für tot«, sagte Hendrik in meine Gedanken hinein.

Seine Stimme schwankte. Ich hob die Arme und schlang sie um seinen Hals. Eine Weile standen wir Wange an Wange im Türrahmen.

»Ich glaube, es geht ihm gut. Er ist an einem sicheren Ort«, flüsterte ich.

»Woher willst du das wissen?«

»Das spüre ich.«

Huckebein saß auf dem Küchentisch und pickte die Krümel auf, die wir auf den Tellern zurückgelassen hatten. Ich war froh, dass er endlich wieder Hunger hatte, und gab ihm ein paar Rosinen und ein gekochtes Ei.

Ich begann den Tisch abzuräumen, doch Hendrik fasste meinen Arm und zog mich mit sich. »Wir haben das Zimmer der Haushälterin noch nicht durchgesehen. Es ist zwar unwahrscheinlich, dass wir dort einen Hinweis finden, aber versuchen müssen wir es. Übrigens sind wir bis jetzt noch nicht auf seine Geburtsurkunde gestoßen. Auch nicht auf ein Testament.«

»Vielleicht hat er wirklich ein Schließfach gemietet. Er könnte den Reif vorgestern mit zur Bank genommen haben, als er sein Manuskript zur Post brachte.«

Hendrik nickte. »Das mit dem Schließfach wird der Kommissar sicher herausfinden, wenn er mit den Leuten von der Bank redet.«

Die Tür zu Frau Pichlers Zimmer war nicht verschlossen. Ich hatte es nie zuvor betreten. Alles war peinlich sauber und ordentlich; nur eine dünne Staubschicht lag auf den Möbeln. Es roch nach abgestandener Luft und Lavendel.

Unschlüssig sahen wir uns um. »Vielleicht sollten wir sie anrufen«, meinte Hendrik. »Ihre Telefonnummer stand jedenfalls nicht im Adressbuch. Oder hast du sie bemerkt?«

Ich schüttelte den Kopf. »Sie ist in einer Reha-Klinik, aber ich weiß nicht, wo. Der Professor hat es nie erwähnt. Ich glaube nicht, dass sie sich besonders gut verstanden haben. Vielleicht hat er sich die Nummer der Klinik ja irgendwo auf einem Zettel notiert, der inzwischen untergetaucht ist.«

Auf dem Bett lag eine gequiltete Tagesdecke. Überall, auf den kleinen Tischen, dem Nachtkästchen und der Kommode, waren gehäkelte Deckchen. Das Foto eines Mannes mit Bürstenhaarschnitt und schmalen Lippen stand auf der Kommode.

»Und jetzt?«, fragte Hendrik. »Wir können doch nicht ihren Schrank öffnen oder ihren Schreibtisch durchwühlen!«

»Nein. Ich glaube sowieso nicht, dass es etwas bringen würde.«

Schmidtchen begann zu knurren. Er lief zu einem

der beiden Fenster und stellte die Vorderpfoten aufs Fensterbrett. Dabei wurde sein Geknurre immer wütender.

Wir gingen zu ihm. Einen Moment lang hofften wir wohl beide, den Professor vor dem Haus stehen zu sehen, doch es waren zwei Fremde, ein Mann und eine Frau. Die Frau kauerte zwischen den Büschen, der Mann lehnte am Stamm der Eiche. Beide hatten Kameras dabei.

»Sie fotografieren das Haus«, sagte ich.

Hendrik zog zischend den Atem ein. »Mist! Jetzt hat die Presse schon Wind von der Sache bekommen … Morgen steht wahrscheinlich eine fette Schlagzeile in der BILD-Zeitung: ›Berühmter Professor Opfer eines keltischen Fluchs?‹«

Schmidtchen rannte zur Tür und verschwand im Hausflur. Düster sagte ich: »Das ist erst der Anfang. Sie werden uns wie eine Heuschreckenplage überfallen. Sind die Fenster im Erdgeschoss geschlossen? Ich traue ihnen zu, dass sie ins Haus klettern!«

»Dann kriegen sie es mit Schmidtchen zu tun.«

Jetzt schrillte die Türklingel. Schmidtchen kläffte. Wir wechselten einen Blick.

»Sollen wir aufmachen? Wir lassen sie einfach draußen stehen!«

»Sie werden nicht so schnell aufgeben. Komm, bringen wir es hinter uns.« Hendrik ging voraus. »Aber wir lassen sie nicht herein. Und wir geben keine Auskunft. Sie schreiben sowieso was sie wollen.«

Er hielt Schmidtchen am Halsband fest, während

ich die Eingangstür einen Spalt öffnete. Draußen stand die Frau. Sie war noch jung und hatte ein spitzes Gesicht unter kurzen Haaren, die in alle Richtungen standen und aussahen, als wären sie von Mäusen angeknabbert. Hinter ihr tauchte der Mann auf. Ich brauchte nur einen kurzen Blick auf sein Yuppie-Outfit zu werfen, um zu wissen, dass ich ihn nicht leiden konnte.

Sie redeten sofort drauflos, gleichzeitig und mit atemlosen Stimmen, sprudelten allerhand Fragen hervor und wiederholten sie immer wieder, weil wir nicht antworteten. Unvermittelt hob die Frau ihre Kamera und richtete sie auf mein Gesicht. Ich sprang zur Seite und versteckte mich hinter der Tür.

»Verschwinden Sie! Ich kann den Hund nicht länger halten!«, rief Hendrik.

Das half. Sie hechteten die Stufen hinunter und suchten Deckung hinter der Eiche.

»Schließen Sie Ihren Hund weg!«, rief der Mann mit hoher, schriller Stimme. »Wir können Sie wegen Körperverletzung anzeigen!«

»Dann bekommen Sie eine Anzeige wegen unbefugten Betretens eines Privatgrundstücks!«, schrie Hendrik zurück.

»Wir wollen Ihnen ja nur ein paar Fragen stellen!« Das kam von der jungen Reporterin. »Geben Sie uns doch die Chance für ein kurzes Interview und ein paar Fotos. Was ist mit Professor Hrdliczka? Ist er entführt worden? Gab es einen Überfall?« Wieder hob sie ihre Kamera und drückte auf den Auslöser.

Wir knallten die Tür zu. »Bullshit!«, sagte ich. »Hast du gesehen, wer ausgerechnet jetzt den Gartenpfad entlang gewandelt kommt? Frau Zacherl …«

Wir gingen in die Gästetoilette und spähten aus dem kleinen Fenster. Frau Zacherl stand bereits bei den Reportern unter der Eiche. Wir sahen sie mit den Händen fuchteln und eifrig reden. Wahrscheinlich erzählte sie, was für ein »g'spinnerter Zausel« der Professor wäre und dass sie immer schon gesagt habe, dass es ein böses Ende mit ihm nehmen würde. Sicher erwähnte sie auch seine schrulligen Angewohnheiten, seine Schlampigkeit, die seltsamen Rituale, die er vollführte, und die unfreundliche Art, mit der er sie behandelte.

Zwischendurch ließ sie sich fotografieren und rückte kokett ihren Tirolerhut zurecht. »Das wär's dann«, murmelte ich. »Was sie da so alles von sich gibt, ist ein gefundenes Fressen für die Regenbogenpresse.«

Erst eine Viertelstunde später kam sie ins Haus, mit hochrotem Gesicht, zufrieden wie eine Katze, die einen Vogel verspeist hat. Die Reporter waren verschwunden.

»So nette junge Leut'!«, schwärmte sie. »Und sowas von höflich und dankbar für jede Auskunft! Wieso habt ihr sie nicht ins Haus gelassen? Was ist denn jetzt mit dem Professor?«

»Er wird gesucht«, erwiderte ich kühl. »Und es wäre besser gewesen, wenn Sie der Presse nicht so viel erzählt hätten. Sie werden eine krasse Sensationsstory daraus basteln.«

Sie funkelte mich an. »Na und? Was wahr ist, muss wahr bleiben!«

Damit setzte sie ihren Hut ab und zog ihre Jacke aus. Dann wollte sie wissen, welche Maßnahmen die Polizei eingeleitet hätte und was wir bisher unternommen hatten, um herauszufinden, was mit dem Professor passiert war.

Schmidtchen beobachtete sie mit tückischem Blick und gesträubtem Nackenfell. Wir verrieten ihr so wenig wie möglich. Sie ließ sich am Küchentisch nieder und verkündete, sie wäre nur gekommen, um nach dem Rechten zu sehen.

»Ich putze erst wieder, wenn ich weiß, wer meine Stunden bezahlt«, sagte sie. Dann fragte sie, wer das Geld des Professors erben würde.

»Da ist sicher ein hübsches Sümmchen zusammengekommen«, meinte sie. »Freilich, dieses Haus wird so leicht keiner haben wollen, bei all dem, was sich da so herumtreibt …«

Ich sah den Zorn in Hendriks Augen. Er stand auf und verließ die Küche. Frau Zacherl schien es nicht einmal zu merken.

»Vielleicht hat er ja alles so einem Verein von Archäologiefuzzis vermacht«, grübelte sie. »Zuzutrauen wär es ihm.«

Zu meiner Erleichterung ging sie bald wieder, nachdem sie begriffen hatte, dass sie mir keine weiteren Informationen entlocken konnte. Ich suchte Hendrik und fand ihn und Schmidtchen in meinem Zimmer.

Schmidtchen hatte es sich im Sessel bequem gemacht, Hendrik lag im Bett. Sogar seine Nasenspitze, die über die Bettdecke ragte, wirkte unglücklich.

»Sylvie, ich bin total fertig«, sagte er leise. »Frau Zacherl hat mir den Rest gegeben. Ich brauch eine Mütze voll Schlaf und ein bisschen Trost. Legst du dich zu mir?«

Ich antwortete nicht. Blitzartig war mir klar geworden, dass wir alles durchsucht hatten, das ganze Haus, selbst die Besenkammer. Der einzige Raum, den wir vergessen hatten, war mein Zimmer.

Mein Blick wanderte zum Schreibtisch. Zwischen dem Briefpapier, dem Adressbuch, den Postkarten und meinem Tagebuch lag ein dickes Buch, das mir bekannt vorkam.

Es war das Hauptwerk des Professors, »Macht und Magie der Kelten«. Ich hätte schwören können, dass ich den Wälzer schon längst ins Bibliothekszimmer zurückgebracht hatte. Rasch ging ich hin, nahm das Buch und fragte über die Schulter: »Hast du das hierhergelegt?«

»Was?«, erwiderte Hendrik müde.

»Das Buch des Professors, ›Macht und Magie der Kelten‹.«

»Nein, wieso? Ich hab es nicht mitgebracht. Es steht zu Hause in München im Regal.«

»Dann muss er es auf meinen Schreibtisch gelegt haben.«

Das Bett knarzte. Hendrik trat hinter mich; ich spürte seinen Atem in meinem Nacken. Zwischen den Buchseiten ragte ein Stück weißes Papier hervor. Ich schlug das Buch auf und nahm das Blatt heraus.

Ein Gedicht stand darauf, getippt mit der alten Schreibmaschine des Professors. Manche Buchstaben waren leicht schief, tanzten über oder unter der Zeilenlinie; die a und e waren mit dem Schwarz des Farbbands gefüllt. Es war ein ziemlich eigenartiges Gedicht:

Bei meiner Ankunft fand ich ein Wunderland
voll Glück und ewiger Freude.
Lang schon war es mir vertraut.
Ich kam zum Hügel; viel Volk
war dort versammelt.
Da fand ich Labraid Langhaar.
Im Feenhügel saß er
zwischen vielerlei Waffen.
Eine Spange mit goldenem Apfel
umschloss sein herrlich blondes Haar.
Es weiden am Tor im Westen,
dort, wo die Sonne versinkt,
Herden von grauen Pferden
mit hellen und rotbraunen Mähnen.
Es wachsen am Tor im Osten
drei Bäume aus purpurnem Glas.
Vögel singen den Königskindern
von der Burg ihr sanftes Lied.

Während des Lesens verschwammen die Buchstaben vor meinen Augen, und ich sah ein Bild vor mir. Es war das Bild des gläsernen Schlosses. Eine vertraute Gestalt stand hinter den durchscheinenden Wänden, die ein Buch in den Händen hielt.

Ich ließ das Blatt sinken und drehte mich um.

»Komm mit!«, sagte ich. »Jetzt weiß ich, wo der Professor ist.«

28

Wieder lief Schmidtchen voraus über die Wurzeln, Steine und Moospolster des Gartenpfades unter dem grünen Laubdach. Die Spinnen hatten noch mehr Netze und Fäden gesponnen, als wollten sie den Garten mit einem einzigen undurchdringlichen Gespinst silberner Fäden umhüllen.

Ein Vogel mit eisblauem Gefieder schwirrte wie ein Pfeil vor uns über den Pfad und verschwand im Dickicht. Etwas säuselte im Laub; vielleicht war es der Wind. Der Bach gluckste und brach sich sprudelnd an den Steinen.

Ich dachte: Was wird aus diesem unberührten kleinen Paradies, wenn der Professor nicht zurückkommt? Doch er hatte sicher dafür gesorgt, dass sein Besitz an eine Naturschutzorganisation ging. Es musste ein Testament geben, in einem Bankschließfach oder bei einem Notar.

Huckebein saß auf meiner Schulter. Hendrik und ich hielten uns an den Händen, obwohl zwischen den Baumstämmen und Büschen kaum Platz für zwei war. Als sich die Eibenhecke in der Ferne wie eine dunkle Mauer in unser Blickfeld schob, begann das gläserne Geklingel wieder, dünn und zart, aber unüberhörbar.

»Die Pforte wird nicht offen sein!«, sagte Hendrik leise, nachdem wir den ganzen Weg vom Haus her geschwiegen hatten.

»Vielleicht doch. Sie haben ihn eingelassen, weshalb nicht auch uns?«

»Weil sie nie das tun, was wir von ihnen erwarten. Und weil sie den Professor seit langem kennen und vielleicht schon auf ihn gewartet haben.«

Eine Weile blieben wir stumm. Dann erwiderte ich: »Aber du hast gesagt, dass es besondere Nächte im Jahr gibt, in denen sich die Feenhügel öffnen.«

»Ja. In der Nacht zum ersten Mai und zum ersten November.«

Der Durchschlupf in den Eiben war nun völlig zugewachsen und nicht mehr mit bloßem Auge zu erkennen. Schmidtchen fand ihn trotzdem.

Das Geklimper verstärkte sich, als wir uns durch die Hecke zwängten. Ich hatte den Arm gehoben und hielt Huckebein fest, der sich eng an meinen Kopf und meinen Hals schmiegte.

Ein Feld von Brennnesseln versperrte uns den Weg. Wir machten einen Bogen darum und kämpften uns zwischen dürren Zweigen und Brombeergestrüpp hindurch. Hier war das Laubdach der Bäume nun schon so dicht ineinander verwoben, dass kein Stück Himmel zu sehen war und kein Sonnenstrahl durch die Blätter drang.

Und doch trug der Apfelbaum neben dem Felsen eine Fülle rotbackiger Früchte. Ein Schimmer ging von ihm aus, der das Dämmerlicht erhellte. Die Äpfel leuchteten wie Rubine.

Der Felsbrocken war unzugänglich wie bei unserem letzten Besuch, eine schroffe graue Wand, von Baumschösslingen, Moos und Flechten bewachsen. Wir tasteten über den rauen, rissigen Stein, als könnte er sich unter dem Druck unserer Finger öffnen, doch nichts geschah. Durch den Felsen hindurch kam das lockende Klimpern und schien uns zu verspotten.

Irgendwann richteten wir uns auf. Huckebein war von meiner Schulter geflogen. Er saß auf einem Felsvorsprung und quorkte leise, während Schmidtchen eifrig an den Flechten schnupperte, die die Flanke des Steins bedeckten.

»Ich glaube, er hat eine Spur aufgenommen!«, hörte ich Hendrik mit gepresster Stimme sagen.

Wir beobachteten, wie Schmidtchen freudig mit dem Schwanz wedelte, sich auf die Hinterbeine stellte und die Nase zu einer jungen Birke hob, deren Wurzeln Halt in einer Mulde zwischen den Moospolstern gefunden hatten.

Ein kleiner Gegenstand hing an einem Stück Faden vom untersten Zweig der Birke. Es war ein Hirschhornknopf von der Weste des Professors.

29

Zehn Wochen später, in einer kalten, sternklaren Novembernacht, kehrten wir mit Huckebein und Schmidtchen zum Feenhügel zurück und fanden die Pforte im Felsen offen.